ニカ・サタニック・バルフェスタは美女である。

それは、鳥が空を飛ぶ生き物であるように。魚が鰭を持つ生き物であるように。もはや揺るぎようのないこの世の真実であった。

[illegible]んよう、魔族の皆々様がた！　本日も美しきわたくしの登場ですわ！」

[illegible]まだ日も昇り切らない早朝から、優雅な足取りで魔王城の城内を歩いていた。

[illegible]のように白くなめらかな肌。しなやかな手足。ドレスからこぼれるほど大きな胸はと[illegible]うに柔らかい。長い睫毛に縁どられた瞳と豊かな髪の色は、官能的な薄桃色だ。

[illegible]いう言葉こそふさわしい、美の体現者。それがニカ・サタニック・バルフェスタだ。

[illegible]光を放つような美貌は、まるで彼女の歩く場所こそが世界の中心であるように思わせる。[illegible]輝きは、魔界においても少しもくすむ事はない。

[illegible]は、大あくびをしながら食堂に向かう蜥蜴頭の魔族に、微笑みながら挨拶をする。

[illegible]の掃除に向かうメイド服姿の魔族たちに、いってらっしゃいませと手を振る。

[illegible]色の髪を優美に靡かせ、そこに含ませた香水の芳香で、兵士たちの眠い目を覚まさせる。

[illegible]が違っても、種族が違っても、身体が岩や液体でできていても。魔族は一人の例外もなくニカを……魔界で唯一の人間を目で追いかけてしまう。

美は人の心を蕩かせる。見惚れてしまった頭では、「人間がこんな朝からいったいどこへ？」という単純な疑問すら浮かべられない。

ニカは美貌を振りまきながら、我が物顔で。誰にも疑われることなく魔王城を闊歩する。

辿り着いたのは、魔王城の最上部。城の主が住まう場所。

ニカは事前に調達しておいた鍵を使って、扉を解錠。音も立てずに忍び込む。

城の主は、迫る脅威に気付いた様子もなく、すやすやと眠りこけていた。

あどけない寝顔。これから何が起こるかも知らない、無防備な姿。

ニカはくすりと唇を綻ばせると、おもむろにドレスの胸元に手をかけた。

――しゅる、ぱさり。

身につけていたドレスが、靴紐よりも呆気なくほどけて地面に落ちる。

ニカは一糸まとわない裸体で、ベッドの傍に立った。

魔王の鼻腔が、ニカの芳香を吸い込んだ。瞼がぴくりと揺れる。ぅ、と小さなうなり声。

ニカはぴっと姿勢を正した。両手を頭上に伸ばした美しいY字のポーズで直立する。

そのまま、上体をぐっと屈め、全身のバネにぎゅっと力を籠めさせて。

「おはようございます、魔王様～～～～～～～～!!」

ベッドに勢いよく飛び込んだ。

非の打ちどころのない美しいフォームで、布団の隙間に裸体をするりと滑り込ませる。

「うわぁ!?　いったい何……わぁぁぁぁぁぁぁぁ!?」

「うふふふっ、美しいわたくしによる、寝起きのサプライズにございますわ！　さあご覧になって。寝起きのフレッシュな網膜にわたくしの美しき身体(からだ)を焼き付けて！」

驚愕(きょうがく)の叫び声。それを跳ねのける甘い声。

こんもり膨らんだ布団がどたばたと暴れ回る。

「わぁ!?　わ、わぁぁぁぁ！　わぁぁぁぁ————!?」

「さあ、歴史に残る逢瀬(おうせ)をいたしましょう！　わたくしに蕩(とろ)けて、虜(とりこ)になってくださいまし！」

これが、いまの魔王城の日常。

魔族と人間。異なる種族をつなげる架け橋が今、ベッドの中で確かに繋(つな)がろうとしていた。

author 澱介エイド
illustration ひょころー
ファム・ファタールを召し上がれ
Have a femme fatale.

奸計その一

# エロスは悪女の嗜みですわ

*Have a femme fatale.*

その世界は長い間、二つの勢力に分かれて激しい争いを繰り広げていた。

平界と呼ばれる清浄な大地に根ざす、人間。

魔素が充満する過酷な魔界に住み、多種多様な種族が入り交じって暮らす、魔族。

大陸を二分する平界と魔界、それぞれに住む二つの種族は、幾度となく衝突し、戦った。

戦いは苛烈を極め、長く、長く、とても長く、それはもううんざりするほど長く続いた。その年月は千年を超え、戦争史を綴った本で図書館がまるまる一つ埋まってしまうほどだった。

世代を変え、戦術を変え、手を変え品を変え。とにかく双方は戦いまくった。

そんな風にして、えんえんと終わりのない戦いを続けていた、ある時。

双方のとっても偉い人が、はたと同時に気が付いた。

——ぶっちゃけ、戦う意味なくね？　と。

あまりに長く戦いすぎて、もはや誰も戦いが始まったきっかけを覚えていなかったのだ。

理由のない喧嘩ほどくたびれるものはない。停戦協定は驚くほどあっさりと締結された。人間と魔族は、互いを決して傷つけないという盟約を結び、平和な世界の来訪を歓迎した。

こうして、千年続いた争いは、蠟燭の火を吹き消すように呆気なく終了した。

魔族と人間は、互いにいがみ合うこともなければ干渉することもない、大地を分かつ隣人として住み分けることとなったのだった。

それから一度も争いのないまま、五〇年。

クッソ暇になった世界に一石を投じるべく、ある計画が魔界で遂行されようとしていた。

『迷い茨の魔王城』。

その名の通り、魔界の茨が鬱蒼と生い茂る森に佇む魔族たちの城だ。

かつて人間との戦いの要所として建てられた魔王城も、停戦から五〇年経った今は本来の目的を失い、ただの魔族たちの生活拠点として存在している。

周辺に現れる魔物はそれほど強くない。茨の森は危険ではあるが、踏み入らなければどうということはない。身の毛もよだつ怪物がいる訳でもなく、隠されたお宝なんてものもない。

名物がなければ交通の便も悪い。他の魔王城が試みているような、リゾートや商業施設としての生まれ変わりも特にない。空気も治安もほんのり悪い、退屈でありふれた魔王城だ。

そんな『迷い茨の魔王城』が、ある日を境に、世界でもっとも重要な場所となる。

その運命の日も、魔王城の雰囲気はいつもと変わらない、のんびりとした退屈なものだった。

「魔王って、僕の天職だったんだな」

大きなベッドで寝返りを打ちながら、ナサニエル・ノアは、緩みきった顔で呟(つぶや)いた。

場所は『迷い茨(いばら)の魔王城』の頂上付近にある王の私室。時刻は健やかな早朝――ではなく、すでに朝の十時を回っている。

目が覚めたのが七時頃だったから、かれこれ三時間近くベッドでごろごろしていることになる。しかし彼は、貴重な朝の時間を無駄にしたと嘆くようなことはしない。邪魔さえ入らなければ、いつまでだって布団にくるまって惰眠(だみん)を貪(むさぼ)る覚悟でいた。

魔王ナサニエル・ノアは引きこもりである。

伸ばし放題の黒いくせっ毛。日差しに当たらず女の子のように白く艶やかな肌。布団に包まれ緩みきった顔は年齢を加味しても幼く、子供のようにあどけない。

魔族の特徴である角は、他の魔族と比較しても独特だ。額の右側の方からこめかみに沿うようにして生えた、黒曜石のような光沢のある角が一本。左の側頭部からは、捻(ねじ)れながら上を向いた、まるで煙突のように大きな角が一本生えている。

アンバランスな大きさの左右非対称の角は、魔王と呼ばれるにふさわしい立派なものだった。しかし、その角が衆目に晒(さら)されることはない。

魔王になってはや一年、ナサニエルはほとんど自室から出ることなく過ごしていた。

「父上から魔王の座を押しつけられた時は本気で家出を考えたけれど、まさか仕事がまったくないとは。広い部屋でずっと寝てていいなんて、まるで楽園じゃないか」

ぬくぬくの布団にくるまり、緩みきった顔でおおあくびをするナサニエル。

窓から覗く魔界の景色は、いつもと同じどんよりとした曇り空。鬱蒼と広がる迷い茨の森の上空には巨大な鳥の影が蠢き、時おり何かの生き物の悲鳴が木霊している。危険な魔物もとんと現れない。近くに他の魔王城もないから、客人なんか一人も来ない。平穏そのものだ。あまりにも暇だ。これは、天から与えられた至福の余暇に違いない。だからナサニエルは布団にくるまって、この平穏を思いっきり享受するのだ。

「はぁ、幸せだ。布団にくるまってる時がいちばん幸せなのに、それを捨ててわざわざ外に出るなんて馬鹿のすることだよな」

「なにを悟ったような口で人生哲学を吐いてるんです。布団に侵されて頭までふわふわになってしまわれたので?」

冷たい声が降ってきて、ナサニエルの背中に悪寒が伝った。

布団の隙間から恐る恐る顔を出すと、ベッドの傍に一人の女性が立っていた。

威圧感を放つ高い上背。腰まで伸びる艶やかな黒髪。感情の読めない冷たい目の色はルビーのように濃い赤。お尻の方では、赤みがかった鱗を持つ竜の尻尾がしゅるり、しゅるりと宙を泳いでいる。身に纏うのは、黒と白を貴重としたドレスのような衣装だ。人間の世界で着用される衣服で、メイド服というらしい。

「う。クーリ……」

「あいも変わらず蓑虫のようでいらっしゃいますね。人の上に胡座をかいて貪る惰眠は美味しいですか、ナサニエル様？」

冷たい赤目に見下ろされて、ナサニエルは胸が締め付けられるようなプレッシャーを感じた。引きこもりにとって、他人の視線は夏期の陽光よりも痛いのだ。とりわけ魔王城の副官、クーリ・ラズリエラ・ミュステリオの冷たい眼光は。

「とっくの昔に朝は過ぎ、じきにお昼時という頃合い。もはや乳児すらも目覚めて社会に参加するこの時間に布団の中でもぞもぞうじうじしているのは、きっとノミかダニかナサニエル様くらいのものでしょう。単細胞生物への転生をお望みですか？　それとも生物の品格をどれだけ下げられるかの自由研究の最中でしょうか」

竜の魔族である彼女は、両手の手首から先や頬骨のあたりが赤みのある鱗で覆われている。それがまるで戦装束のようで、ただでさえ冷たい眼をいっそう刺々しく感じさせる。かつて彼女が自分の乳母であった頃から、ナサニエルはクーリに睨まれるのが大の苦手だった。

しかし忘れてはいけない。この城でいちばん偉いのは、魔王であるナサニエルなのだ。彼は布団を頭からかぶり、じっとりとした半目でクーリを睨み返す。

「別に、僕がどれだけ寝ていようが関係ないだろ。城の仕事は、副官のお前が全部片付けてしまうんだからな、クーリ」

「まるで私が仕事を奪っているような言い方はやめてください。本来は主がやるべき仕事を肩代わりしてるんですから、ここは優秀なメイドを持って幸せと感謝を捧げるところです」

「そっちこそ恩着せがましい言い方をするなよ。仕事なんて、せいぜいが城の掃除と、兵士を派遣して森の魔物を退治させるくらいだろ。そんな雑務で偉ぶれるもんか。しょうもない」

「しょうもない仕事ならなおさら、たまには自分でやってくださいよ」

「いやだ！　これは魔王である僕の、完璧で無駄のない人材配置だ。優秀な副官が仕事をして、偉い僕は引きこもる！」

ナサニエルは顔まで完全に布団に隠して、かまくらモードに変形した。外の光も、傍(そば)のクーリの存在感も、やわらか布団で完全にシャットダウンしてしまう。

こんもり膨らんだ布団の小山を見て、クーリは深々と嘆息した。

「いくら世界が平和とはいえ、城の主がこの体たらくとは。先代が見たら泣きますよ」

「知るもんか。僕に魔王を押し付けて勝手に引退した父上なんて、泣かせておけばいいんだ。だいいち、仕事もないのにどうして悪口を言われなければならない。悪いのは引きこもっている僕ではなく、引きこもって問題ない退屈な社会の方だ！」

人間との争いがなくなり、世界が平和になって五〇年。かつて魔族を率いる戦将であった魔王という地位は、肝心の戦う相手がいなくなったことで、ほとんどハリボテと化している。

現に一年引きこもっていても、魔王が必要とされる状況はただの一つもなかった。

魔王にもはや存在価値はない。だからこそナサニエルは遠慮なく引きこもってやるのだ！

「僕を布団から出したいのなら、魔王にふさわしい仕事を持ってくるがいいさ。そんなものがこの魔界にあればの話だがな！」

「ええ。ですから仕事を持ってきました」

「……何だって？」

予想外の反論に、ナサニエルは布団からすぽんと顔を出した。

長身のドラゴンメイドは、相変わらずのクールな細目を崩さずに言う。

「つまりナサニエル様は必要とされたいのですよね。崇高な魔王である自分にふさわしい、世界の命運を左右する程の大きな仕事をもってこいと。そう仰られる訳ですよね」

「いや……それは、その、言葉の綾というやつで……」

「というわけで、魔王であるあなたにふさわしい、責任重大な仕事を持ってきました。なんと魔界に点在する六六の魔王城を統べる総裁、魔塵総領からの直々の勅令です」

クーリは懐から一枚の紙筒を取り出した。ひと目見ただけで格式を感じさせる革張りの書簡だ。紙の端には、権威を示す物々しい意匠の封蠟がされている。

「馬鹿な、魔界のトップまで僕に働けと言うつもりか!?」

「魔塵総領からの勅令を受けるなんて、同じ時代に五人といない名誉ですよ。良かったですね、ナサニエル様」

「い、いやだ――！　働きたくない、立ち退き令なんかに屈しない！　僕はこのおふとん洞窟の永住権を買ってるんだぞ！」

「ありませんよそんな馬鹿みたいな権利」

ナサニエルは布団で頭を隠そうとしたが、それよりも早く、クーリの尻尾が布団の中に滑り込んできた。素早い動きでナサニエルの胴体に巻き付き、軽々と持ち上げる。

あっという間に、ナサニエルは上下逆さの宙吊りにされてしまった。

「わぁ、降ろせクーリ！　僕は外出アレルギーなんだ。外気に触れたら死んでしまう！」

「そんなアホみたいなアレルギーもありませんし、そもそも布団から出ることを外出と定義しないでください。それではご一緒に、魔塵総領様からのお言葉を拝読しましょう」

猛抗議するナサニエルをガン無視して、クーリは書簡の封を外し、彼の目の前に広げた。

魔界のトップから、引きこもりの魔王に直々に下された勅令。

そこには、こう書かれていた。

『迷い茨の魔王城』城主ナサニエル・ノア――貴殿に、人間との結婚を命じる」

「……は？」

言葉の意味が理解できず、宙吊りのまま固まるナサニエル。

クーリはそんなナサニエルの驚きをよそに、後に続く文章をつらつらと読み上げる。

「来訪予定は来週。歓迎のため、至急準備を進められたし、と。ふう、しばらくは城内が慌ただしくなりそうですね」

「待て待て待て！　聞き間違えか？　いま結婚って聞こえたぞ？」

「ええ、確かにそう書いてあります。良かったですね、夢にまで見たぼっち卒業ですよ」

「人間とも聞こえたぞ!?　何で僕が、敵対種族の人間なんかと結婚しなくちゃいけないんだ――うひゃあ!?」

「ナサニエル様。我々魔族と人間は停戦中ですよ。とにかく落ち着いてください」

いきなりクーリが尻尾の力を緩め、ナサニエルをベッドに放り投げた。

ナサニエルは抗議を再開しようとしたが、クーリが長い尻尾でぴしゃりと床を打った音で、びくりと身を竦めた。押し黙った彼を見て、クーリが淡々と話しだす。

「ナサニエル様はよくご存じでしょう。あなたが布団にくるまり、戸棚の隅のノミよりも動かずキノコより生産性の低い生活ができるのはどうしてなのか」

「僕のこと嫌いか？　嫌いだよな君？　……まあ、言われなくてもさすがにそれは分かるよ」

五〇年前に結ばれた、魔族と人間の停戦協定。

魔界と平界、隣りあって存在する互いの世界は、戦いを含めたあらゆる干渉をやめ、互いに関わることのない平穏な日々を過ごしている。

全ての魔族に暇と退屈を届けてくれた、最高の施策だ。ナサニエルもその恩恵にあやかって、引きこもって惰眠を貪り続けてきた。今この時までは。

「五〇年。最初はありがたかった平穏が、耐え難い苦痛になるには十分な時間です」

「お前は何を言ってるんだ？　ベッドで死ぬまで何もしないのが最高の人生だろ」

「お言葉ですが、自分が異常者である自覚は持つべきですよ、珍獣」

「『お言葉ですが』って前置きすれば何言ってもいいと思ってる!?」

自然な口調で主を珍獣呼ばわりしながら、クーリは話を続ける。

「魔塵総領は次のステップに進むべきと考えてます。停戦から友和へ。戦いをやめられたのだから、手を取り合うこともできる。つまり魔族は、人間ともっと仲良くなりたいのですよ」

「それがなんで僕が結婚なんて話になるんだ。いきなり話が飛躍しすぎだろ！」

「よくお考えください。我々は千年以上も敵対関係だったのです。いきなり仲良くしましょうなんて言っても難しいでしょう。オシャレな喫茶店に放り込まれたナサニエル様のように、ガチガチに固まってあうあう口を開け閉めするしかできないに決まってます」

「さ、さすがに僕だって注文くらいできるわ！　たぶん！」

「なので、まずは第一歩として、人間の代表を賓客として招き、魔界を楽しんでもらおうということになったのです……結婚というのは言葉の綾ですね。最終的に結婚してしまえるくらい仲良くなって欲しいという魔塵総領の希望のようです」

そこまで言うと、クーリはぱたんと書簡を閉じた。

まるで説明は全て終了みたいな雰囲気を出しているが、とんでもない。ナサニエルはまったく納得できていない。

「経緯は分かったけど。どうしてそこで選ばれるのが、よりにもよって僕なんだよ」

ナサニエルは両手を広げてみせた。何日も着続けている寝間着姿。寝癖も直していないぼさぼさの黒髪。筋肉の少ない痩せ気味の身体。

お手本のようにだらしのない出不精の姿だ。こんな男に人間の歓待なんて務まるものか。誰よりもナサニエル本人が声を大にして言いたい。しかしクーリは眉一つ動かさずに答える。

「ナサニエル様は、魔王に就任以来ただの一つも暴力沙汰を起こさず、誰も傷つけていません」

「当たり前だ。部屋から一歩も出てないんだから」

「部下に執務を全て任せ、自ら手を下さずとも城は滞りなく運営されています」

「だから引きこもってるんだよ……クーリが全部こなせるから、僕がいる必要ないんだもん」

「それらを加味した厳粛な調査の結果、ナサニエル様は『部下からの信頼の厚い、魔界でもっとも無害な魔王』と判断されました。人間を迎える代表として、何一つ欠点のない適任だと」

「引きこもりっていう致命的な欠点を見落としているだろ!?　何が厳粛な調査だ！」

過大評価もいいところだ。というか「もっとも無害な魔王」はほとんど悪口だ。

「待ってくれ、これは明らかな人選ミスだ！　そうだ、温厚な魔王といえば、『猛る巌の魔王城』のグリムガンが有名じゃないか。彼に任せればいいだろ！」

「あそこは立地が火山のすぐ傍なうえ、グリムガンは全身が岩石で構成された造岩種です。人間の世界とは環境も生態もかけ離れすぎています。まず却下でしょうね」

「『啜ヶ丘の魔王城』のフリューゲルはどうだ。人型だし、僕の何百倍も社交的で美形だぞ！　人間だってきっと気に入る！」

「フリューゲル率いる軍勢は吸血種ですよ。人間との停戦をもっとも惜しく思っている過激な種族です。賓客をドリンクサーバーにするおつもりですか？」

「う。だったら他にも、ええと……！」

「諦めて受け入れてください。だいいち、書簡が出た時点でこれは決定事項。断れば魔塵総領に対する反逆行為に当たりますよ。まず間違いなく首が飛ぶでしょうね。物理的に」

「はぁ!?」

　クーリは自分の手のひらをナイフに見立てて、首を掻き切る仕草をした。淡々とした仕草が逆にリアルで、ナサニエルの肝をさっと冷えさせる。

「という訳で、覚悟を固めましょう。部屋から出るか、部屋ごと消し飛ばされるかです。どうあれ引きこもりから脱却できますよ、よかったですね」

「な、なあクーリ。死ぬとか冗談だろ？　書簡も、僕を外に連れ出すために用意した嘘なんだよな？　反省してちょっとは部屋から出るようにするから、だから――」

「現実逃避で時間を無駄にしないでください。さあ、まずは歓迎式の企画からです」

「いやだ――――！　人間怖い仕事したくない外に出るの怖い！　僕はここでひっそり生きる

と誓ったんだ――！」

「はじめて人間を迎える魔王として、歴史に名が残りますよ。私もサポートしますから、魔界の恥として語り継がれないよう頑張りましょうね」

「うわ――ん、誰か助けてくれ、僕を放っておいてくれ――――！」

かくして、人間に対して門戸を開くという魔界の一大プロジェクトは、一人の引きこもりをベッドから引きずり出すところから始まったのだった。


こうして、人間と魔族の友好を結ぶ計画が始まった。

魔界と平界は、戦いを止めることができた。だから、仲良くなることだってできるはずだ。

今こそ、悲しい過去を捨て去って、華々しい未来を始めよう。

そんな願いを込めて、魔界の頂点たる魔塵総領は、自らの手で文章をしたためた。

それは、五〇年ぶりのコンタクトであり、歴史上はじめての友好のためのメッセージ。

新たな時代を始める書簡が、人間の暮らす平界へと届けられた。

拝啓　平界を収めし猛き君主殿

長い冬が終わり、魔物がやおら騒ぎ出し獲物を求めて大地を揺らす震獄の時候。

平界においては、大地より芽吹いた若葉を愛でる、美しい目覚めの季節と聞き及んでいる。

貴殿らの頭上にきらめく青い空と眩い日差しを想うと、憧憬を抱かずにはいられない。

五〇年。千年にわたり振るい続けた刃を収め、それだけの時が過ぎ去った。

武器を取ることをやめた我々の手は、このまま虚を掴み続けるのを良しとしない。

今こそ、互いの手を取り合い、次の時代へと歩みを進める時ではなかろうか。

我々魔族は、人間と友好を深めることを望んでいる。

互いを敵ではなく同胞と呼び、平界と魔界に分かたれた大陸を真に一つとするのだ。

その決意の証と、友好を結ぶ一歩目として、我々魔界から一つの提案をしたい。
魔素に耐性のある人間を一人、魔界へと招待させて貰えないだろうか。
魔界への認識を改めるに値する、盛大な歓迎でもてなさせて頂こう。
たった一人と不満に思う必要はない。すぐにでも、魔界は人間全員を歓迎するだろう。
どうか閉ざされた門戸を少しずつ開き、魔族を理解してほしい。
この歓待が、異なる種族を結ぶ契機となることを願う。
我々の未来と、あらゆる種族の根差すこの大地に、祝福があらんことを。

吉日　第百十七代魔塵総領　エウレカ・エニグマナス

「こんっっな、馬鹿みたいな話があるかぁぁぁぁぁ!!」

人間の王、ヘリアンテス三世は激怒した。

魔界の中心から数日をかけて届いた書簡は、国王の手によって握りつぶされ、怒号と共に投げ捨てられてびたぁん！　と勢いよく地面に張り付いた。

「いかに綺麗な文言でごまかそうが、貴様らの腹の内は見え透いているぞ。騙されるものか、忌まわしき異形の蛮族どもめ！」

広い謁見室に、ヘリアンテス三世の怒りの声が木霊する。

場所は人間たちの住む平界。リュミエスと呼ばれる国だ。魔界にほど近い立地から、魔族との戦いの要所として重要視されてきた、平界有数の武力大国だ。

リュミエスの国力を示すように、王城の謁見室は平界でも屈指の豪奢さだった。大抵の球技ができてしまえそうな縦に広い空間には、王国でも腕利きの兵士が完全武装の格好で整然と並び、王の執政をサポートするための側近や従者が何十人も控えている。

そのうちの側近の一人が、憤る国王に恐る恐る近づいた。

「どうかお鎮まりください、国王様。書簡に書かれた言葉の通りであれば、魔界は我々と友好を築きたがっているのではありませんか？」

「日和ったことを言うな！　魔族がどれほど恐ろしい存在か、まさか知らぬとは言うまいな！」

魔族。

大陸を二分する魔界に棲む異種族については、平界にも数多くの記述がある。

とても恐ろしくおぞましい、化物としての逸話が。

曰く、奴らは人間に角を生やし、獣を混ぜ合わせたような、冒瀆的な姿をしていると言う。

その力は人間を遥かに凌ぎ、人間の頭を素手で引きちぎるほど強力だという。また魔界に充満する魔素と呼ばれる毒に適合し、魔法を用いて世界の理に唾を吐くのだとか。

性格は残忍そのもの。殺した人間の肉を食い、血で身体を洗い、骨を砕いて魔術の素体にする。大戦時には、そんな地獄絵図が大地のあちこちで繰り広げられていたそうだ。

「魔族とは決して分かり合えない怨敵。人を食物としか思わぬケダモノどもなのだ！　でなければ、どうして千年以上も戦い続けたりするものか！」

「で、ですが、現に停戦協定が結ばれておりますよ？」

「そんなもの罠に決まっているだろう！　我が祖父は生前から言い続けていた。停戦協定には裏がある、奴らは絶対に何かを企んでいるとな。祖父は正しかった。この書簡が何よりの証だ！」

「文章に特におかしな点はなかったように思いますが。むしろ、非常に高い品格を感じさせ、我々との友好を切に願うような……」

「馬鹿め、これは隠喩を用いた挑発だ！　注意深く見ろ。奴らの文章の裏にある悪意をな！」

ヘリアンテス三世は踏み躙っていた書簡を拾い上げると、側近の前に翳した。

「文章には『次の時代』とある。これが意味することは何だと思う？　今の時代の破壊だ！　魔族は我々人間への宣戦布告を目論んでいるのだよ！」

「っ……!?」

「無論こればかりではない。『大陸を真に一つにする』とは平界を侵略して魔族のものにしようという意志の表れ。『歓迎』とは人間を殺戮するための兵器や大魔術のことだ！　形ばかりの停戦の陰で、奴らは虎視眈々と我々を殺す準備を整えていたのだよ！」

　王の力強い断言に、側近は絶句した。まさか、この流麗な文章の陰に、そんな血なまぐさい思惑が隠されているなんて……！

「書簡にはさらに、『歓迎』がすぐに人間全員に向けられるとある。ここまで説明してやれば、さすがのお前も奴らの真意が分かるだろう」

「では、人間を一人魔界に送れというのは――」

「生贄に決まっているだろう！　奴らにとって人間は食料であり、魔術の道具なのだからな。今すぐ皆殺しにされたくなければ、魔族の命令に従えと脅しているのだ！」

　その時側近の脳裏に浮かんだイメージは、耳まで裂けた口を持つ化物が、皿の上に乗った人間に舌なめずりをし、血みどろのナイフとフォークを突き刺す、恐ろしいものだった。

　青ざめる側近。ようやく事態の深刻さを理解した様子に、国王は憮然と鼻を鳴らす。

「わざわざ人間味のある皮をかぶり、友好をちらつかせた書面を送るのも、我々の反応を楽しんでいるに違いない――見くびりおって。人類が魔の手に屈すると思ったら大間違いだぞ」

「では、どうするおつもりですか。奴らの提案を、断固拒否すべきでしょうか」

玉座に腰を下ろしたヘリアンテス三世は、側近の質問に首を横に振る。

武力大国の王として数々の戦術学を修めた彼は、魔族に対する反撃の一手を思い付いていた。

「いいや、あえて奴らの誘いに乗ろう。選りすぐりの間者を送り込み、我々を見くびる魔族どもの寝首を掻き切ってやるのだ」

「しかし、魔界へ単独で赴くなど、死にに行くも同然。招待を受けるのですから、隠れて潜入という訳にもいきません。そんな過酷な任務に就く、魔素に耐性のある〝奇跡持ち〟の人間などいるでしょうか」

その質問に対する答えも、ヘリアンテス三世は既に摑んでいた。

玉座のひじ掛けに頬杖を突き、にやりと不敵に笑って言う。

「いるではないか。とびきりの逸材が、この城の地下牢にな」

「地下牢――まさか、〝傾国の悪女〟を使うおつもりですか⁉」

王のその言葉は、大きな動揺を謁見室にもたらした。

「あの女を人間の代表にするだと？　幾つもの都市を破滅に追いやった大罪人だぞ！」

「お言葉ですが国王様。奴は十年近くも各地で混乱を引き起こし続け、先日やっと捕らえたばかり。民の前で裁きを下し、首を刎ねるべきです！」

「使える駒は何でも使う。奴らが生贄をよこせと脅迫するならば、こちらは人の皮をかぶった劇薬を送り込んでやる！　国すらも転覆させた悪女の奇跡は、魔族すら支配するやもしれぬぞ」

「それは……いや、確かに。噂が本当ならありえなくは……！」

「奴が魔族を内側から食い尽くせば良し。逆に魔族の生贄として貪られたとしても、大罪人を処理できるのだから、むしろ喜ばしいことだ。どちらに転んでも我々の胸は痛まない！」

王の理論は大胆で合理的だった。誰も言い返せず、やがて肯定を意味する沈黙が広がる。

王が「決まりだな」と笑い、玉座から重い腰を上げた。手を掲げ、宣言する。

「リュミエス国王ヘリアンテス三世がここに命じる！　人類は魔族の提案を受諾する。史上最悪の大罪人、ニカ・サタニック・バルフェスタを、生贄として魔界へ送り込め！」

ヘリアンテス三世の言葉に、謁見室にいた全員が即座に反応した。

側近たちが膝を着いて頭を垂れる。並び立つ騎士たちが鎧を拳で叩いて勇猛な音を奏でる。その場にいる全員が、示せる限り最大の敬意を王に示した。

ただ一人の、招かれざる客を除いて。

「はい、かしこまりました♡」

国政を担う場にはあまりにも似つかわしくない、甘くまろやかな声。

驚きに振り返った騎士たちは、開け放たれた扉の前に立つその人物を目の当たりにした。

——美しい。

誰もが同じ感想を抱いた。まるでそれ以外の全ての言葉が頭から抜き取られたみたいに。

扉の前に立つのはそれほど、想像を絶するほどに、美しい女性だった。

すらりと伸びた手足が描くのは、どんなに優れた画家でも描けない優美な曲線。露わになった素肌は真珠のように白く滑らかだ。

長い睫毛に飾られた目は、意志と命の強さに満ち満ちた、人を捉えて放さない輝きをたたえている。瞳の色は瑞々しい果実を彷彿とさせる薄桃色。同じ色をした腰まで届く長い髪はゆるやかにウェーブし、どんなドレスよりも美しく彼女を飾り立てている。

身に着けているのは、質素で薄汚れた麻の服だ。その国の囚人にあてがわれるもっとも質の低い布切れすら、彼女のために誂えられた専用の衣装であるかのように輝きを放っていた。

たった一声。ただ立っているだけ。それだけで全員の目と耳と心を釘付けにした女性は、ふっくらした唇をくすりと綻ばせてはにかんだ。

「わたくしを捕らえ、どんな歓待をしてくださるのかしらと期待にうずうずしていたら。魔界とは、なかなか斬新な催しではありませんか」

「に、ニカ・サタニック・バルフェスタ……!?」

「ですが、ああ残念。わたくし、サプライズよりも二人でじっくりプランを練る方が好みでしてよ。わたくしに秘密で旅行の計画なんて、ちょっとだけ傷ついてしまったかも」

ヘリアンテス三世は、玉座から転がり落ちるほどに驚愕した。

出会えたことを神に感謝したくなる美女は、決してこの場で出会っていい人間ではない。

「なぜここにいる!? 地下牢の最奥に厳重に閉じ込めておいたはずだ、どうやって脱獄した!?」

「わたくしの美は、もっと沢山の人に愛されるべき。薄暗い場所で無駄に消費されるなどあってはなりません。看守の方にそうお話ししたら、あっさりとご理解くださいましたわ。わたくしの手が汚れないよう、檻を開けてエスコートまでしてくださいましたのよ」

「城内には何百人もの衛兵がいたはずだ！ 奴らはどうしたというのだ！」

「もちろん皆様、喜んで道を空けてくださいましたわ！ 美とは権力そのもの。ゆえにわたくしの歩みは誰にも止められず、常に頂点にて輝いていなければなりませんの！」

まるで自分の言葉こそが世界の真理であるとばかりに、自信に満ちた声でニカは言う。豊かな胸に手を当てる仕草は気品に満ちあふれていて、薄汚れた麻服だというのに、まるでレースに飾られた純白のドレスを身に纏っているかのようだ。

ニカは幻のドレスを両手で抓み、つま先を半歩後ろに下げ、優雅なカーテシーで礼をした。

「と、いうことですので――わたくしという美にふさわしい地位を頂きに参りました」

「ッ何をしている、今すぐ奴をひっ捕らえろ！ 奴に〝奇跡〟を使わせるな！」

「残念。何もかも遅すぎましてよ」

唇を妖しく綻ばせ、ニカがほくそ笑む。

彼女はおもむろに顔を上げると――ばさぁっ！ と、豊かな薄桃色の髪をかき上げた。

一本一本が金糸のように輝く髪が、宙に広がる。

それはまるで、ニカの周囲に桃色に輝く星の海が生まれたよう。

その場にいる誰もが、時が止まったような感覚を味わった。

美しい。その一言に、あらゆる思考が押し流される。

そうして、全ての視線と思考を一手に束ね集めて。

ニカが目を開く。

「わたくしを、見て」

美しさに囚(とら)われた人々の心を、魔性の瞳が摑(つか)み取った。


「――それで。貴方(あなた)はわたくしに何をして欲しいのですか?」

十分後。

謁見室には、艶やかなドレスに着替え、玉座にふんぞり返るニカがいた。

打って変わった冷ややかな表情のニカに、震える声が答える。

「は、はい。どうか貴方様のお力で、魔族どもを内側から崩壊させて頂きたいのです……!」

「はんっ」

ニカは鼻を鳴らして笑った。長い脚をスゥと持ち上げる。

高く掲げた靴。その細く尖ったヒールの先端を、腰掛けている〝玉座〟に思い切り叩き付けた。

「ヒギイイイイイィィィ!?」

「この期に及んでごまかすんじゃありませんわよ！　プライドなんてかなぐり捨てて、下品な望みを曝け出しなさいこの豚！」

「ひひぃぃ！　もっと叩いて、家畜のように罵り踏みにじってくださいニカ様ぁぁぁぁ！」

広い謁見室の隅々まで響き渡る野太い嬌声が、ニカの足下から放たれる。

ニカは〝玉座〟に座っていた。彼女にしか座れない、この国でもっとも権威を示す椅子。

すなわちニカは、裸にひん剝いて四つん這いにさせたヘリアンテス三世の上に座っていた。

「まさか一国の王風情がわたくしの未来を指図しようとは、思い上がりましたわね。蓄えた脂肪が脳味噌にまで達しておられるのかしら」

「も、申し訳ありません！　私は身の程も弁えずに喚き散らす豚です、どうかニカ様の寛大なお慈悲をオォッホオオオオオオ!?」

「畜生は人の言葉を話しません！　いいこと？　今日から貴方の身体はわたくしの椅子。貴方の声はわたくしを楽しませる楽器です！　醜い身体を玩具に使ってあげるわたくしの慈悲に泣いて喜び、品のない鳴き声を上げなさい！　返事は!?」

「ぶひぃぃぃぃぃぃぃぃ！　あ、ありがたき幸せぇぇぇ！」

むき出しの脂ぎった尻にヒールの先端を容赦なくブチ込むニカ。屈辱的な格好で責め苦を受けながら、王の声には隠しきれない喜悦が混じっていた。

　尊厳をかなぐり捨てるような声は謁見室中に響き渡っていたが、王の痴態に意識を向ける者はいない。そもそもその場に、まともな人間など誰も残っていなかった。

　一言で言えば、そこで起きているのは乱痴気騒ぎだった。

　謁見室には、国王ヘリアンテス三世の他に、数人の側近、鎧を身に着けた数十人の精鋭。そして身の回りの世話を務める数十人の従者がいた。

　その百人近い人間が、一人残らず全裸になっていた。

「すごい、すごいぞ。裸になることがこんなに気持ちいいなんて知らなかった！」

「なんて解放感だ、鎧なんて重たいもの、どうして今まで着ることができていたんだろう！」

「ニカ様がわたしたちを目覚めさせてくれたわ。ニカ様素敵、ニカ様万歳！」

「「「「ニカ様万歳！　万歳！　万歳！」」」」

　男も女も、大事なところを隠しもしない。誰も彼もが晴れやかな笑顔を浮かべている。まるでこの世の全ての苦しみから解放されたか、怪しい薬でも飲んだみたいだ。

「あっはははは！　そうよ、この城は今日からヌーディスト会場になりますのよ！　美しくもない貴方がたが、分不相応に着飾る必要なんてありませんわ。衣服も、財産も、身に纏うものは全て投げ捨ててしまいなさい！」

「かしこまりました、ニカ様！」

「衛兵どもはすっ裸のまま、わたくしへの賛美を叫びながら王都の外周を走ってらっしゃい。いちばんに戻ってきた恥知らずにはご褒美をあげましょう。このわたくしが、素足で踏み躙(にじ)って差し上げますわ！」

「「「うおぉぉぉぉ！　ニカ様に踏んでもらうのは俺だぁぁぁぁぁ！」」」

　タガの外れた歓喜の声を張り上げて、屈強な全裸の男たちが、先を争うようにして謁見室から飛び出していった。王城のそこかしこで驚きの悲鳴があがる。

　謁見室に残った侍女たちは、ニカの言いつけの通りに、身の回りのものを捨て始めた。自分の着ていた衣服をはじめ、懐中時計や財布などの個人の貴重品、城の備品、宝物庫から引っ張り出してきた財宝まで。先を争うようにしてバルコニーから放り投げていく。

　王城の周辺もまた、バケツをひっくり返したような大騒ぎになっていた。突如として城門が開かれて屈強な全裸の男たちが飛び出してきたかと思えば、上空から大量の衣服や金銀財宝が降り注いできたのだ。国民は全裸の男たちに悲鳴を上げ、降り注ぐ金品の数々に歓声を上げ、王城に群がって衣服やお宝を奪い合う。

　上も下も、秩序を粉々に砕いてばら撒(ま)くような大騒ぎ。

　薄桃色の髪と瞳を持つ美女は、〝玉座〟から混沌(こんとん)に陥る王城を眺めて満足げに高笑いを上げた。

「あっはははは！　どんな力も権力も、わたくしの美の前には意味を成しませんわ。淫(みだ)らに乱れて無様を晒(さら)して、わたくしを楽しませてくださいまし！」

――ニカ・サタニック・バルフェスタは悪女である。

彼女はその類い稀な美貌と、生まれ持った〝奇跡〟の力で、横暴の限りを尽くしてきた。

とある街の長は、彼女に素足で踏んでもらうためだけに、街の権利を全て彼女に明け渡した。

とある国を守護する名誉ある騎士団長は、ニカが視線を向けただけで服従を誓い、首輪をつけた格好で街中を散歩させられた。彼女の寵愛を受けるため、数百人の貴族が全財産を貢いだ。

これまでに、二つの国と八四の街が彼女の魔性に取り込まれた。性癖を歪まされた人を数えたら、千は決して下らない。

付いた二つ名が〝傾国の悪女〟。

魔族との争いが表面上なくなった平和な時代で、もっとも恐れられている大罪人。それがニカ・サタニック・バルフェスタだった。

「今度の国も、まったく歯ごたえがありませんわね。牢に鎖で繋いだ程度で捕らえた気になるなんて。このわたくしが、一瞬でも誰かのものになると本気で思ったのかしら」

暇つぶしに三つ目の国を手中に収めたニカは、ブヒブヒ鳴く玉座の上で、つまらなさそうに鼻を鳴らした。

それからニカは、側近からむしり取った魔界からの書簡を指で摘んで弄ぶ。

「それにしても、魔界への招待ですか……生贄という扱いは癪に障りますが、なかなか魅力的な提案ではありませんか」

不敵にほくそ笑むニカ。その表情に宿るのは、欲望を露わにした好奇心だ。

「追い求められるのは嫌いじゃありませんが、そろそろ安全に腰を落ち着ける場所が欲しかったところ。それに、人間の王の座り心地にも飽きが来ていた頃合いですの。魔界の王を椅子にしたら、どれほど素晴らしい征服感がするのかしら」

ニカは魔族など恐れない。

考えることはただ一つ。征服したらどれほど心地よくなれるか、ただそれだけ。

ニカは立ち上がると、宣誓のファンファーレの代わりとばかりに、靴のヒールをヘリアンテス三世の尻に突き刺した。

「ヒヒィイイイイイイイイン!?」

「いいでしょう、その誘いに乗って差し上げます！　人間を骨の髄まで貪り喰らうと噂の魔族を、逆にわたくしの美貌で骨抜きにしてみせようではありませんか！」

柔らかな唇をにぃと歪め、瑞々しい舌でちろりと濡らし。

薄桃色の瞳に魔性の輝きをたたえ、ニカは地平の向こうの魔界を見据える。

「異形の角を踏んづけて、わたくしの虜にさせて。魔界まるごと、わたくしに平伏させて差し上げます」

こうして大地を二分する二つの種族は、新たな時代に向けての第一歩を、誰も予想の付かない方向へと踏み出したのだった。

◇

「人間だ！　この城に、はじめての人間がやってくるぞ！」

『迷い茨の魔王城』は、収まることを知らないお祭り騒ぎの様相を呈していた。

人間。同じ大陸に住んでいるのに、謎に包まれたお隣さん。

この城に人間を招くと報せがあってから、魔王城の話題はそのことでもちきりだった。

「人間ってどんな姿なんだろう。角持ち、それとも尻尾持ち？」

「どんな奴が来るんだろうなぁ。きっと魔塵総領みたいな偉い人がやってくるに違いないぞ」

「俺は平界でいちばん強い戦士だと思うぜ！　人間には〝奇跡持ち〟っていう、魔法より凄え力を使える奴がいるんだろう？　ぜひ手合わせ願いたいところだな！」

「いいえ、きっととびきりの美人よ！　思わず胸がときめくような素敵な人で、ここから種族を超えた素敵なロマンスが始まるのよ！」

「何はともあれ、人間だ。はじめて魔族と友達になる奴だ！」

「そうね。ありったけの歓迎でもてなさないといけないわよね！」

退屈すぎて暇つぶしの話のタネすらなかった『迷い茨の魔王城』は、生まれ変わったかのような活気に溢れていた。人間に対して思い思いに想像を膨らませながら、わいわいと歓迎の準備を進めていく。

これまでになく楽しく忙しい時間は、過ぎていくのもとても早い。

あっという間に、人間を迎える来訪の時がやってきた。

魔王城の正面には、迷い茨の森から王城へと延びるレッドカーペットが敷かれ、人間を歓迎する特別会場が設けられていた。レッドカーペットの周囲は、クーリが率いるメイド服の一団、通称おそうじ部隊が警備している。

辺りはざわざわと騒がしい。人間をひと目見ようと、城中の魔族が集まっていた。レッドカーペットの周辺は沢山の魔族でごった返し、城の窓からも大勢が顔を覗かせている。

そんな、歓迎ムードでいっぱいの会場の熱気を受けて。

「かえりたいかえりたいかえりたいかえりたいかえりたいかえりたいかえりたいかえりたいかえりたいかえりたいかえりたいかえりたいかえりたいかえりたい……」

ナサニエル・ノアは、いよいよ死にそうになっていた。

長く延びるレッドカーペットの最奥である城の入り口前には魔王専用の玉座が置かれ、ナサニエルはそこに座らされていた。その全身はひきつけでも起こしたようにガチガチだ。

「ひぃ、ひぃ……人が多すぎる。視線で焼かれる。死んでしまうぅぅ」

「死にません焼かれません。黙っておとなしくしてください」

「心臓が破裂しそうだ……うぅ、もし口から飛び出た時は受け止めて、クーリ」

「嫌ですよ、気持ち悪い」

今のナサニエルは、黒地に赤の意匠を走らせた、厳かな衣装に身を包んでいた。魔王就任の時に嫌々着て以来、箪笥の奥で埃をかぶっていた儀礼用の礼服だ。

まさしく魔界の王と名乗るにふさわしい服装だったが、派手で攻撃的な装飾は、ろくに運動していないナサニエルの痩身にはまったく合っておらず、いっそかわいそうなほどに服に着られている。ナサニエルは青い顔で、できの悪い着せ替え人形のような自分の姿を見下ろす。

「なんだよこの仰々しい服。いっそ裸より恥ずかしいじゃないか。どうして僕が衆目に晒されるような辱めを受けなければいけないんだ。帰りたい」

「ここが貴方のお家ですよ、魔王様。それに周りをご覧ください。皆これからやってくる人間に興味津々で、誰もナサニエル様に目を向けていませんよ。はじめて姿を見た人も多いでしょうに、人望ありませんね」

「人望なんかなくて当たり前だろ引きこもりなんだから！　泣くぞ！」

「泣かないでください、化粧が崩れますので」

傍に立つクーリは、ナサニエルの抗議も弱音もまったく意に介さない。長い尻尾でぴしゃりと玉座を叩き、冷たい赤目で睥睨する。

「心配せずとも、今日の歓迎式はあくまで簡単な顔見せ。ナサニエル様の仕事はまったくありません。最初から期待はしていませんから、黙って座っていてくだされば結構です」

「……それはそれで、無能扱いされているようで良い気分はしないんだけどなぁ」

「チッ――分かりました。スケジュールを変更して魔王様によるスピーチを挿れましょう。ナサニエル様は会場をどっと沸かせる感動的な演説をお願いします。もちろんアドリブで」

「ごめんなさい許してほんと無理です勘弁してください貝のように黙ってじっとしてます二度と調子に乗りません」

引きこもりのナサニエルの貧弱な心は、魔族の集まるただ中に放り出されたことで、すでに瀕死だった。クーリは、そんなナサニエルの心境を無視して淡々と言う。

「繰り返しになりますが、今日は停戦以来五〇年ぶりとなる、魔族と人間が正式に顔を合わせる記念すべき日です。肝心の城の主が不在では示しが付きません。人間と魔族が手を取り合う未来のためにも、可能な限り豪華でフレンドリーな歓迎をすべきです」

「豪華でフレンドリーな歓迎、ねぇ」

ナサニエルは呟きながら上を見上げる。

魔王城の大きな扉には、この日のために王城の皆が用意した横断幕がかけられていた。城中の端切れを寄せ集めたパッチワーク調の長い布に、かろうじて読めるくらいの歪んだ文字で『歓迎　魔王城へようこそ　どうかおくつろぎください　魔族一同』とでかでかと書かれていた。

横断幕の周囲には、色紙を貼り合わせて作った紙風船を沢山飛ばしている。しかし、その多くは空気が抜けて萎んだり、ヨレて皺くちゃになっている。ナサニエルが見上げている時にも、どこかからやってきた鳥が紙風船を啄んで破裂させていた。はらはら舞った紙くずがナサニエルの頭の角にぽとりと落ちる。

クーリがエプロンドレスを纏った大きな胸をふんすと張り、珍しく得意げな顔で言う。

「会場の設営は、平界の書物を研究し人間の文化を把握し尽くした私が指揮を執りました。これが人間にもっとも喜ばれる歓迎の作法です」

「そうかなぁ、旅先でされたらサービスの品質がほんのり不安になるやつだと思うけどなぁ」

「どうあれ、あとはまごころを籠めておもてなしするのみです――あちらは、予定通りのご登場のようですね」

クーリが、気合いを入れ直す合図のように、竜の尻尾でぱしんと床を打つ。

迷い茨の森に開かれた林道、その道の向こうから、一台の馬車がやってきた。車輪の音に気付いた魔族が、待ってましたと声を上げる。

「人間だ、人間が来たぞ!」

「いらっしゃ〜い、魔界へようこそ!」「顔を見せて!」「オイどけよ、人間が見えねえだろ!」

「そっちがどけよぶっ飛ばすぞ!」「ウォォォォォ、手合わせしろァァァァ!」

思い思いの歓声を上げて、人間の乗った馬車を歓迎する魔族たち。

しかし、その熱烈な歓迎に、馬車はまったく反応をしなかった。

門を潜った馬車がレッドカーペットの前で停車する。がちゃりと扉が開けられ、従者らしき二人の人間が姿を見せた。魔族たちがおぉっとどよめくも、二人は大勢の魔族を一瞥もしない。

従者らしき二人は、馬車の荷台から、大きな箱を取り出した。

宝箱だ。朱塗りに金の装飾をあしらい、沢山の宝石をちりばめている。二人はその箱を持ち上げると、レッドカーペットを少し進み、ナサニエルたちの前にごとりと置く。

そのまま二人は、足早に馬車の中へと消えた。ぱしんと鞭がしなり、馬車が反転する。

何の挨拶もなく、馬車は去っていってしまった。

「……おい。帰っちゃったぞ」

「あの箱、いったいなんだ？」

「贈り物か？　歓迎する人間はどこにいるんだ？」

魔族たちの意識は、必然的に残ったものへと注がれる。

ナサニエルもクーリも目を逸らせなくなる。

人ひとりがすっぽり収まりそうな、大きな大きな宝箱から。


――それらは全て、ニカ・サタニック・バルフェスタの仕組んだ策だった。

〝傾国の悪女〟は、人の心を弄ぶ。

彼女は誰よりも人の心と、美の何たるかについてを理解していた。

人は第一印象が八割と言われている。ほんの一瞬の目配せで、人は服装や立ち姿から相手の人となりを見極める。それだけの莫大な情報量が、脳内で一気に処理されるのだ。

そして、心はまっさらで無防備な時がいちばんつけ込みやすい。

ニカは狩人だ。獲物を仕留める好機をみすみす逃すヘマはしない。

最初の一秒。

人の心は、出合い頭のたった一秒で堕とすことができる。

「奸計の心得その一、一目惚れこそ防御不能の必殺剣――時間の無駄は嫌いですの。魔王城、わたくしのものにさせて頂きますわ」

ニカはほくそ笑み――パチンッ！　と指を鳴らして開幕を告げる。


変化は突然に起きた。

宝箱がひとりでに開き、その中から、目も眩むような眩い光が噴き出してきたのだ。同時に、もうもうとした白い煙が溢れ出して、宝箱の周囲に渦を巻く。

「な、何だ!?　これもお前の仕業かクーリ!?」

「いえ、これは……」

ナサニエルが上擦った声を上げ、クーリが静かに目を見開く。

突如として溢れ出した眩い光と煙によって、視線も意識も宝箱に釘付けにされる。

そうして、色とりどりの光に照らされたスモークの中から、彼女は立ち上がった。

〝傾国の悪女〟の目論み通り、魔王はそれから起きた全ての出来事を余すところなく目撃する。

眩く光るスモークの中に、なまめかしい人影のシルエットを見る。

煙の隙間から覗く彼女の顔、そのしめやかに閉じられた双眸や、優美に流れる薄桃色の髪に視線を吸い寄せられる。髪をかき上げるような仕草で持ち上げられた手、その指の一本一本のしなやかさにハッと息を呑む。

「お初にお目にかかります。平界からの使者、ニカ・サタニック・バルフェスタと申します」

優雅で、高貴で、とろけるように甘い声が、するりと耳に滑り込む。

そして、次第に煙が晴れていく。

彫刻のような美貌。持ち上げた腕。そして肩。鎖骨。上から下にゆっくりと露わになっていき——その先に、本来あるべきものがないことに気が付く。

何も身に着けていないのである。

彼女の身体には、下着を含めた視界を遮るものが、何一つ存在しなかった。

磨かれたように艶やかな素肌は宝箱から溢れ出る光を浴びてきらめき、胸やお尻の豊かな膨らみを惜しげもなく晒している。

さらにあろうことか、その全身には香油が塗られ、てらてらと濡れたような輝きに包まれていた。オイルからは、吸い込めば意識がくらりとするほど甘く濃密な香りが放たれている。

それは平界に伝わる、とある逸話に基づく姿だった。

ある国の王に近付きたいと願った一人の女性は、贈呈品の絨毯にくるまって身を隠し、王

の眼前に突然姿を現して驚かせたという。その際女性は何も身につけず、全身には芳しい香油を塗りつけ、その非現実的な艶めかしさで王の心を摑んだのだとか。

かの女性は、そのような姿で王を魅了し、絨毯の中に潜ませていた短刀を胸元に突き立てて暗殺を成し遂げたという。

それが実際にどれほどの効果があるのかは、ニカが目を開けば一目瞭然。

眼前の玉座に収まる主は、驚きに目を皿のように見開き、口をぱくぱくと開閉させている。

「此度、この瞬間から。わたくしのこの身も心も、全て貴方様のものです」

「っ……あ、あ……？」

驚き、見惚れて、何も考えられない。まったくの無防備な姿。

視覚も、嗅覚も、聴覚も、意識の全てがニカの美貌に晒されている。

それはすなわち、ニカの完全勝利を意味していた。

さながら、女性が王の胸元に短刀を突き立てた逸話のように。

ニカの魔性の瞳が、王の顔を覗き込む。

「魔王様――わたくしを、見て」

甘くまろやかな、たったの一言。

それで、全てが終わるはずだった。

――ボンッ！

突然、奇妙な音がした。

葡萄酒瓶のコルクを勢いよく抜いた時のような、どこか気の抜けた破裂音。

魔王の頭から生えた二本の角、そのうち煙突のように上を向いた大きな一本から、大量の白煙が噴き上がった。

「……え？」

予想外の反応に、ニカは長い睫毛をぱちぱちと瞬かせる。

確実に『いける』と感じていた手ごたえは、角が爆発した瞬間にかき消えていた。

魔王の角からはもうもうと白煙が上がっている。その顔は、何か悟りを得たように安らかだ。

あのアルカイックな顔は何？　どういう感情？　ニカは困惑し、オイルまみれの魅惑のポーズのまま固まってしまう。

微妙に気まずい沈黙の中、傍に控えていたメイドが動いた。

魔王の顔の前で手を振って、それから静かに首を横に振る。

「気絶しています」

「……えっ」

気絶？　この状況で？　自分の、この魅惑の裸体を前にして？

ニカの戸惑いをよそに、メイドは魔王を抱え上げた。お姫様抱っこをしようとするも、角から立ち上る煙が顔にかかり、チッと舌打ち。長い尾を胴体に回して雑に持ち上げる。

尻尾をだらんとぶら下げた格好で、メイドはニカに振り返り、瀟洒なお辞儀をした。

「我らが魔王は執務があるため、先に退席させて頂きます——魔王城へようこそ。魔族を代表して歓迎いたします。ニカ様」

「え、ええ。どうも……？」

「魔王城での生活については、担当の者に任せておりますので、詳しくは後ほどご説明させてください。それでは、失礼いたします」

一方的にそう言って、メイドは魔王を抱えて早々に城の中へと引っ込んでしまった。

後に残されたのは、オイルにてらてらと光る裸を晒すニカと、それを眺める大勢の魔族たち。

沈黙していた魔族の一人が、ぽつりと呟いた。

「……あれが、人間の普通の服装なのか？」

こうして、はじめての人間と魔族の邂逅は、地獄のように気まずい空気で幕を閉じたのだった。

奸計その二

# 押してダメなら押し当ててみろ、ですわ



魔王ナサニエル・ノアと、人間ニカ・サタニック・バルフェスタの邂逅から、数十分後。

『迷い茨の魔王城』の広い廊下に、ワゴンを押す一人の魔族がいた。

「今すぐ溶けて消えてしまいたい」

陰気な言葉を吐くのは、メイド服の少女だった。人間でいえば十代前半くらいの小柄な見た目。真新しいエプロンドレスは、かわいさよりも着慣れていないぎこちなさの方が目立つ。

彼女の外見で特徴的なのは、髪だった。黄緑色をした髪は一本一本が指ほどの太さがあり、水分をたっぷり含んだゼリーのような半透明の艶がある。そんな太くてみずみずしい髪が彼女の目を完全に覆い隠し、まるでモップかイソギンチャクを頭からかぶったように見えた。

名前はムース・オリワン。クーリ直属のメイド隊、おそうじ部隊に入ったばかりの新人だ。仕事はまだまだ覚える途中。ワゴンを押すのも慣れておらず、積んだ料理が崩れないか不安でしょうがない。

今、そんな新人メイドの背中に、魔界の未来という大きな使命が背負われていた。

「ううぅ、やっぱり無理ですよぅ。人間へのご奉仕なんて、わたしみたいな半端者に務まるはずないじゃありませんかぁ」

おそうじ部隊の中から、人間のお世話係を一人任命する。部隊長でありメイド長のクーリか

らそう告げられたのが、つい一週間前のことだ。

クーリはご奉仕の心、つまりはやる気を尊重するとして、世話係を立候補で募った。そこで我こそはと手を挙げて選ばれたのがムースだった。

もちろん、彼女が特別に優秀だったのではない。彼女以外の立候補者が誰もいなかったのだ。集会の後に先輩に呼び出されて言われた言葉を、ムースは今でもハッキリと思い出せる。

――私たち、わざわざ責任のある仕事とかやりたくないんだよね。

――そーそー。それにアタシたち、毎日のお掃除で手一杯なんだぁ。その点ムースなら、いてもいなくても変わらないっていうかぁ、むしろ楽になるっていうかぁ？

――ムースちゃん、早く一人前になりたいんだよね。だったら適任じゃん？　立派に仕事ができたら、クーリさんからも認められるよ。

――まあ、失敗したら怒られるどころじゃないけどね。最悪殺されちゃうかも？　あははっ。

要するに、ムースは先輩に身代わりにされたのだ。そうじゃなければ、どうして普段の掃除もままならない新人が立候補なんてするだろう。

それなのに、あろうことかクーリはムースの立候補をそのまま受理し、人間のお世話役に大抜擢（ばってき）してしまったのだ。「貴方（あなた）のご奉仕の心には感銘を受けました」と言われた時の申し訳なさは、今思い返しても穴があったら入りたいほどだ。

こうしてムースは、ろくにご奉仕の作法も知らないまま、魔界でもっとも重要な賓客の元へと向かっているのだった。

「世界はどうしてこんなにもわたしに厳しいんでしょうか。絶望の未来が約束されています。わたしのお先はまっくろくろです。ご奉仕を失敗してクーリさんの期待を台無しにして、今度こそ生きる価値のない生ゴミとして魔王城から追放されてしまうんです。くすん」

ワゴンを押す足取りは重く、一歩踏み出すごとにぺたぺたと水っぽい音がする。

振り返れば、彼女の髪と同じ黄緑色をしたゼリーのようなものが靴跡の形にこびり付いていた。それを見て、ムースはさらに重い溜息をこぼす。

「やっぱり溶け出ちゃった。後で掃除しないと先輩から怒られちゃう。ああでも、先にわたしがとんでもない失敗をして、クーリさんにわたしという矮小な存在をお掃除されるのが先でしょうかね。えへ、へひ……ああ、溶けたいなぁ。溶けて消えてしまいたいなぁ」

卑屈な声をあげ、ぺたぺたとゼリー状の足跡を残しながらムースは歩く。

辿り着いた先は、魔王城の幹部のための居室が並ぶ廊下だった。そのうちの一室が、賓客である人間のためにあてがわれていた。

ムースはごくりと息を呑んで、居室の扉をノックする。

しかし、扉の向こうから返事はなかった。もう一度ノックしてみるも、やはり反応はない。

ノブを回すと、鍵は掛かっていなかった。ガチャリと音を立てて扉が開く。

「し、失礼しまーす……」

おっかなびっくり声を上げて、恐る恐る部屋を覗き見る。

床は全面絨毯敷き。部屋の中央にある大きなベッドは綿を詰めたばかりの新品で、飛び込めばぽよんと弾みそうなふわふわ感だ。その他にも、大きな姿見付きの化粧台や革張りのソファなど、魔王城が持つ最高級の家具が揃えられていた。

元々は幹部の寝泊まりに使われる場所で、部屋数は少ない。扉はムースが入ってきたものの他にもう一つ、備え付けのバスルームに通じる扉がある。

その扉が、不意に開かれた。

バスルームから現れた彼女を見て、ムースは声が漏れるのを抑えられなかった。

「ひぇっ」

「あら」

おそらくシャワーを浴びていたのだろう。バスルームから現れた人間は、裸のままだった。濡れそぼった身体に纏わせるのは、首にかけたバスタオル一枚だけ。水分をたっぷり含んだ桃色の髪が身体に張り付き、優美な曲線を描いている。

元々の雪のように白い肌が温められ、ほんのりと朱色が差した身体は、とろけるほどやわらかそうに見えた。ムースは無意識にごくりと喉を鳴らしてしまう。

「ごめんあそばせ。身体が汚れていたものですから、シャワーをお借りしていましたの。ノックに気付けず、失礼しました」

「わ、わわわわたしの方こそ申し訳ありません！　こんなしょうもない存在が視界に入るとか本当に無礼すぎますよね頭が高すぎますよね、今すぐ消えます！」

「裸を見られるくらい気にしませんわよ。減るものではありませんし……何なら先ほど不特定多数に見られてしまいましたし……お気になさらず」

人間は、部屋にいたムースに驚きこそすれ、羞恥心は感じていないらしかった。首からかけたタオルで髪の水分を拭き取りながら、ムースに余裕のある笑みを浮かべて見せる。

「それで、貴方はどなたで、何用でしょうか。本日の予定は特になしと伺っておりましたが」

「は、はいっ。本日からニカ様のお世話役になります、ムース・オリワンです！　お腹が空いているかと思い、軽食を持ってきましたっ」

「あら、よろしくお願いしますね、ムースさん。軽食もありがとう。果物はあるかしら？」

「え、ええと。ちょっとでしたら」

「なら、着替えた後でいただきますわ。寝る前に食べると寝付きが良くなるので」

軽やかな口調でそう言いながら、ニカは化粧台の前に座り、髪の手入れを始めた。

下着も着けない、裸のままだ。傍にいるムースをまるで気にしていない。火照った足を組み合わせ、鏡に裸体を映すニカは、一枚の絵画のように美しく見えた。その光景に、色気よりも住む世界の違いを感じて、ムースは呆気に取られてしまう。

「その髪」

「えっ？」

　不意に声をかけられた。ニカは髪に櫛を通しながら、化粧台の鏡越しにムースを見ている。

「魔族は皆様、種族ごとに外見的な特徴があると伺いましたわ。獣の耳や、角を生やした方はお見かけしましたが、貴方のような髪ははじめて見ます。貴方はどのような種族なのですか？」

　はじめて魔族に触れる人間として、ごく自然な問いかけ。

　彼女にとっては世間話以上の興味はなかったのだろう。

　しかしそれは、ムースにとって、とても答えにくい質問だった。

「その……実はわたし、スライムなんです」

「スライムというと、平界でも時おり姿が見られる、あの魔物の？」

　魔界に充満するエネルギー、魔素。それは耐性のない生物に害をもたらす他、動植物に狂暴な進化を促したり、独自の生態系を構築させたりする。そんな魔素の影響を受けて生まれた生物は、総称して魔物と呼ばれていた。中でもスライムは低級でありふれた、人間の街で言うネズミに相当するような生物とされている。

「スライムとは、わたくしの知る限り、沼地など湿っぽい所に生息する、水球のような生物と記憶しておりますが」

「はい。突然変異って言うんでしょうか、わたしはスライムでも稀な、自我を持つ個体でして。群れに馴染めず、追い出されてぼっちだったところを、クーリさんに拾ってもらったんです」

スライムには形状変化の能力があり、今のムースの人型の姿も、能力を使って変形したものだ。それでも髪の毛のような細かな部分の再現は難しく、頭からモップをかぶったような不格好な姿になってしまっている。

「そういう出自なので、わたし兄弟とか家族とか一人もいなくて。魔王城の皆も、ほんのりわたしのことを避けがちなんですよね……まあ、スライムなんてべたべたヌルヌルして不潔な生き物ですからね。下等生物がいっちょ前に人の姿をして、皆様の住む場所をうろついて話しかけでもしたら嫌な気分になって当然です。そんなだから面倒事ばっかり押し付けられちゃうんですよ……はぁ、つら」

「ふむ……」

「って、ああああああすみませんすみませんすみません。わたしみたいな喋(しゃべ)る生ゴミのプロフィールなんて世界一無意味な情報でした。じめじめした話でお耳を汚して申し訳ありませんっ」

ぺこぺこ謝るムース。その足下にはぽたぽたとゼリー状の液体が滴っている。心が乱れると身体(からだ)の変形も維持できず、元の黄緑色の液体があちこちからこぼれ出てしまうのだ。

「ごめんなさいごめんなさい、気持ち悪いですよねご気分を害されましたよねべたべたキモいよ害獣がとか思ってますよね。ひひ、へひ……やっぱりわたしにお世話係なんて務まらないんですわたしがいちばんわかってるんです。すみません今すぐ消えます。お世話係は他の人に任せて、わたしは誰にも見られない場所でひっそり溶けて――」

「ムースさん」

ムースの卑屈な言葉は、ニカのたった一言でかき消された。

ムースが顔を上げると、ニカが化粧台から立ち上がっていた。その扇情的な姿に言葉を失う。

それこそがもっとも完成された美であると言うような、生まれたままの姿で、ニカは言う。

「こちらへ、来てくださいますか」

「……はい」

口が勝手に動いていた。ムースは見えない糸に引っ張られるようにニカへと近づく。

崖際に近づくような慎重な足取り。ぺた、ぺた、という水っぽい足音が響く。溶け出た体液が足跡を付けていて、それがとても恥ずかしくて、ムースはまたしても俯いてしまう。

その床ばかりを見つめる顔に、ニカの手がそっと添えられた。

「ひゃひっ。に、ニカ様……？」

「顔を上げて。わたくしに、ムースさんの顔を見せてくださいまし」

「ひへ……か、髪は触ったらダメです。汚いですから……！」

「そうですか？　透き通った綺麗な色をされていますのに。それに感触もゼリーのようにぷにぷにで心地いいですわ」

スライムは腐肉食だ。動物の死骸にまとわりつき、屍肉をゆっくりと消化して栄養を得る。

この食性もあって、魔界では不潔な生き物の代表として毛嫌いされている。そんなスライムの特徴をもっとも残した髪を撫でられるなんて、はじめての経験だった。

ムースはぎゅっと目を閉じ、ニカの手にされるがままになる。身も心も無防備な状態。その耳にニカの囁きが滑り込む。

「そうですか。ムースさんは、ひとりぼっちなのですね。お仲間もおらず、立場が弱いから逆らうこともできず。きっと、自分の居場所がどこにもないような気持ちでいたのでしょう」

「っ……！」

「ですが、ご安心ください。ムースさんの孤独な毎日は終わります。今日から、わたくしの傍が貴方の居場所となるのですもの」

どうして、出会ったばかりの異種族に、そのように強い言葉を使えるのだろう。

そんな疑問すら押し流してしまうほどに、彼女の言葉はムースの胸を高鳴らせた。

甘くまろやかな言葉が、頭から不安や自己嫌悪を追い出し、薄桃色に染めていく。

ニカの手がムースの髪をどかし、彼女の目を露わにしたのが感触で分かった。はぁと鼻にかかる息の熱。ぎゅっと閉じた瞼のすぐ目の前に、彼女の美しい顔がある。

「目を開けて、ムースさん。わたくしを見て」

「ニカ、様……ニカ様ぁ……！」

もはやそれは、抗いがたいほど強く、蠱惑的な、魔法めいた魅惑の囁きで。

ムースは囁かれるままに目を開き、みずみずしい瞳に新たなご主人様の顔を映し出し——

「はい、おしまい」

　魔性の輝きが、ムースの心を塗り潰した。

　まるでニカの瞳が、ムースの目から輝きを吸い取ったようだった。

　ムースの顔から感情が消え失せた。佇んだまま、時間が止まったように凍り付く。

「そこで跪きなさい。わたくしが命令するまで、いかなる反応も、記憶することも禁じます」

「かしこまりました、ニカ様」

　感情の籠もらない声でムースが答え、膝を着いた。

　ニカは、魂の抜けた人形のようになってしまったムースの胸から手を引き抜き、砂利でも触った後のようにぱんぱんと手を払った。ニカがムースに向ける目はぞっとするほど冷たい。

　当然だ。殺しにきた相手に優しくできる人など、この世界には存在しないのだから。

「魔族は残忍という噂は本当ですのね。初日から刺客を送るなんて、油断も隙もありませんわ」

　ニカも平界に生きる人間として、魔族に関する知識は有している。

　魔族は恐ろしい存在だ。奴らは人間の肉がいちばんの御馳走で、ひとたび捕まってしまえば、生きたまま串で貫かれ、火で炙られて食い殺されてしまうのだ。やんちゃな子供に対し「言うことを聞かないと魔族に攫われてディナーにされるぞ」と脅すのは、平界で定番のしつけ方だ。

ニカも幼い頃は、魔族に関する怪談を本気で信じ、眠れない夜を過ごしたものだった。その怪談が嘘でないということが、たった今証明されてしまった。

「スライムを人間に擬態させ、下手なメイドの演技で忍び寄ろうだなんて。見くびられたものです。このわたくしが、下等生物に後れを取るとでもお思いなのかしら」

ニカは苛立ちも露わに、跪いたスライム娘の頬を足裏で小突いた。ムースはニカの言いつけの通り、虚空を向いたまま何の反応も返さない。

彼女のゼリー状の髪を手のひらで弄びながら、ニカは唇を歪めて邪悪に笑った。

「ですが、ムースでしたか。そのスライムらしい単細胞は好みですわよ。弄びやすくて、ね」

今のムースは、ニカの傀儡だった。ニカが命令をしなければ、何をされても――たとえその胸にナイフを突き立てられたとしても――声ひとつ上げはしないだろう。

これこそが、ニカが平界で幾つもの国や都市を手中に収め、〝傾国の悪女〟と呼ばれる大罪人にまでなった理由だ。

〝奇跡持ち〟。平界でごく稀に生まれる特異な人間を総称し、そのように呼ぶ。

通常は人間にとって毒となる魔界の魔素に耐性を持ち、常識を覆す異能を持つ。

ある者は空を自在に飛び、ある者は山のような大岩を持ち上げ、ある者は遠い未来すら予見する。その戦力は一人で人間数千人分とされている。

五〇年前の大戦時には勇者とも呼ばれた、平界の最高戦力――ニカ・サタニック・バルフエスタは、そんな異能の力を持つ〝奇跡持ち〟の一人だった。

彼女の能力は『魅了』。相手の自由意志を奪い、ニカの意のままに操る力。

ひとたびニカの術中に嵌れば、たとえ裸になれと言われても、全財産を差し出せと言われても、喜んで彼女に従う操り人形となってしまう。国すら崩壊させうる強力無比な能力だ。

しかし、誰にでも『魅了』が使える訳ではない。相手を操るには、一つの条件があった。

その条件が、相手にニカを好きになってもらうこと。

心を操るには、まず自分だけの力で、相手の心を奪わなければならないのだ。

強力な能力の代償のように課せられた、人によっては一度も発動する機会を得られないほどの、難しすぎる発動条件。

この癖の強い奇跡を使いこなすために、ニカはあらゆる努力と研鑽を積んだ。

原石を輝く宝石へ変えるように、元々端正だった美貌を徹底的に磨き上げた。

美しさとは何かを研究し、声色から匂いに至るまで、人に好かれる身体を追求した。

相手の性格や嗜好を見抜く審美眼を極めた。服装のセンスも、演技力も極め、あらゆる状況、あらゆる好みの相手に対応ができる。

そうして磨き抜かれた彼女の美貌は、もはや「見てしまえば必ず惚れる」と言えるほど。それ自体が一つの魔法に匹敵する輝きを放っていた。

好きになった相手を操る異能に、絶対に相手を好きにさせる美貌。それが〝傾国の悪女〟ニカ・サタニック・バルフェスタが持つ、世界を支配しうる力だった。

ニカは自らの美しさに絶大な信頼と、誇りを持っている。

だからこそ、ニカの心境は穏やかではなかった。

「それにしても……ああ溜飲が下がりませんわ！　周到に準備したわたくしの完璧な奸計が、まさかあんな形でシカトされるなんて！」

思い出すのは、数十分前の謁見の会でのこと。

〝傾国の悪女〟の繰り出した必殺の奸計が、この城の魔王に空振りにされたのだ。

「男も女も、わたくしの裸を見て堕ちなかった人はいませんのよ。今日のために食事も控えて肌つやを整え、万全のコンディションに仕上げましたのに、それを見向きもしないなんて！このおっぱいを前に気絶？　信ッじられません！」

自分の豊かな膨らみをすくい上げるように持ち上げてふるふる揺らす。

シルクよりもなめらかな手触りで、温かくふわふわで、とろけるように柔らかい。ひと目拝むために国宝を献上されたこともあるおっぱいだ。誇張でなく国宝級のおっぱいなのだ。これを前にしようものなら、一瞬も目を逸らせずに、眼球がカラカラになるまでまんじりともせず凝視する以外にできないはずなのに。

「演出のために狭苦しくて蒸し暑い宝箱に閉じこもり、わざわざ全身を香油でヌルヌルにまでして。キッツイ香油の香りが充満した箱の中でじっと待つのは控えめに言っても地獄でしてよ!?　そんなわたくしの努力が、全て水泡に帰すなんて。くぅ……このわたくしが、ただ無益に裸を晒（さら）してしまうなんて、耐えがたい屈辱ですわ」

ニカは裸を見せることを恥とは思わない。ありのままの自分の姿こそが世界でもっとも美しいと、絶対の自信を持っているからだ。しかし、彼女なりの美学というものはある。

優れた騎士ほど、容易（たやす）く剣を抜きはしない。魔術師は奥の手となる大魔法を最後まで隠しておくものだ。それを発動するとはすなわち、そこで勝負を決める覚悟があるということ。

ニカにとっての裸とは、絶対に相手を堕とすための最終兵器なのだ。

それが、見せ損なんて。ただ自分の裸を、大勢の魔族に露出させただけだなんて──！

自分のすべすべほっぺをぱちんと叩いて深呼吸。失敗を許せないのは三流だ。ニカは違う。

「っ～～～～！　……ふぅ。落ち着きなさい、わたくし。イライラはお肌の大敵ですわよ」

すっかり湯冷めした裸に下着を着けながら、ニカは冷静に状況を分析する。

ニカにあてがわれた居室は、かなり上質な部屋だった。用意されている家具も、平界の最高級品とひけを取らない代物だ。しかし、これはもちろんニカを油断させるための魔族の罠だ。のんきにベッドで寝ようものなら、寝込みを襲われて二度と朝を迎えることはないだろう。

ムースが持ってきたワゴンの銀蓋（ぶた）を取ると、小ぶりなサンドイッチから切り分けられた果物まで、軽く摘（つま）める様々な料理が用意されていた。どんな毒が入っているか分かったものじゃない。ニカは一瞥だけすると、鼻を鳴らして蓋を閉じた。

次の刺客が来る様子はないが、油断してはいけない。魔族はその名の通り魔に準じる種族。今この瞬間も、どんな魔法が張り巡らされているか分かったものではない。

そこまで考え、ニカは結論づけた。

「やはり、今日中に魔王城を支配する以外にありませんわね」

大勢の魔族に裸を晒した謁見の時を思い出す。

気絶する前の魔王は、確かにニカの裸体に釘付けになっていた。

彼女の美貌は魔族にも通用する。であれば、堕とすことなど造作もない。

自分に向けられた熱い視線を思い出して、ニカはぺろりと舌なめずりをした。

「攻略対象があんなにかわいらしいのは僥倖ですわね。とても食べ応えがありそう」

魔王の見た目は、ニカよりも少し年下に見えた。不健康そうな様子だったが、それが逆に薄幸の美少年めいた雰囲気を纏わせていて魅力的に映った。

何なら、好みと言っていいかもしれない。ニカが餌としてきた権力者は、たいていニカよりも年上で、筋肉や贅肉で大柄な男だった。魔王のような年若い少年との逢瀬は、ニカはあまり経験したことがないものだった。

ニカにとって『魅了』は食事と同じだ。生きるうえで欠かせない行為であり、食べるものはご馳走であるほど良い。魔王を舌に乗せて啜ってやれば、きっと極上の美味がすることだろう。

「わたくしの美しさに当てられて気絶？　ご冗談を。そんなミジンコのような胆力の人は見たことがありません。一つの城を治める主が、そんなに小心なはずがありませんわ」

謁見の会における魔王の気絶は、何らかの事故なのか、それともニカの意図を察した誰かによる防御策だろうか。どうあれ、理由は大した問題ではない。

ニカは平界最凶の悪女だ。一度や二度の失敗で諦めはしないし、自信を失いもしない。

ニカはムースの顔を覗(のぞ)き込んだ。操り人形と化したスライム娘に甘い声で囁(ささや)きかける。

「ムースさん。わたくしを魔王様の居室まで連れていってくださるかしら」

「かしこまりました、ニカ様」

瑞々(みずみず)しい舌で唇をちろりと濡らし、悪女は妖艶に微笑(ほほえ)んだ。

「奸計(かんけい)の心得その二、おっぱいに勝てる男なんてこの世に存在しませんわ――次は失敗しません。今度こそ魔王をわたくしの虜(とりこ)にし、跪(ひざまず)かせて差し上げますわ」

ニカがスライム娘を手籠(てご)めにし、静かに魔の手を伸ばそうと企(たくら)んでいた、ちょうど同じ頃。

「人間怖い！　僕はもう絶対外に出ないからな！」

気絶から回復した魔王ナサニエル・ノアは、青ざめた顔でそう叫んでいた。

布団に頭まですっぽり隠していつものかまくらモードに変身した魔王を見て、副官クーリ・ラズリエラ・ミュステリオは静かに嘆息した。

「せめて着替えてから引きこもってください。礼服に皺が寄ってしまうでしょう」

「あれはヌーディストだ。人前で公然と裸を晒してなんとも思わない。それだけ遊んでる奴なんだ。つまり陽キャだ、僕の天敵だ！　あれ以上顔を合わせたら蒸発して死んでしまう！」

言わずもがな、ナサニエルは陽キャが苦手だ。そもそも彼らのような精神の生き物が本当に世界に存在することが信じられないでいる。

なんで彼女が裸だったのかは知らない。人間の正装が裸なのか、それとも彼女本人の性癖なのか。とにかく分かるのは、彼女が堂々と裸を晒せるほど自分に自信があるということだ。

「ああいう奴はどうせ『うぇ～い魔王様ノリ悪いじゃん。テンション上げな？　てか服着てる意味なくね。脱～げ、脱～げ』とか言って同じノリを強要してくるんだ。人前に出るだけで心臓が破裂しそうだったのに、裸になれなんて言われたら爆発して塵も残らないぞ！」

「どう見てもニカ様はそんなチャラい口調では話さないでしょう。それに悪し様に言いますが、ナサニエル様の方こそ、意外と悪い気はしないのではありませんか？」

「ふざけるな、あんな奴と関わりあって僕にメリットなんて――」

「ガン見していたではありませんか。裸」

「ばっ――」

電流を流されたように、布団の山が跳ねた。

布団の隙間から、真っ赤になったナサニエルの顔がずぽんっと飛び出してクーリを睨む。

「は、はぁ!?　ち、ちちち違うし。驚いていただけですし！　予想外のことでショックを受けていただけですし!?」

「落ち着いてください。煙噴いてますよ。それはもう景気よくシュポシュポと」

「え……はっ！」

ナサニエルの頭の、先ほど真っ白い噴煙を吐き出した大きな角は、ナサニエルの赤面に同調するように小刻みに白い煙を吐いていた。

クーリが今度こそ呆れて、長い尻尾を揺らす。

「まさか裸体に興奮して卒倒なんて。私は悲しいです。お仕えする王がムッツリドスケベミジンコメンタルカス虫だなんて、先代にどう申し開きすればいいか分かりません」

「だから、気絶したのは別に、興奮した訳じゃなくて……！」

ナサニエルは必死に言い訳をするも、その口調はしどろもどろでまったく説得力がない。

実際、ナサニエルの脳裏には、今もあの瞬間の光景が焼き付いていた。

宝箱の中から、色とりどりの光と煙と共に現れた、一糸まとわない人間。なめらかな肢体。ふるりと揺れる豊かな胸。しなやかな腰。肉付きのいいお尻。甘い声。艶やかな桃色の髪。

十数年生きてきて、あれほどに誰かを「美しい」と感じたことはなかった。生唾を飲むという感情をはじめて味わった。ナサニエルの目は、彼女が宝箱から飛び出した瞬間の、躍動的な動きに応じて揺れる大きな胸の膨らみを、感触すら感じられるほど鮮明に覚えていて――。

「ほら、また煙が」

「っ～～～～～!? 違……本当に、興奮してるとかじゃなくて……!」

「別に構いませんよ? 英雄色を好むといいますし、魔王が性に旺盛なのはむしろありがたいことです。何なら、そういった意味でも『お近づき』になってはいかがです?」

「そ、そういった意味って?」

「はぐらかさずともお分かりでしょうに。もちろん肉体関係ですよ」

クーリが無表情のまま、指で作った輪っかにもう片方の指を通すジェスチャーをするので、ナサニエルは今度こそもう一度卒倒するかと思った。

「種族を超えた恋愛関係なんて、今の魔界がもっとも欲している幸せなスキャンダルと言えます。もし婚姻まで発展すれば勲章ものですよ」

「何を言うんだ!? 僕みたいな引きこもりが、か……身体の関係……とか、できる訳ないだろ!」

「逆に、引きこもりを克服するいい機会と考えましょう。男は女を知れば変わるとも言いますし、どうやらニカ様は性に関してオープンなご様子。頼めば一発ヤらせてもらえるのでは?」

「君なぁ!?」

まったく表情を変えないままそんなことを言うので、ナサニエルは開いた口が塞がらない。

クーリは「今のはさすがに冗談ですが」と前置きした上で、続ける。

「今は魔界の未来を決める重要な局面。ナサニエル様には城の主として、積極的にニカ様をもてなして頂きたいのです。その原動力になるのなら、下心だろうと結構ではありませんか」

「そ、そんなこと……あうぅ……!?」

クーリが焚き付けるものだから、先ほど見てしまった一糸まとわぬ人間の姿が次々にフラッシュバックしてくる。頭が熱を持ち、頭の角からふたたび白煙が上がる。

クーリは、城の主が弱音と白煙をもくもくと吐き出す様子を眺めていたが、部屋のドアをコンコンとノックする音がして、意識をそちらへ向けた。ドアの向こうから声がする。

「クーリ様、いますか?」

「その声、ムースですか。あなたには人間へのご奉仕をお願いしたはずですが?」

「その件でクーリ様にご相談したいことがあるんです。少しお時間を頂けますか?」

「構いませんよ。ちょうど暇潰――打ち合わせが終わったところですので」

クーリはそう言うと、ナサニエルに向き直る。

「今日のところはこれくらいにしておきますが。どうあれナサニエル様には人間と仲良くはなって頂きます。早めに心を固めてください」

「なあ、クーリ。やっぱり僕には無理だよ。人前に出て喋ることすらできないのに、異種族の、それもあんな陽キャ相手なんて……」

「無理だろうがやるのです。お忘れなのか知りませんが、人間と仲良くなることは魔塵総領じきじきの命令。万が一人間に嫌われでもしたら、消し炭にされますよ。美人で素敵で異種族な友達第一号を作るか、土の中で一生引きこもるか、答えは明白では？」

「どっちも地獄じゃないかぁ――――！　おかしいよ、やっぱり何かの間違いだ！　何で僕がこんな目に遭わなきゃならないんだよ!?」

「これもナサニエル様が一人前になるための試練です。では、私は多忙なのでこれで」

弱音をすげなく受け流し、クーリはナサニエルの部屋から出ていった。メイドの一人とどこかへ向かったらしく、足音が遠ざかっていく。

自室にぽつんと残されたナサニエルは、頭から布団をかぶって、外の景色から目を塞いだ。

「……何を言われても、無理なものは無理だよ」

力なく呟く。いつの間にかナサニエルの赤熱した頭は冷え、同じように心も冷えていた。

「仲良くしろなんて、さも簡単そうに言ってさ……僕みたいな奴に、できる訳がないだろ」

ナサニエル・ノアは引きこもりだ。外の世界を嫌い、貝のように閉じこもり続けている。

みっともないと自覚している。普通の生き方ではないと恥じてもいる。

それでもナサニエルは、自分の意思で引きこもりを続けているのだ。

「僕は誰とも関わりたくない。注目されたくない。魔王の座だって、平和な世界じゃ何の役目もないからこそ引き受けたのに……」

それなのに今、勝手に舞台を整えられて、人と関われと強制されている。

こうなってしまっては、仮に命令を拒否して引きこもり続けられたとしても、期待を裏切った情けない男と誹られる。

人と関わることが怖い。外が怖い。だけどナサニエルの心は、尊厳が汚されるのを黙って見ていられるほど、弱すぎもしないのだった。

だからといって、今すぐ部屋を飛び出して、臆病な自分を卒業できるほど強い訳でも、もちろんなくて。

結局ナサニエルは、布団を頭までかぶって、問題を先送りにしてしまう。

「次に目が覚めたら、全てが夢であったらいいのに」

願いごとにしても情けない弱音を寝言代わりに、ナサニエルは眠りの世界に落ちようとする。

その意識を引き留めるように、ドアの開く音がした。

用事を終わらせたクーリが帰ってきたのだろう。また自分の臆病さを罵るのか、あるいはベッドから引きずり出すために脅すのか。いずれにせよお断りだった。

ナサニエルは布団の中でさらに身を縮こまらせた。この城でいちばん偉いお前の上司は、過酷な労働による疲れでご就寝だ。まさか眠りを妨げることはあるまいな——そう言外に訴える。

それなのに、来訪者はナサニエルの訴えを無視して、彼の身体を揺すってきた。

「休ませてくれ。今日はもう疲れたんだ」

さすがにうんざりして、苛立ち交じりの不満を漏らす。身体に乗せられた手は退こうとしない。それればかりか、布団の隙間に手を滑り込ませ、ナサニエルの顔を外に曝け出させてくる。

「ッおい、やめろクーリ。いくら君でも、僕のプライベートを侵害するなんて許さ――」

「ふぅ～～～♡」

「ふひゃえはあああおおっ⁉」

耳に息を吹きかけられた。

悲鳴を上げて飛び跳ねて、ナサニエルはベッドの隅っこまで後ずさる。

ベッドに忍び寄っていたのは、クーリではなかった。

薄桃色の髪と瞳。耳も角もない綺麗な頭。こんな状況でも、一瞬息を呑んでしまう美しさ。

「ふふっ、おかしな声ですこと。まるで尻尾を踏まれた猫のよう……という比喩は、魔界では伝わるのかしら？」

「な、な、あ。君は……⁉」

「先ほどぶりですわね、魔王様。ニカ・サタニック・バルフェスタにございます」

人間の賓客ニカは、ドレススカートの端を摘み上げて一礼した。

その仕草もまた非の打ちどころのない優雅さではあるのだが、そこは問題ではない。

「ど、ど、どうしてここに……⁉」

「それはもちろん、貴方に会いに来たのですわ。この城を統べる魔王、ナサニエル・ノア様」

瑞々しい唇をくすりと綻ばせ、ニカが笑う。

ナサニエルが聞きたかったのは『なぜ』ではなく『どうやって』の方なのだが――そう問い直す暇はなかった。

いきなりニカが、ナサニエルを突き飛ばしてきたからだ。

「えい」

「うわっ!?」

ベッドに仰向けに転がされる。身を起こそうとするよりも早く、ニカがナサニエルの上に飛び乗ってきた。覆いかぶさられて両手首を摑まれ、あっという間に組み伏せられる。

「ふふ、摑まえましたわ♡」

「え、え、え？　何……!?」

押さえつけるニカの手は力強いのに、肌に感じるのは痛みよりも彼女の指のしなやかさだ。両脚にはニカのお尻が乗せられている。太ももの上で押し潰れて広がる、知らない女性の柔らかさに血流が速くなる。

ニカが至近距離から顔を覗き込んでくる。豊かなウェーブを描く薄桃色の髪が流れ落ち、カーテンのように二人の顔を包み込む。

薄桃色の淡い影が差したニカは、まるで異界へと誘うような魔性の美しさを感じさせた。その美貌が、ナサニエルを見てちろりと舌なめずりをする。

「本当に良い顔をされますわね。かわいらしくて、思わず昂ぶってしまいます」

「ニカ？　ニカさん!?　何をしてるんだ。これも人間式の挨拶なのか……!?」

「もちろん違いますわ。これはれっきとした求愛行動。今から一人の雌が、かわいらしい雄を食べちゃうのです」

甘ったるい程になまめかしい声でそう言って、ニカは自分のドレスに手を這わせた。

豊かな膨らみを押し込めたドレスの胸元に指を引っかけ、ゆっくりと下ろす。

——ぷるんっ。

「っ～～～～!?」

「ふふ、目が離せませんか？　極上と評判なのですよ。ずっしり重くて、触れた指がもっちり沈み込むほど柔らかくて……魔族の方もお好みでしょう？」

ニカはナサニエルにのし掛かった格好のまま、ぐっと上体を屈めた。重力に従いふんわりと垂れる二つの膨らみが、ナサニエルのお腹に潰れて広がる。

ニカはナサニエルのお腹から胸へ、柔肌をなすりつけるようにして身体を持ち上げていく。まるで身体を這いあがる蛇のような動き。ぞっとするほど整った美貌が、ゆっくりとナサニエルの顔に迫る。

「先ほどは不覚を取りましたが、今度は逃がしません。どんな邪魔も入らせず、二人きり。ゆっくりしっとり、耽溺させて差し上げますわ」

「っ……！　っ……!?」

　ナサニエルはもうマトモな声すら出てこない。顔はトマトのように真っ赤だ。口は打ち上げられた魚のようにぱくぱくと開閉を繰り返している。

　身体を這い上がったニカが、正面からナサニエルの顔を覗(のぞ)き込んだ。ほんの数センチ動けば鼻先がぶつかってしまいそうな至近距離。ニカが不意打ち気味に、鼻の頭にふぅと吐息を吹きかけた。甘く生々しい香りに、意識が大きくぐらつく。

　ニカが笑みを深くした。それが勝利を確信した悪の笑顔であることを、ナサニエルは知らない。興奮に蕩(とろ)かされた頭では、自分がまな板の上の魚になっていることにも気付けない。

　ナサニエルの頬(ほお)に手を這わせたニカが、胸中で「いただきます」と呟(つぶや)いていることなんて、もちろん想像すらできない。

　魔性の光をたたえた薄桃色の瞳が、ナサニエルの目を覗き込む。

「魔王様……どうか、わたくしに溺(おぼ)れて」

　致死量の甘みを含んだ囁(ささや)きが、ナサニエルの鼓膜をくすぐって。

「――――はぇ」

　それで、意識が限界を迎えた。


ボンッ！

BOOMB!!
…

景気のいい音を立てて、ナサニエルの頭部から大量の白煙が噴きあがった。

ナサニエルの瞳がぐりんっと上を向き、脱力した身体がベッドに倒れ伏す。

白目を剝き、口は断末魔の悲鳴を出しそびれたような情けない半開き。頭に二本あるうちの一本、捻れた煙突のような大きな角から、もうもうと白煙が吐き出されている。

「……はぁ？」

ニカの口から素っ頓狂な声が漏れた。

いけるという確信があった。『魅了』の奇跡で彼の心を奪う、確かな手応えがあった。

なのに、いざ心を奪おうと差し込んだ魔性の視線が、突然に断ち切られてしまった。

「気絶、しましたの？　……えっ、それ本気で言ってますの？」

思わず高貴らしからぬ声を漏らすニカ。ためしに肩を揺すり、頰を叩いてみても、角から立ち上る煙は収まる様子を見せない。

「わたくしが美しすぎて気絶したとでも言うつもりですか⁉　ちょっと、冗談じゃありませんわよ。確かにわたくしは弾いた水でお手玉ができるほどの美貌で気絶も納得ですけれど、本当に気絶されたら『魅了』ができないではありませんか！」

「――――――――」

「ねえ魔王様、起きてくださいまし？　わたくしがこんなに真剣に迫っているのに、見向きもしないなんて大罪でしてよ？」

「――――――」

「ほ、ほ〜ら。ナサニエル様ぁ？　目の前でおっぱいが揺れておりますわよ？　今なら揉んだり、つねったりしてもよくってよ。なんなら咥えても――ちょっと、ねえ、起きなさいってば！」

「ニカ様」

ざわぁぁっ！　とニカの全身に戦慄が走った。ナサニエルの上から全力で飛び退く。

いつの間にか、ベッドの脇に長身のメイドが立っていた。赤い鱗の尻尾を揺らしながら、赤色の瞳でじっとニカを見つめる。

「ムースに呼ばれて席を外している間に、まさかあなたがお越しになるなんて……どうなされましたか。我々のおもてなしに、何か気に障ることでもありましたか？」

「い、いいえ？　人間を代表する者として、もっと魔王様と仲良くなりたいと思いましたの」

「なるほど。仲良く、ですか」

ドラゴンメイドが、ついと視線を下げる。

それでようやく、ニカは自分が胸をまろび出させたままでいることに気が付いた。

「あ、あはは……！　ええ、そう。それはもう色々と、ね。仲良くさせて頂こうと思って」

胸をいそいそとドレスにしまいながら、ニカが引きつった笑顔で言う。

苦しい。苦しすぎる状況だ。今の状況をどう見ても、一国の主の居室に忍び込んで夜這いを働こうとした風にしか見えないし、実際その通りだ。

城へ招待されたその日に王に迫るなんて、腹に一物抱えていますと自己紹介しているようなもの。平界なら即座に首を刎ねられたっておかしくない。

しかもよりにもよって、目の前のメイドは感情が読めなかった。表情は能面のように冷ややかで、燃えるような赤目はニカの内心を見透かすように鋭い。まろび出たニカの胸を見ても、眉一つ動かす様子を見せなかった。

氷のような心だ。この手の相手を堕とすには、入念な準備がいる。場当たり的な色仕掛けはまず失敗するだろう。

『魅了』ができなければ、ニカはただの人間だ。危険な魔族に抵抗する術はない。

命運もここで尽きたか——ニカは一度、本気でそう思ったが、しかし。

「……そうですか」

クーリは、ただ短く呟き、納得したようだった。

「そ、そうですかって。城の主に迫ろうとしたわたくしを、怒ったりしませんの？」

「怒るなんてとんでもありません。ニカ様は我が城の大事な賓客。多少わんぱくに遊んで頂くくらいが、こちらとしては面白——こほん。退屈に思われるより余程ありがたいです」

「わんぱく……」

「しかし、どうか独断での逢い引きはお控えください。ご覧の通り、我らが魔王様のメンタルはミジンコ同然。過激な接触は命に関わります」

「あは、は。大袈裟ですわね。命なんて、さすがに興奮したくらいでそんな、ねぇ……あの？」

冗談を言われたと思って笑い飛ばしかけたのだが、クーリがまったく表情を変えないので、ニカの笑顔はたちまち引きつった。

「五〇年ぶりの異種族との邂逅で、初日に魔王を腹上死させた人間。そのような形で歴史に名を残すことは、ニカ様としても不本意かと思います」

「腹上死って。いえあの、わたくし、ほとんど何もしてないのですけれど」

角からシュポシュポ煙を上げるナサニエルを指さすニカ。クーリは「我が王が腑抜けで申し訳ありません」と、もう一度深々とお辞儀してくる。

「ところで、念のため確認しておきたいのですが。ニカ様は、魔族もイケる口ですか」

「はい？」

「魔王様を性的対象として見られますか。また、それは人間の一般的な性的嗜好ですか？」

そういうとクーリは、指で作った輪っかに、もう片方の指をズコズコ出し入れさせた。当然のように、氷のような真顔のままで。

お前は何を言ってるんだと叫びたくなる気持ちをごくんと呑み込んで、ニカが答える。

「そ、そう、ですわね……？　ナサニエル様は、かわいらしい殿方と思いますわよ」

「ふむ。それは良いことを聞きました。これから楽しくなりそうですね」

ニカの答えは、何かしらクーリを満足させるものだったらしい。クーリは深く頷く。

二人の会話は、それで終わりだった。

「────────なんですの、これ……？」

この妙に間の抜けた空気は何なんだ？　魔王というのは、この城でいちばん偉い奴なのだろう？　それが寝取られようとしてたのに、どうしてこれっぽちも危機感を抱いていないのだ？

そもそも、お前たちは魔族だろう。人間の肉がいちばんのご馳走で、人間の賓客を晩餐のメインディッシュにするつもりではなかったのか？

混乱に陥るニカをよそに、クーリはナサニエルをベッドに寝かせると、布団をかぶせて寝床を整えた。それから扉を開けて、ニカに退席を促す。

「夜も更けた頃合いです。ニカ様もお休みくださいませ。何かご要望があれば、私やムースに遠慮なくお申し付けください」

「え、ええ……ありがとうございます」

「まだ初日です。我々は、段階を踏んでお互いを理解していくことが必要でしょう。種族のことも、個人のことも」

クーリはドアの前に立ち、慇懃な礼でニカを見送った。

後ろから襲いかかられるのではないかと不安を抱いていたが、ニカが何度振り返っても、クーリは下げた頭を戻すことなく、お互いが見えなくなるまでニカに礼を続けていた。

あてがわれた自室に戻るまでも、誰かに襲われるようなことはまったくない。

ニカは自室の、最高級のふかふかベッドに身を投げ、目を閉じて。

「わ、訳が分かりませんわ……！」

頭を困惑で埋め尽くして、魔王城で過ごすはじめての一日を終わらせたのだった。

ニカの
キャラクター生態観察①
ニカ・サタニック・バルフェスタ
ビューティフル・アイ
相手を『魅了』する宝石のような奇跡の瞳！　視力も3.0ありますの！　まつ毛の動きひとつで相手がわたくしに惚れているかどうか、わかりますのよ。
ビューティフル・ハンド
シルクよりもなめらかな手触りですの。性感帯を探るのもお手の物ですわ。男も女も、ピアノを弾くように鳴かせられましてよ。
ビューティフル・バスト
もちもち、ふわとろ、しっとりなめらか。わたくし最強の武器ですわ。押し付けてあげれば、だ～～れもわたくしに逆らえませんのよ！
ビューティフル・スメル
お相手の好みに合わせて、20種以上の香水を使い分けていますの。もちろん素の体臭も極上のフローラルですわ。

ニカのキャラクター生態観察②

# ナサニエル・ノア

### 魔王・ホーン

噴火してわたくしの奸計をフイにする、いまいましい角ですわ。なぜ煙を噴くんでしょう。いっそ切り落としてしまいたい。

### 魔王・フェイス

温室育ちの童顔ですわね。でも、泣き顔はとてもゾクゾクいたしますの。調教するのがいまから楽しみですわね。

### 魔王・スキン

引きこもってるお陰かもちぷにですの。それなりに気持ちよくて癪に障りますわ。

### 魔王・能力

誰も魔王の力が何なのか知らないそうですわ。もしかして、とっても弱いから引きこもっているとか？　あんなザコメンタルなら、能力もザコに違いありませんわね

ニカの
キャラクター生態観察③
クーリ・ラズリエラ・ミュステリオ
メイド・おっぱい
デカいですわ。このわたくしよりも。腹立ちますわ
メイド・アイ
怖いですわ
メイド・服
なぜ魔界にメイド服が……？　人間の生活の模倣でもしているのでしょうか。謎すぎて怖いですわ
メイド・尻尾
厨房で大きなカボチャを締め砕いてるところを見ましたわ。人の頭なんてひとたまりもないでしょうね。怖いですわ
メイド・レッグ
なぜいつも足音を消して歩きますの？　怖いですわ

「――それでは、貴方（あなた）たち魔族は人間を頭から食べたりしませんの？」

「ひぃ、ひぃ……た、食べませんよぉ……！」

「赤子から老人まで、一歳違いで集めた人間百人分の骨で魔方陣を組んで悪魔を召喚したりもしませんの？」

「そ、そんな怖い魔法、見たことも聞いたこともないですぅぅ……っあ、あああうぅっ」

翌日。

ニカは魔王城に用意された自室で、スライム娘のムースを尋問していた。閉め切った密室に、ムースの悶（もだ）える声が響き渡っている。

「し、城の魔族はみんな人間に会うのを楽しみにしていました。殺そうなんて誰も思っていませんよぅ……」

「その言葉、神に誓って真実でしょうね？　嘘（うそ）やごまかしがあったら容赦（ようしゃ）しませんわよ」

「は、はいぃぃ！　神はよく分かりませんけど、ニカ様には絶対に嘘はつきません、っあ、ひやああ、へひひぃっ」

昨日の二度にわたる奸計（かんけい）の失敗と、それに対する魔族たちの反応を見て、ニカは気付いた。

どうやら、自分の中の魔族の認識と、実際の魔族には、天地ほどの違いがあるらしい。

策を練るにせよ、身を守るにせよ、敵を知らなければ話にならない。そこでニカは、まっさらな気持ちで魔族について学び直すことにしたのだった。

「ふむふむ。人間の血肉や生気をご馳走にする魔族はごく一握りで、この辺りには住んでいない。人間を生贄にするような魔術も、人間を餌とするような狂暴な魔物の牧場もないと」

「ひぅ、あ、んん……はひぇぇ……！」

聞き出した情報を整理しながら、その片手間にムースを悶えさせるニカ。

『魅了』による支配は一定時間が経つと効果を失うが、その持続時間は相手がニカに夢中なほど延びる特徴がある。そこでニカが用いるのが快楽責めだ。『魅了』で屈服させた状態でさらに快感を叩き込むことで、相手の心を芯から捻じ曲げ、永続的なニカの奴隷に変えてしまうのだ。

もちろん、無数の権力者の心を堕としてきた〝傾国の悪女〟は、快楽責めについても他の追随を許さない。ＳＭプレイのようなソフトな責めから、大の男でも泣き叫ぶほどの快楽責めまで、一通りのことは経験している。磨き抜いたいかがわしい手練手管を用いて、これまでに百人以上もの性癖を破壊し、ニカ以外では満足できない操り人形へと変えてきた。

……それでも、今行っている快楽責めは、ニカにとっても困惑を禁じ得ないものだった。

「ねえ、ムース。やっておいて何ですけど、これって本当に気持ちいいんですの？」

ニカはベッドに腰掛けた格好で、足下を見下ろす。

状況を端的に説明するならば、ニカはムースを踏み躙っていた。それだけならよくあるＳＭ

プレイの光景だが、寝そべるムースの状態が普通ではない。

ムースの全身は、黄緑をした半固体状の物質になっていた。元の人型こそ保持しているが、半透明な黄緑色の身体は、ほぼ本来のスライムの状態だ。

そのゼリーのようになったお腹に、ニカは足を突っ込んでいた。足首までがとろりとした冷たい液体に包まれて、踏み躙るというよりはぬかるみに足を沈ませるような心地だ。

「ぜんぜん責めてる感じがしませんけど。スライムとはこういうのが好みでして？」

「あひ、ヒィッ。それだめ、足でくちゅくちゅするのらめぇぇ。溶けちゃう。ニカ様の体温で溶かされちゃう。ニカ様とわたしが混じりあっちゃうぅぅ……！」

「……まあ、満足しているのならいいのですけれど」

スライムは極めて原始的な生体構造の魔物だ。水球状の身体に個という概念はあまりなく、群れで一つの大きな塊を作って暮らす。生殖器官もなく、分裂によって個体数を増やす生態だ。

突然変異によって自我を獲得したムースも、生物としての根本はスライムなのだろう。つまり彼女にとっては、他者と身体を触れ合わせて溶けあうことが性行為にあたるという訳だ。

「ある程度の文化の違いは覚悟してましたけど、これはさすがに困惑しますわね……んっ……でも、感触は悪くありません。ひんやりぷるぷるで、クセになりそうかも。新種のマッサージとして有用かもしれませんわ」

「あ、ひ、ひ、だめぇ、ニカ様の老廃物おいしい。こんなの食べたら、もう二度と他のもの食べられないよぉぉ……かかとのぼろぼろ取れる角質うま、うっま……」

「あんまり角質とか余計なこと言わないでくださる!?」

しかしニカが足を引き抜くと、彼女の足は磨き抜かれたようなすべすべお肌になっていた。動物の肉を緩やかに溶かして栄養を取るスライムの体液は、ほどよく触れれば相当な美白効果が得られるらしい。引き抜いた足のなめらかな感触に、ニカは感嘆の吐息をこぼす。

「肌を整え、ついでに懐柔までできるなら一石二鳥ですわね……気に入りましたわ。この城を支配した暁には、ムースには毎日わたくしの身を綺麗にする権利を差し上げましょう」

「ひえええええっ。う、嬉しい！　わたし幸せです！　ニカ様の老廃物ぜんぶごくごくしたい！脇とかおへそとかに溜まった垢まで全部ぺろぺろしますさせてください！　えひ、えひひひっ」

「ですが！　それ以上気持ち悪いことを言うなら破門しますからね！　乙女の肌に垢とか存在しないんですから。本来ならばっ！」

思わず頭を抱えたくなりもするが、扱いやすい手駒は手に入ったのだから一歩前進だ。

「しもべも得て、情報収集も完了しました。次こそ魔王を虜にし、この城を支配しますわよ」

魔王城が安全。ニカは心から歓迎されている賓客。それが何だというのか。

ニカはずっと、人の心と財産を啜り尽くす捕食者として生きてきた。その生き方は、これからも変わらないし、変えようとも思わない。

「歓迎なんて要りません。わたくしが求めるのは無様に腹を晒した服従だけ。魔王を『魅了』

した暁には、身体の自由をいっさい奪い去り、わたくしの許可なしにはおトイレすらできない奴隷に変えて差し上げましょう。あの愛らしい少年の顔が恥辱に歪み、泣きながらわたくしにお小水の許可をねだるなんて……ふふ、ふふふっ。ああ、想像するだけでぞくぞくいたします！」

ニカは根っからの支配者であり、生粋のサディストだ。同時に、狙った獲物は決して逃さない執念の持ち主でもある。

「奸計の心得その三、どうせシゴくならフィニッシュまで、ですわ！　わたくしは一度や二度の失敗でめげたりしません。気絶なんて反則技が、果たしていつまで通用するかしらね！」

昨日は確かに失敗したが、それはニカが美しすぎて魔王の許容値を超えてしまったせい。気絶さえされなければ『魅了』できると確信している。

だったら、ナサニエルが慣れて気絶しなくなるまで、何度でもアタックし続ければいいのだ。

そう決意したニカは、足下でひぃひぃヨガっているスライム娘を睥睨した。

「ムースさん。わたくし、これから魔王様を手籠めにしますの。手伝ってくださるかしら?」

にこりと浮かべた妖艶な微笑みには、有無を言わせないプレッシャーがある。

しかしその内容に、ムースはひくっと喉を上ずらせた。

「そそそ、それって、城に対する反逆、ですよね？　いくらニカ様のお願いでもそれは……」

「ええ〜？　ムースさんは、わたくしに服従してくれないんですかぁ?」

「だって、魔王様に手を出したりなんてしたら、クーリさんに殺されてしまいますよぅ」

「そんなつまらないことを言わないで、素直になりなさいよぉ。もし服従してくれたら、とってもサービスしてあげますよぉ？」

「ひへ……だ、ダメです。さすがにわたしも、魔王城のみんなの敵になることは……」

「ご褒美もあげたのになぁ。わたくしの、ねっとり濃くてとっても甘ぁい――よ、だ、れ♡」

「しまぁす！！！！　服従しまぁす！！！！！！！！」

ニカは腹を抱えて笑い転げたい気持ちになった。自分の美とは、種族の差すら容易く超えて人を狂わせてしまうのだ。こんなに気分のいいことはない。

この調子で、あっという間に魔王も虜にして、城を我が物にしてしまおう。

「それでは。快楽に負けて魔族を裏切った、かわいらしい恥知らずさんに、とっても素敵なご褒美を差し上げましょう」

「ひ、ひえ、へひ……ニカ様ぁ……！」

ニカは上体を屈ませて、ムースの真上に顔を持ってきた。

目を見開き、はぁはぁと息を荒らげるムース。

スライム娘の、半開きの口に狙いすますように、ニカは舌を突き出した。

「あなたのような下賤な魔物にふさわしい、誓いのキスでしてよ……れぇ、るぅ――」

ぞっとするほど赤く、てらてらと濡れそぼった舌。その上を一筋の輝きが伝い、先端に雫を生み出す。彼女の香りや遺伝子をたっぷり含んだ、仄かに泡立った水滴に、ムースの目が釘付けになる。呼吸もできないほどに興奮し、耐えきれずに液状の身体がぶるぶる震える。ニカの口中から沸き立ったとびきりの甘露が震え、舌を離れ、スライム少女の身体の中に落ちて――

「あ、あ、あああっ。混ざっちゃう。ニカ様の遺伝子がわたしの中に溶けて――ひ、あひ、ヒィイ――――!!」

一匹の魔物が一生の忠誠を誓う嬌声が、早朝の魔王城に響き渡る。

〝傾国の悪女〟が、再び魔王城を我が物にするべく動き出した。

ナサニエル・ノアの朝は遅い。

ナサニエルは引きこもりである。部屋の外はおろか、日によってはベッドからも出ることなく一日を終えることもザラだ。歩くことすら放棄している身体は色白で、痩せて、とても貧弱だ。もはや普通に起きているだけでなんとなくダルさを感じてしまっている。

何をしてもしんどいから寝る。寝てばかりだから身体はもっと衰えていく。最悪な自堕落のスパイラル。しかしナサニエルは、その悪循環を愛してもいた。外に出てもつらいことしかないのだから、歩くための筋肉なんて邪魔だ。布団にくるまってうとうと微睡む幸せを超えるものなんてこの世界になく、それが一生続くならそれに越したことはないのだ。だからナサニエルは、今日もふわふわの布団に包まれて、心ゆくまで惰眠を貪ろうとし——

ふわり、と。微睡んだ意識に差し込まれる、花のような香り。

「んぅ……なんの匂い……？」

「おはようございます、魔王様〜〜〜〜〜〜〜〜〜〜〜〜〜〜〜〜!!」

「うわああああああああああああああああああああああああああああ!?」

まるで水泳の飛び込みのように優雅なフォームで、全裸のニカが布団の中に飛び込んできた。

惰眠を貪る幸せな毎日は、ニカ・サタニック・バルフェスタの登場で終わりを告げた。

ナサニエル・ノアの新しい朝は、絡みついてくる全裸の美女の柔肌と甘い香りと、悲鳴と、興奮した彼の角が白煙を噴き上げるボンッと威勢のいい破裂音から始まるのだった。

起きて早々に気絶という名の二度寝を挟んだ、朝の九時頃。

ナサニエルは、さすがに魔王としての自覚を持ちつつあった。

なにせ、彼の城には魔界ではじめて招いた人間がいて、魔界中の注目を集めているのだ。

部屋から出たくはないが、魔王失格と判断されて首をちょん切られたくはない。

筋金入りの出不精なナサニエルも、さすがに普段の生活を見直そうとしていた。

「まさかナサニエル様が朝食をお召し上がりになるとは。素晴らしい心がけです。ナサニエル様も我々と同じ血の通った生き物なのでしたね。私の認識も改める必要があるようです」

「お前、いままで僕を石か何かと思って接してたのか？」

クーリに揶揄されようが、引きこもりにとって規則正しい朝ごはんは大きな前進だ。

とはいえ人が沢山いる食堂は怖いから、自室に料理を持ってきてもらうことにする。魔王だし、ルームサービスくらいの特別待遇は当然の権利だ。

「し、失礼します……！」

ベッドに腰掛けて待っていると、メイド服の魔族がやってきた。ゼリー状の髪の毛で目元を覆い隠した魔族は、料理を載せたワゴンをナサニエルの私室に引き入れる。

そのワゴンが、めちゃめちゃデカかった。

二メートルはあろうかという長いワゴンに、恐ろしく大きな銀蓋がかぶさっている。

「お、大きすぎないか。こんなに食べられないぞ……!?」

「本日は食べ放題です。魔王様のために、特別メニューを用意しました。えひひ」

食べ放題？　特別メニュー？　突然のことにナサニエルは戸惑う。

確かに、目の前にでんと置かれた銀蓋は、食べ放題と言われても納得のサイズだ。かぶせられた銀蓋は、人ひとりくらいはすっぽりと覆い隠せてしまえるサイズで……、…………

「待て、何か嫌な予感がする。一旦下げて――」

言い終えるよりも早く、スライム娘が勢いよく銀蓋を開けた。

用意された特別メニューがナサニエルの眼前に露わになり——

「さあ、どうぞお召し上がりくださいませ♡」

「やっぱりいたああああああああああああ!?」

当然のように、ワゴンの中にいたのはニカ・サタニック・バルフェスタだった。

今朝と同じく、一糸まとわぬ艶姿。いや、今回は裸よりもっと凄かった。

寝そべる彼女の周囲に散らされているのは、みずみずしい葉野菜。すべすべしたお腹には、くびれのラインに沿うようにして、色鮮やかなドレッシングが塗られている。おへその周囲にはパンやオムレツなどの主菜が美しくちりばめられている。

胸元には切り分けられた沢山の果実に、小ぶりのケーキ。先端をホイップクリームで隠しただけの豊かな胸には、アイシングチョコレートで優美な紋様が描かれている。

なまめかしさと神々しさが同居する、食欲と性欲を同時に満たす非現実的な食卓。

どこに出しても恥ずかしい、完璧な女体盛りだった。

「優雅で高貴な食事とは、料理を載せる皿からして違うもの。世界でいちばん美しい皿に盛られた料理は、まさしく王の食事にふさわしい雅さですわよね、ナサニエル様」

「ひぃ……!?」

「おっと、いけません」

悲鳴を上げて後ずさろうとするナサニエル。その肩を、ニカが摑んで引き寄せた。

「城の方々が腕によりをかけたお料理です、粗末にしては天罰が下りましてよ」

「あ、う……!?」

「どうか召し上がってくださいまし。上から下、隅々まで。皿を舐るように丹念に」

ニカが軽く身を揺すると、胸にぶら下がる大きな果実が、ナサニエルの目の前でぷるんっと揺れる。生クリームとチョコレートソースの混じり合った女性の匂いは、頭に靄がかかるような強烈な甘みがあった。

ニカはナサニエルの肩をさらに引いた。ナサニエルの視界をニカの下腹部が埋め尽くす。むっちりした太ももを閉じて作られた三角形の窪みには、とろりと白濁したスープが注がれていた。ニカはそこにナサニエルの顔を近づけさせる。

「さ、まずはウェルカムドリンクからどうぞ。顔を埋めて、わたくしにむしゃぶりついて♡」

「っ～～～～～～～～～～～!?」

——ボンッ！

「きゃうっ!?」

軽快な音を立てて、またしてもナサニエルの角が爆発した。白煙がニカの上半身に吹き付けられ、彼女の肢体を飾っていた生クリームやチョコレートソースを吹き飛ばした。

ナサニエルはニカの太ももに顔を突っ伏し、角からもうもうと白煙を噴きあげる。顔がスープに浸かり、ぶくぶくと泡を立てていた。

　ニカはナサニエルの顔を太ももで挟み、吹き飛んだホイップやソースを顔や髪に張り付かせた格好のまま、しばらくじっとしていた。

　その身体が、次第にぷるぷると震え出し……

「っ――か、かゆ～～～い！」

　いきなり叫び、ニカはワゴンから飛び上がった。涙を浮かべて自分の股を必死に擦る。

「かゆいかゆい痒い！　めちゃめちゃに痒いですわ！　このスープ何なんですの、ムース!?」

「ま、迷い茨の森で採れる粘り芋をすり潰した冷製スープです。栄養豊富ですが強い刺激成分もあって、食べる他にも虫除けに使われる健康食材です」

「なんで事前にそれを説明しませんでしたの!?」

「お股に注ぐなんて思いもしないじゃないですかぁ!?」

「我慢できません。は、早くシャワーを！　今すぐこれを洗い流させてくださいまし！」

「ああああ待ってニカ様！　シャワーなんかよりわたしを使って！　どうかわたしにぺろぺろさせてくださいぃ！」

　飛び散ったスープやクリームやソースで全身をびちゃびちゃに汚したナサニエルを放置して、二人は大慌てで私室から退散していった。

暇な魔族たちも退屈しのぎに動き出し、にわかに城内が賑やかになるお昼どき。

ナサニエルは、魔王城の小会議室にいた。

魔界に住む多くの魔族にとって、人間とは謎の多い種族だ。

五〇年もの間干渉することはなく、それ以前にあった関わりも、敵として戦っただけ。

彼らの住む平界とはどんな場所で、どんな生活をしているか。何を食べて、どんな仕事があるのか。魔族は人間に関する情報をほとんど持っていない。

だが、どんなものにも例外は存在する。

断絶された関係の中にあっても、人間について、知っている人は知っているものなのだ。

「と、いうわけで。これからナサニエル様には、人間についての勉強をして頂きます」

教壇に立つのは、魔王城の副官であり、実質的に城を管理するメイド長、クーリ・ラズリエラ・ミュステリオだ。赤い鱗を持つ竜の尻尾で、黒板をぴしゃりと叩く。

「極端に言ってしまえば、会話とはすなわち情報交換です。持っている情報が多い分、相手に振れる話題が増えます。引きこもりで人と関わることをせず未開の地の野生児より対人コミュニケーションに劣り人として生きる最低限の素質すら足りない社会的弱者のナサニエル様は、まずは相手についてよく知り、会話のカードを増やすことから始めましょう」

「やたら誇張された僕の罵倒には色々言いたいことがあるけど……その意見は正しいかも。

人と話したくないのはもちろんだけど、そもそも何を話せばいいか分からないから」

「ご安心ください。ナサニエル様には、魔界の誰よりも人間の文化に精通した、このクーリが付いています。必ずや人間への理解を深めることができるでしょう」

怒る時すら表情を変えないクーリが、ここまで分かりやすく自信満々なのも珍しい。

もしかしたら、本当に人間について知り、会話上手にもなれるのかもしれない。

ナサニエルがそんな淡い期待を抱けたのは、この瞬間の五秒だけだった。

「それでは、まずはこの教材を読破していただきます」

ドズンッ、とすごい音を立てて、机に大量の書籍が載せられた。

ナサニエルは困惑した。渡された量もだが、その大量の書籍が、全て一つの作品であることに気付いたからだ。表紙にはおしとやかな笑顔を浮かべたメイドの絵が描かれている。

「……これは？」

「平界を知る最高の教科書、『シエテ』全四二巻です。平界の下町で暮らす貧しい娘シエテが、貴族リーベル家のメイドとして成長していく物語。家族を失い哀(かな)しみに暮れる孤独なシエテが、リーベル家という温かな家に迎え入れられ、はじめはたどたどしい仕事も一つ一つ立派にこなせるようになっていく、最高のメイドが誕生するまでを追いかける素晴らしい物語です」

「あの、クーリ」

「心情描写もさることながら情景描写も素晴らしく、貴族たちのきらびやかな衣服や優雅な街並みが繊細な筆致で描かれ平界の豊かな情景が瑞々しいほど鮮やかに表現されております。何より素晴らしいのはメイドたちの個性豊かな衣装で、白と黒のクラシカルスタイルを基調としながらキャラクターごとの個性豊かな着こなしがどれも素晴らしく時に清廉さ時に妖艶さを醸し出させページを捲るごとに新たなメイドの魅力が——何をしているのですナサニエル様。時間は有限なのですよ、早く読んでください」

「教材に問題があると思うんだが」

クーリ・ラズリエラ・ミュステリオ。

『迷い茨の魔王城』の副官にして、最古参の魔族。そして、筋金入りのメイド愛好家だ。

ごくまれに魔界に流れてくる平界の書物でメイドという存在に出会って以来、彼女は人前でメイド服以外の姿を見せたことがない。さらに彼女は魔王城ナンバー2の権限を使って、自分が指揮する部隊にまでメイド服の着用を義務づけてしまった。そのこだわりようは、魔王城で着用されているメイド服は全てクーリの自作という鬼気迫るものだ。

「ご奉仕とはあらゆる命が為しうるもっとも気高く尊き行い。つまりメイドとは世界の理にもっとも近い、真理そのものと言えるでしょう。メイドを理解することはすなわち世界の全てを理解すること。ナサニエル様もぜひカチューシャをお着けになり奉仕の心に目覚めるべきです」

「いま僕、新手の宗教勧誘を受けてる？」

ナサニエルは頭を抱えた。

一瞬でも彼女を信頼したのが間違っていた。そもそも、常日頃メイド服を着用するような奴がマトモである訳がなかったのだ。あまりにも日常と化しているせいで気付けなかった。

「他に教材はないのか。その、偏った知識のない、分かりやすい本というか……」

「もちろん様々な教材をご用意しております。たとえばこちらの『居候は豊満メイド、夜闇にまぐわう秘密のご奉仕』などはいかがでしょう」

「エロ漫画じゃないか！」

「もしくはこちらの『姫騎士リーゼロッテの没落〜くっ、この私が貴様のような悪党のメイドになるわけけんんオッホオオォォォォ♡ご主人様のご褒美気持ちイイィィ♡〜』などは――」

「エロ漫画じゃないか!!　メイドだったら何でもいいのかお前!?」

メイド服をはだけさせ、目とか口とかもうとんでもないことになってる女の子が描かれた漫画を、眉一つ動かさずに見せてくるクーリ。

付き合ってられない。やはり頼る相手を間違えたらしい。

うんざりして席を立とうとするナサニエル。その肩に、しなやかな手がぽむと置かれた。

「あら、面白い試みをされておりますのね、魔王様♡」

「うわっ！　ニカ、さん……その格好は?」

いつの間にか、会議室にニカ・サタニック・バルフェスタがいた。

振り返ったナサニエルは、彼女の格好を見てさらに驚く。

ニカは、これまでとまったく異なる装いをしていた。レディス向けのワイシャツに、グレーのジャケットにタイトスカート。知的な眼鏡(めがね)。薄桃色の髪はポニーテールに纏(まと)めている。凛々(りり)しく清潔感のある格好ながら、豊かな膨らみをむりやり押し込めたワイシャツははちきれんばかりで、露(あら)わになった谷間に目が吸い寄せられる。

ニカは眼鏡を指でクイと押し上げ、得意げに微笑(ほほえ)む。

「平界の辺境国において教師が着用する、礼服の一種ですわ。こんなこともあろうかと用意しておりましたの」

「どんな状況を想定してれば、教師の服を用意しておくんだ……?」

「まったく水くさいではありませんか。人間について知りたいのなら、貴方(あなた)にはうってつけの家庭教師がおりますでしょう?」

ニカは大量の漫画本を脇にどかすと、ナサニエルが座る机の上にひらりと腰掛けた。

ニカのタイトスカートは丈が非常に短く、太ももの付け根部分しか隠していなかった。そんな際どい服装でニカが足を組み合わせるから、隠されるべきものがチラチラと覗(のぞ)く。

「ニ、ニカさん。見えてる！　見えてるからっ」

「見せているに決まっているではありませんか。これも大事な教材でしてよ」

ニカは懐(ふところ)から取り出した教鞭(きょうべん)を引き伸ばし、先端をタイトスカートの隙間(すきま)に滑り込ませた。ただでさえ丈が短く危うい隙間を、ナサニエルの目の前でゆっくり引き上げる。

「早速、保健体育の授業を始めましょう。人間の女体について、たっぷり教えて差し上げますわ……もちろん、必要なら実技もね♡」

教師ニカが指導する、卑猥(ひわい)な個人授業のお誘い。

それを遮るように――ボンッ！　と破裂音がして、またしてもナサニエルの意識は爆発した。

白煙の噴射を受けたニカは、ずり落ちた眼鏡をゆっくりとかけ直す。歯嚙(はが)みする口は怒りでわなわな震えていた。

「なんだか、回を重ねるごとに刺激に弱くなっておりませんこと……？」

「ニカ様」

ぞわっ！　と悪寒(おかん)が走って、ニカが振り返る。

クーリは、今しがた起きた一連の出来事を表情一つ変えずに静観していた。ルビーのように赤い瞳は、気絶したナサニエルには目もくれず、ニカだけを一心に見つめている。

より正確には、ニカが身に纏う、教師のコスプレ衣装を。

ニカの姿を上から下までじっくりと眺め回し……何かがハマったらしい。

クーリは傍(かたわ)らの本を手に取ると、表紙のアヘ顔を指差しながらずいっとニカににじり寄った。

「ときにニカ様、メイド服にご興味は――」

『姫騎士リーゼロッテの没落～くっ、この私が貴様のような悪党のメイドになるわけんんオっホオオォォォ♡ご主人様のご褒美気持ちイイイィ♡～』

「そんないかがわしくまがまがしい呪物を持ちながらにじり寄らないでくださいまし!?」

ニカは机から跳びすさり、エロ本片手に迫ってくるドラゴンメイドから逃げるようにその場を後にした。

やることがあると、時間はあっという間に過ぎていく。

『迷い茨(いばら)の魔王城』にも夜がやってきた。がんばった自分をねぎらい、明日に向けての鋭気を養う時間だ。

ナサニエルは私室に備え付けの風呂に浸かっていた。運動不足の細身が、温かいお湯に包まれてじんわりと弛緩(しかん)する。

リラックスしながら、ナサニエルは今日の出来事を振り返る。今日一日、自分はよくがんばった。寝起きと同時に気絶し、食事中に気絶し……人間を学ぼうと思ったら、学ぶ前に気絶し、起きた頃にはクーリもいなくなって夕方を迎えてて……

「何だか、引き籠(こ)もっていた時より時間が無駄に過ぎているのは気のせいか？」

湯船に口元まで浸かって、ぶくぶく泡を浮かべるナサニエル。

思い出されるのは、自分の理性を崩壊させた、あられもない艶姿(あですがた)ばかりだ。甘いピンク色をした光景がシャボン玉のように脳内に浮かんでは消え、ナサニエルを悶々(もんもん)とさせる。

「っやっぱり無理だ。あんな陽キャ相手に、僕なんかがマトモに話せる訳がない……！」

頭をブンブン振って、顔を湯船に押しつける。

この頭の中のいけない妄想が、お湯の中に溶け出してくれないだろうか。

そんな淡い願いごとを考えるナサニエルに、またしても忍び寄る薄桃色の魔の手。

浴室を隔てる擦りガラスに人影が映り、勢いよくガラッと開け放たれた。

「ナサニエル様ぁ！　お背中をお流ししま――」

どっぱぁぁぁぁぁぁぁぁん！

「何よもう！　せめてちゃんと見てから気絶しなさいよ――――!?」

ニカは叫び声を上げながら、爆発の衝撃で洪水のように溢れ出したお湯に飲み込まれ、浴室の外へと押し流されてしまうのだった。

◇

「雑魚にも程がありましてよ!?」

魔王城の廊下に、ニカの怒りの声が木霊する。

お湯と一緒にびしょ濡れになって魔王の居室から弾き出されたのが、十分ほど前のこと。乱れた髪のまま廊下を歩くニカは怒り心頭だった。

「わたくしの華麗なる色仕掛けに対し、まともに見もせずバッコンバッコンと角から煙を噴き出して気絶して。女性への免疫がどうこうなんてレベルじゃありませんわ！　っていうかあの角はなんですの。どういう原理で煙を噴いてますの、あれって魔界では日常的な出来事でして⁉︎」

怒りの愚痴とツッコミが止まらない。それも当然、ニカの奸計にこれほどの抵抗を見せた相手は、ナサニエル・ノアがはじめてだった。

今日ニカが繰り出した色仕掛けだけで、国一つは平気で堕とせてしまうだろう。そのことごとくが、興奮しすぎて気絶なんて理由でスルーされたのだ。穏やかでいられる訳がない。

「さっさとわたくしに『魅了』されなさい。跪いて服従を誓い、この城まるごと差し出しなさい！　四つん這いになり、わたくしの椅子になるのですわよ！　性の快楽に負けて無様な姿を晒すのが、オスという性別に課せられた義務でしょうが！」

敗因はニカが美しすぎたからとはいえ、失敗は失敗。〝傾国の悪女〟のプライドに傷を付けられ、気分がささくれだってしょうがない。

「まったく……ここに来てからというもの、ずっとペースがくるいっぱなしです」

そう、魔界の雰囲気も良くない。

何というか、全体的に緩いのだ。魔族はみんなニカに対して歓迎ムードで、城内を歩こうが監視の一つも付かない。魔王に色仕掛けをしかけても、誰も止めようとすらしない。

危機感というものがまったくない。ニカは本気で魔王城を我が物にせんと企んでいるのに。

これではまるで、自分一人がから騒ぎしているみたいじゃないか。

「っ～～ああもう、やめですわ、やめやめっ。戦略的思考停止です。わたくしの美をふいにする魔王のことなんて、考えるだけ嫌になります！」

やる気を全部空回りさせられて、ニカはすっかりうんざりしてしまっていた。

こんな最悪な気分の日は、何もかもを諦めて寝てしまうに限る。たっぷりのお湯を張った湯船に浸かって、身も心も空っぽにしてしまおう。

ニカは苛立ちや徒労感を振り払うように、高貴らしからぬ大股歩きで居室への道を急ぐ。

不意に聞こえてきた声が、その足を止めさせた。

…………ひぇぇ……

「今の声は……」

ニカの耳が捉えたのは、そろそろ聞き慣れ始めた少女の、悲鳴に近い声だった。

足音を殺し、音の出どころへと慎重に近づいていく。

今ニカが歩いているのは、城の幹部のための居室が並ぶ場所だ。ニカはそのうちのひと部屋を使わせてもらっている。戦時中でないためか、ほとんどが使われておらず空き部屋だ。

空き部屋の一つの扉が開いていた。声は部屋の中から響いている。

ニカは扉に身を寄せ、隙間からそっと中を覗き込んだ。

「ムースちゃんさ。最近、敬意ってものを忘れがちじゃない？」

「そ、そんなことは……」

予想通り、そこにいたのはスライム娘のムースだった。

部屋にはムースの他にも二人の魔族がいた。メイド服を着用しているから、ムースの先輩だろう。猫耳を生やしたメイドに、大きな口に鋏角(きょうかく)を備えた蜘蛛(くも)の魔族らしいメイドの二人が、ムースを壁際に追い詰めている。

雰囲気は、とても世間話のような穏やかなものではない。

「確かにムースは人間のお世話役って大役をもらってるけどさ。アタシたち、普段の仕事やらなくていいとかあなたに言ったっけ」

「そうそう。掃除も洗濯も、何も言わずにムースちゃんの分を押し付けられてさ～。ウチら、だ～いぶ機嫌悪いんだけど～？」

「えう、で、でも……先輩たち、わたしなんていていなくても変わらないって」

バンッ！　と大きな音がして、ムースが「ぴゃっ」と短い悲鳴をあげた。蜘蛛の先輩メイドが、ムースの顔のすぐ傍(そば)の壁に手を叩きつけたのだ。

「ほら、そういうところ！　ムース、前は『でも』とか言わなかったよね。いつの間にウチらに反論なんてするようになったの？」

「あ、あう……ひぅぅ……」

高圧的な言葉を投げかけられて、ムースは今にも泣き出しそうだ。

その様子を見て、ニカは静かに納得していた。

（なるほど。はみ出し者が攻撃されるのは、人間も魔族も変わりませんのね）

肌や目の色が違う。容姿が良くない。あるいは単にいじめやすいからというだけでも。様々な理由で差別は生まれ、強者が弱者を虐げる。魔界でもその社会構造は変わらないらしい。

ムースはすっかり萎縮してしまい、身体を小さくして震えるばかりだ。その肩を、猫耳の先輩メイドが大袈裟に叩いた。

「まあまあ、本気で怒ってる訳じゃないから安心してよ。むしろアタシらは、ムースちゃんを助けてあげようとしてるんだから」

「た、助ける……？」

「ムースちゃん、どうせ人間のお世話とか無理でしょ？　もし粗相なんてしたら、怒られるくらいじゃ済まないよ。どれだけ良くても、この城にはいられなくなるだろうね」

「だからさ～。人間のお世話役、ウチらが代わってあげるよ～」

ムースは何を言われたか分からないと言った顔で固まってしまった。一方の先輩メイドのニヤついた笑みには、抑えられない承認欲求が透けて見える。

ムースは、人間の世話役を先輩に押し付けられたと言っていた。大方、後になって手柄が欲しくなったのだろう。典型的な小悪党の思考に、聞き耳を立てるニカは辟易としてしまう。

しかしムースは、先輩たちの脅し同然の提案に、震えながらもハッキリと首を横に振った。

「……や、です」

「え？」

「い、嫌、です。ニカ様へのご奉仕は、わたしのお仕事、ですから……！」

か細く、けれど聞き間違えることはないハッキリした声で、ムースが言う。

数秒の沈黙。猫耳メイドが、乾いた笑いをこぼした。

「へぇ。アタシたちが親切心で代わってあげるって言ってんのに、それを断るの？　正気？」

「わわ、わたしは、ニカ様にお仕えすると決めました。ぽぽぽっちで口下手なへっぽこですけど、がんばりたいって気持ちは誰にも負けません。ニカ様のためなら何でもやってみせますっ」

「はは。いやいやちょっと待って、ぜんぜん話通じてないわ。誰もアンタの気合いとか聞いてないのよ——調子に乗んなって言ってること、まだ分かんない？」

先輩の態度が豹変した。

蜘蛛の先輩がムースの肩を強く摑んだ。小柄な身体がきゅっと竦み上がる。

「そもそも、どうして今日までうまくやれちゃってるの～？　どうせ初日にやらかして処分されるだろうって思ったから、わざわざ立候補させたのにさ～」

「え……え？　それってどういう」

「あははっ、もしかして気付いてなかったの？　アンタが目障りで追い出したかったから、重大な仕事を押し付けたに決まってんじゃん！」

「不潔なスライムが近くにいるとか、我慢できないんだよね～。そのでろでろの前髪も気持ち悪くて、見てるだけで吐き気がするのよ～」

　真正面からぶつけられた悪意に、ムースが今度こそ絶句した。

　ムースの身体が、水風船が叩かれたようにぶるりと震える。身体のあちこちから黄緑色の粘液が溢れだすのは、まるで涙のようだった。

「そんな……わたし、ちゃんとお仕事ができたら、皆さんに認められると思って……」

「いい加減気付きなよ。この城にアンタみたいな害獣の居場所はないんだって！」

「言っとくけど、お世話役をうまくできれば大丈夫とか思わない方がいいからね～。アタシたちがちょっと口利きすれば、アンタの評判なんて一気に壊れるんだから～」

「そんな、わたし、わたし……がんばればぼっちじゃなくなるって……今度こそ、わたしの居場所が見つかるって……！」

　――潮時だろう。これ以上話を聞いていても、良いことはない。

　何よりも、ニカが我慢の限界だった。

　ニカは脚を振りかぶって、ドアを思い切り蹴り開けた。

　音に驚いて振り返った先輩メイドは、ニカを見た瞬間に目の色を変える。

　ニカに媚を売って甘い汁を吸うことしか考えていない、欲望まみれの目。

　そんな下品な心を支配するのには、甘言一つすら必要ない。

「誰の許可を得て、わたくしのものに手を出しているのかしら⁉」

魔性の瞳が、笑ってしまうほど簡単に彼女たちの心を掌握した。

二人の先輩メイドが、突然ぴんと直立した。自分の意思とは無関係にだ。

「な、何!? 身体が急に……!?」

「やはり魔界とは野蛮な場所ですのね。ちょっと目を離した隙に、汚らしい鼠が這いまわっているではありませんか」

魔性の力を宿した瞳で、ニカは身動きを封じた二人のメイドを睨む。

先輩メイド二人は、自分の身に何が起きているのか分からない。しかし、目の前にいるのは彼女たちが求めてやまなかった人間の賓客だ。二人は頬を引き上げて笑みを作った。

「や、やだなぁ。ニカ様、何か誤解されていますよ」

「私たち、ムースに躾をしてたんですよ〜。ニカ様に粗相がないように、先輩としてしっかり教育してあげてたんです〜」

「あらあら、躾ですか。それはご親切にありがとうございます」

よくもまあ、いけしゃあしゃあと言ってのけるものだ。

ニカの心は氷点下まで冷え込んだ。目の前のケダモノ二匹に、もはや慈悲は必要ない。

「しかし、貴方がたのやり方はどうも生ぬるいご様子。僭越ながら、わたくしが正しい躾のなんたるかを教えてさしあげますわ」

「そんなの必要ありませんよ。ニカ様の手を煩わせる訳には――」

「おすわり」

柔らかな口調からは想像も付かない、凄みのある声。

二人のメイドの身体が意思に反して動き、弾かれたようにその場に座り込んだ。

「っ……!?」

「ちんちん」

続くニカの命令に、またも身体が勝手に動いた。両手を頭の後ろに回し、脚をがに股に開く。まるでニカに向けてスカートの中をさらけ出すような格好に、二人の顔が赤く染まる。

その羞恥が序の口であることを、二人はこの後すぐに思い知った。

ニカが悪意に満ちた笑みを浮かべ、その命令を言い放つ。

「おもらし」

二人は最初、何を言われたのか理解できなかった。

しかし、『魅了』によって操られた身体は、ニカの命令を忠実に実行する。

――しょわあああっ。

「え、えっ!?　きゃあああ!?」

「嘘。やだ、何で!?」

大きく開いた二人の股から、堰を切ったように大量の水が溢れ出してきた。

股からあふれ出した液体は、あっと言う間に下着をずぶ濡れにし、足下に水たまりを作っていく。身体はまったく言うことを聞かず、がに股でしゃがみこんだ格好から動いてくれない。

　本来ならトイレ以外でしてはいけない、まして決して人に見られたくないその行為を、ニカとムースに見せつけるようにしてしまう。

「くふふ、なんて無様なお姿でしょう。品のない獣にはお似合いですわねぇ」

「やだ、やだぁ!?　何これ、おしっことまらないよぉ……！」

「うぅ、もうお嫁に行けないぃ……！　み、見るな、アタシを見るなぁぁ……！」

「身体中の水分を出し終える頃には、ここでの出来事は忘れます。ですがわたくしの命令は魂に刻まれます。貴方がたは今後、それがどこであろうと、わたくしの命令一つでおもらししますのよ。大衆にガニ股失禁を晒したくなければ、せいぜい身の振り方を弁えることですわね」

　そう釘を刺したニカは、すべての興味を失ったように、ふいと視線を断ち切った。

　身を翻し、傍らで茫然と眺めていたムースを呼ぶ。

「ムース、何をしているの。呆けてないで行きますわよ」

「え。で、でも……」

「貴方はわたくしの従者でしょう？　下品なおもらしアニマルなんて捨て置きなさい。わたくしの時間を無駄にしないように」

「は、はい。分かりました、ニカ様……っ」

　豊かな薄桃色の髪を靡かせ、ニカは颯爽とその場を後にする。ムースも困惑に包まれながら、その後ろをとことこと付いていく。

数十分後、巡回していた兵士の一人が、脱水で倒れているメイド二人を発見した。

二人は仕事をさぼって幹部の部屋に勝手に踏み込み、挙げ句に床をびしゃびしゃに汚した罰として、クーリからこっぴどく叱られることになるのだが……それを知る頃にはもう、ニカは二人のことなんて記憶の片隅にも残っていなかった。

ニカは魔王城の居室へと戻るや否や、後ろを付いてきたスライム娘に言った。

「ムース、そこの化粧台に座りなさい」

ニカがぴっと指で示すと、ムースは文句の一つも言わずに従った。先ほどの光景が忘れられないのか、動きは借りてきた猫のようにぎこちない。

化粧台の鏡にムースの姿が映る。ゼリー状の髪で目元まで隠れた、モップをかぶったような顔。その髪に隠れた目が、不安そうに後ろに立つニカを見る。

「あ、あの。ニカ様？」

「目を閉じなさい。わたくしが良いと言うまで開けることを禁じます」

「ひっ……も、もしかしておしおきですか？　ニカ様の手を煩(わずら)わせた出来損ないの身体に、色々と教え込まれるのでしょうかぁ……？」

ムースは泣きごとをこぼしながらも、言われた通りにぎゅっと目を瞑る。

その目を覆い隠す髪に、ニカはそっと指を触れさせた。「ひゃっ」と短い悲鳴を上げて、ムースの身体が跳ねる。

「ん、やっぱり好みの感触ですわね。ひんやりぷるぷるで、夏場に抱きしめて眠ったら気持ちよさそう」

「ひ、ひぇ。ニカ様、何を……？」

「この髪は身体の一部に当たるのかしら。ねえムース。これ、切っても大丈夫なやつでして？」

「ひぇぇぇ、きゅ、急にスプラッター⁉ 痛覚とかはありませんし、ニカ様の望みなら断ったりはしませんけど、わたしの身体そのものなので削られるのはちょっと嫌かも……！」

「そうですか。痛くないなら遠慮なくいかせてもらいますわね」

「ひぇぇぇぇぇ。や、やっぱりこれ、ダメな劣等種に対するおしおきなんですかぁぁ……⁉」

戦々恐々とするムースをよそに、ニカはゼリー状の髪をひと房掬い取り、鋏を入れる。

ムースの髪は、寒天を切るような心地いい抵抗感がした。二人だけの静かな部屋に、しょきんと軽やかな鋏の音と、「ひぇ」とか「はぅぅ」とかいうムースのか細い悲鳴が響く。

「うぅ……やっぱりわたしは、死ぬまでひとりぼっちの運命なのでしょうか」

ムースはまだ、自分が何かひどい罰を受けていると思っているらしかった。目をぎゅっと瞑った顔は、今にも泣き出してしまいそうだ。

「自我があるせいで同族からつま弾きにされて。魔王城に来たら、今度は汚いスライムって嫌われて。けっきょくわたしは魔物でも魔族でもない中途半端な存在で、どこに行ってもひとりぼっちなんです」

「…………」

「やだなぁ。あんまりですよぅ。わたしはただ、誰かの役に立ちたかっただけなのに。ただ、安心できる居場所が欲しかっただけなのに」

「……まったく、もう」

ニカは呆れて溜息をついた。

目の前に座るスライム娘は、あまりにもナイーブすぎて、状況を正しく認識することもできていないようだ。

ニカは、ムースを慰めようとしているのに。

「わたくしに髪を弄ってもらえるなんて、泣いて喜ぶほどの名誉なのですが……まあいいです」

小言の一つでも言ってやりたいところだが、やめた。そんな些細なことはどうでもいい。

ニカはもう、目の前のスライム娘を放っておかないと心に決めていた。

ムースの髪を手で掬いながら、ニカはひとりごとのような調子で話を切り出した。

「実はね、ムース。わたくしもひとりぼっちなのですよ」

「えっ……ひあうッ」

ニカがムースのおでこをピシッと指で小突いた。

「こら。誰が目を開けていいと言いましたか」

「す、すすすすみませんすみません。でも、あの、そんなことありえないと思います。ニカ様はわたしみたいなどっちつかずの軟体生物とは違って、疑いようもなく人間ですし。とっても明るくて、ものすごく綺麗じゃないですか」

「ええ、貴方の言う通り、わたくしは世界一の美女でしてよ」

ムースの髪を二本まとめて握ると、くっついて太い一本になった。思った以上の楽しさにニカはいっそう上機嫌になって、ムースの髪に鋏を入れ、握ってくっつけ、形を整えていく。

「わたくしは誰よりも美しく、誰よりも豪華絢爛。今では魔界にはじめて招待された人間という箔まで付き、名実ともに唯一無二の存在と言ってよいでしょう」

話の流れが摑めずに困惑した様子のムースの額に、指でそっと触れた。さながら神話に語られる、人生の岐路に立たされた信徒にひらめきを授ける女神のように。

世界中の誰も、ニカの真似などできない。ニカのようには生きられない。

「ゆえにわたくしは、ひとりぼっちであるとも言えるのです」

ムースがハッと息を呑んだ。

居場所を求める孤独なスライム。生まれも見た目も皆と違う、ひとりぼっちの少女。

その『ひとりぼっち』が抱える意味に対して、ニカが杭を突き立てる。

「いいこと、ムース。他人を気にすることをやめなさい。仲間がいないと嘆く自分を捨てなさい。貴方は世界に二人といない、誰も並び立つ者のいない貴方なのですから」

「ニカ様……」

「『ひとりぼっち』ではなく『ただひとり』になるのです。自分を磨き、貴方にしかできないことをして、誇りに思える自分になるのです。それが、貴方が本当に目指すべき姿でしてよ」

心を覆い隠していた、劣等感という余計な殻（から）を、言葉の鎚（つち）で叩き割る。

ムースの震えは止まっていた。

同じように、髪に触れていたニカの手も止まっている。

「自信を持ちなさい、ムース――だって貴方は、こんなにも愛らしいのですから」

眠り姫を揺り起こすように、肩を優しく叩いた。ムースがおそるおそる目を開く。

鏡に映っているのは、もう彼女が知るムースではなかった。

綺麗な瞳が、まっすぐ自分を見つめている。長い髪の毛は切り揃（そろ）えられ、緩くカールしたミディアムヘアに整えられていた。丸みのあるシルエットがとてもかわいらしく、半透明のゼリー状の髪は、他のどんな種族にも真似できないキューティクルを生み出している。

「これが、わたし……？」

「ふふ。これでようやく、わたくしのメイドにふさわしい綺麗な姿になりましたわね」

開いた口が塞（ふさ）がらないムースの目が、鏡越しにニカを見る。

ニカの微笑みは、救いをもたらす女神のように美しく、何一つ欠点を探せないほどに完璧。その笑みを自分一人に向けてもらえるのは、まるで太陽を独占するかのように贅沢で、光栄なことなのだ。ムースの魂が、そう強く確信する。

「誇りなさい、ムース。貴方の後ろにいるのは、世界の全てを弄ぶ絶対的な支配者。貴方はそんな美の顕現に仕える権利を、魔界ではじめて得たのです。この世界に、わたくしの隣以上に素晴らしい居場所などあるでしょうか」

ニカは『魅了』を使っていない。

心を操るなんてしなくても、スライム娘の瞳は、とっくにニカ以外を見ることをやめていた。

ニカは妖艶に微笑むと、ひらりとムースに背を向けた。

「ほら、ムース。何をぼうっとしているのですか？」

「ふぇ……？」

「貴方の敬愛すべき美しき主は、一日ずぅっと気を揉んで、身も心もくたくたですの。こんなに疲れが溜まっていては、至高のお肌にもくすみが出てしまいますわ」

ムースの視線が、鏡に映るニカの背中に注がれている。

その視線を弄ぶように、ニカは自分のドレスに手をかけ、一息に脱ぎ捨てた。

珠のような肌が、余すところなく露わになる。ムースが息を呑み、立ち上がる。

ニカは大きなベッドに背中から倒れ込み、柔らかなシーツに裸体を沈み込ませた。

　重力に従って重たく広がる、大きな胸。優美な曲線を描くくびれ。女神のように美しい裸体は、ほんのり汗ばんでもいた。見せつけるように持ち上げられた脇には汗の筋が伝っている。

　ドレスを脱ぎ捨てたニカの肢体から広がる、花のような香りと、それでは隠しきれない生きた女性の匂いを嗅いだ瞬間、ムースが目の色を変えた。スライムの、食欲と性欲の区別もない原始的な本能が刺激されて、じゅるりとよだれが溢れて口内を潤す。

　半開きの口から、浅く速い吐息をもらす。その様はさながら、待てをされた犬のよう。

「はっ、は、はっ……に、ニカ様……！」

「マッサージをお願いできるかしら、ムース」

　もはや、身も心も、胃袋までも、ニカの掌の上。

　魅惑の裸体を余すことなく見せつけて、ニカはなまめかしい手つきでスライム娘を誘った。

「わたくしの身体に溜まった疲れ。余すところなく、綺麗に舐めとってくださいませ」

「っは、はいぃぃぃ！　喜んでぇぇぇぇぇ！！！！！」

　いちど嵌ったら決して逃げられない、甘い甘い快楽の罠へ、ムースは全力で飛び込んだ。

　でゅるんっ！　と身体を液状に変え、世界一の美へと覆いかぶさる。スライムとしてのありのままの姿を剝き出しにし、ニカの裸体にまとわりつく。ニカの肌を濡らし、そこに浮いた汗や汚れを溶かし出す。さながら全身を無数の舌に変えて、丹念に舐めとるように。

「あ、あああああっ。すごいっ。わたしの中にニカ様が混じって……っこんなに誰かと溶

け合ったの、生まれてはじめて……！」

「ん、はう……っもっと、もっとですわ。欲望を剝きだしにしなさい、ムース！　お残しは許しませんわよ。汗の一滴まで丹念に舐めとるのです！　っあ、はう、んん……！」

「はい、はい！　はい！　ムースはニカ様のメイドです。ニカ様専用のお風呂です！　わたしの全部、ニカ様に捧げますぅぅぅ……！」

擦りあわせ、溶けあい、欲望もむき出しに混ざり合う。

二度と元に戻れないほどの幸せと充足感を抱きながら、孤独なスライム娘は、ようやく見つけた『ニカのしもべ』という居場所にたっぷりと溺れるのだった。

――数十分後。

そこにはベッドにぐったり横になったムースと、ご満悦な笑みを浮かべるニカがいた。

「ご覧なさい、まるで剝きたてたまごのようなつやつやお肌！　こんなに綺麗なわたくしは、秘湯と名高きゲランド火山の温泉に浸かった時以来ですわ！」

「はひ、はひ……も、もう無理ぃ……ニカしゃまに溺れちゃうぅぅ……」

たっぷりと愛されたムースは、文字通りの骨抜きにされていた。身も心も蕩かされ、もはや身体の形状すら保っていられず、でろりとした液状になってベッドの上に広がっている。

「こんなに心地いいマッサージを知ってしまっては、もう手放せません。ムースにはこれから毎日、わたくしの身体を磨く役目を命じますわ！」

「ひ、ひぇえ。これから毎日ニカ様と溶け合えるなんて、幸せすぎて死んじゃいますよぉぉ」

「ふふふ、せいぜい覚悟しておきなさい。わたくし、宝物は丹念に愛でるタイプでしてよ。底なし沼のごとくあなたを魅了し続けてあげましょう」

「ニカ様とずっと一緒。ニカ様のお傍が、ずうっとムースの居場所……ふへ、ひへへ……」

ムースは夢見心地にベッドに広がり、うわごとのようにニカさま、ニカさまと呟いていた。

ニカは、すっかり自分の傀儡となったかわいいメイドの頭を撫でて、ベッドから起き上がる。

ニカの裸体はムースの粘液がこびり付き、全身ヌルヌルだった。何となしに腕で胸をすくいあげると、ぬめりのある柔肉は別の生き物のようににゅるにゅると腕に吸い付く。

「嘘。今のわたくし、ちょっとエロすぎ……？　このヌメリも、色々と使えそうですわね」

たまらない官能の気配を感じたものの、時刻は既に夜。こんな状態で寝る訳にもいかない。

ニカは部屋に併設されたシャワー室に入り、蛇口をひねった。こびり付いたムースの粘液を温かいお湯で洗い落とす。

手で触れる自分の身体が心地いい。まるで赤子のようなすべすべやわもち肌だ。撫でているだけで喜びがこみ上げてきて、自らの美貌への自信と前向きな活力が湧いてくる。

ムースの身体も、ひんやりぷるぷるで心地よかった。隅々まで撫でさすられるのも快感で、ニカもマッサージの途中に何度となく声を上擦らせてしまった。

「ムースに出会えたのは僥倖でしたわね。彼女ほど使えるしもべは、そうそうおりません」

ムースは絶対に大切にしなければいけない。いずれこの城を支配した暁には、必ず隣に彼女を立たせよう。毎日ニカの肌をぴかぴかに磨かせながらたっぷりのご褒美を与え、自分を世界一幸せな魔族と思えるまで愛してあげようではないか。

――いずれ、この城を支配した暁には。

この言葉が自然と思い浮かんだことに、ニカは我がことながら嬉しくなった。

「ん、これでこそわたくしです」

ニカ・サタニック・バルフェスタは悪女である。

快楽も服従も、全てはニカの気分次第。欲しいものは全て手に入れる。

悪女の居場所は、人の心を誑かし踏み躙った、頂点でなければならないのだ。ムースのお陰で、ニカはその燃えるような野心を思い出していた。

しかし、それで状況が好転するかどうかは、また別の話で。

「魔王の気絶癖をどう攻略するかは悩ましい問題ですわね。わたくし、美貌頼りのパワープレイばかりでしたから、小細工はどうにもアイデアが湧きませんわ」

愚痴をこぼしながら、ニカは顔を上げ、温かいシャワーを堪能する。

そうしていると、ふと一つの疑問が湧き上がってきた。

シャワーを止め、ニカは未だベッドに溶けて広がるムースを呼んだ。

「ねえムース。一つ気になることがあるのですが」

「はぁ、はぁ……はい、何でしょうか?」

「魔王城の設備、やたら充実してますわよね?」

今まさに自分が浴びていたシャワーを指さして、ニカが言う。

水道。蛇口を捻るだけでお湯が流れるシャワー。当たり前のように備わっているが、相当に高度な建築技術だ。平界の王城でも、ここまで整った設備はなかなか見られるものではない。

平界にも水道が整備された都市は存在するが、大抵は近くに川が流れているなど、水源を確保できる環境であることが大前提だ。しかし『迷い茨の魔王城』は、名前の通り周辺を鬱蒼とした森に覆われていて、適した水源があるようには見えない。そもそも戦闘用の城であるはずの魔王城に、どうしてこれほどに整った居住設備があるのだろう。

そんなことを質問すると、ムースはあっと声をあげた。

「そういえば、ニカ様には地下を案内していませんでしたね」

「地下?」

思わず素っ頓狂な声を返すニカ。

それから続いたムースの説明は、ニカに驚きと、素晴らしい閃きをもたらした。

「それです……それですわよムース!」

「ふひゃひぃぃ⁉　きゅ、急に飛び込まないでください、今おかわりなんてもらったら本当に溶けてなくなっちゃいますからぁぁぁぁ⁉」

「頭にぴこんと舞い降りましたわ。魔王様を堕とす素晴らしい妙案が！」

気怠く悶々とした時間はお終い。ニカは立ち上がり、ぐっと拳を握り込んだ。

ニカの、人の心を射止める狩人の心が、再びメラメラと燃え上がりはじめていた。

「見ていなさい、魔王。決して貴方を逃しはしません。今度こそわたくしの奸計で骨抜きにし、身も心もぐずぐずに蕩かした奴隷にして差し上げますわ！」

**スライム・フェイス**

かつて自分に親切にしてくれた恩人の顔を真似しているらしいですわ。一体どこのどなたなのかしら?

**スライム・ヘア**

半透明な、ゼリー状の綺麗な髪ですわ。ひんやりぷるぷるしていて、絶妙な触り心地ですの。

**スライム・ボディ**

『変形』の能力で、表皮の色も変えられるそうですわ。化粧要らずなんて、羨ましいですわね。

**スライム・メイド服**

クーリの指示で着てる服なのですわよね。しかも彼女の自作だとか。あのメイド長、ほんと何者なのかしら……似合ってるから別にいいですけど……。

**スライム・ハンド**

自由自在に変化させられて、固さもある程度変えられるそうですわ。相当便利な力でしょうに、魔族ってほんとに見る目がありませんのね。

# 『姫騎士リーゼロッテの没落』

クーリ・ラズリエラ・ミュステリオ

「くっ、外道め……!　クリシュ国の姫である私に、このような下劣な真似を……!」

「ゲヘヘ、よく似合ってるじゃねえか。剣聖と謳われたリーゼロッテ様も、
こうなっちまえば形無しだなぁ?」

「黙れ!　いつまでも調子に乗れると思うなよ、貴様等の蛮行には必ず裁きが――ひあうっ」

「ケツ叩かれて喘ぐようなメスが、格好つけんじゃねえ!　オラ、今の自分の立場を言ってみろ!」

「ひぎゅぅぅぅ!　わ、私はメイドです。
だらしない身体でご主人様にご奉仕する卑しいエロエロメイドですぅ……!」

「てめえの国は滅んだ。剣じゃなくて腰を振るのがいまのてめえの仕事だ!
分かったらさっさとケツ出せ。ご主人様にゃ何て言うと教えた、ああ!?」

「っど、どうかこの卑しいメイドのスケベな身体で、
ご奉仕させてくださ……あ、やだ、いきなり挿れちゃっお゛、おお゛ぉぉぉぉぉッ♡」

「ハッ、その顔国民に見せられるのかよ王女様ァ!?　どこに出しても
恥ずかしいドスケベメイドになるまで入念に躾けてやるから覚悟しろやマゾメスが!
オラ、アクメしろ!　敗戦国の王姫にふさわしい無様な負けアクメ顔晒しやがれ!」

「お゛っ♡、だめ!　いぐっ♡、ご主人様に躾けられてご奉仕アクメ教え込まれちゃう!
だめ、らめっお゛♡、お゛ぉぉぉ～～～～～～♡♡!」

「はんっ、中々無様な声で鳴くようになったじゃねえか。明日には大幹部の
デスアクメ卿がいらっしゃる。せいぜい入念に躾けてもらう事だなマゾ豚が」

「っひく……わ、わたし、もうむりぃ……こんなご奉仕覚えたら、姫様なんて戻れないよぉ……!」

## 奸計その四　ドラマチックなエロほど濃いのが出るそうですわ

あいも変わらずどんよりした暗雲が空を覆う、『迷い茨の魔王城』。

その城門を潜ったエントランスに、魔王ナサニエル・ノアが一人で立っていた。

「だ、大丈夫。大丈夫だ……外に出るくらい、なんてことない。へっちゃらさ……」

服の裾をぎゅっと握りしめ、ブツブツとうわごとを呟くナサニエル。

引きこもりの彼が一人で部屋の外に出るのは数年ぶり。魔王に就任してからははじめてだ。

ただ立っているだけで、断崖絶壁に立つような緊張を感じる。視線をあちこち彷徨わせ、通りすがる魔族を見つけると、びくっと身を竦めて視線を俯かせる。

まるで迷子の子猫。そのまま立っているだけで心労で死んでしまいそうにも見える。

しかしナサニエルの胸には、ある決意も宿っていた。

「がんばれ僕。腐っても魔王だろ。こんな簡単な仕事、立派にこなせなくてどうする……！」

暴れそうな心臓を手で押さえて、すぅう、ふぅう、と深呼吸。

今すぐにも逃げ出したいが、そうする訳にはいかない。

ナサニエルには、果たさなければならない使命があるのだ。

胸の前でぐっと握りこぶしを作り、ナサニエルは自分を鼓舞するように言った。

「ここが正念場だ。僕は絶対に、今日のデートを成功させてみせるんだ！」

そうだ。デートだ。ナサニエルは今日、女の子と二人でおでかけをするのだ。

お相手はもちろん、人間の賓客ニカ・サタニック・バルフェスタ。

当然、ナサニエルはデートなんてしたことがない。そればかりか、誰かと一緒に外出することすらろくに経験がなかった。必死に自分を鼓舞しようが、その顔は緊張と不安で真っ青だ。

それでもナサニエルはデートをする。否、しなければならないのだ。

全ての発端は、昨日舞い込んできたとある報せだった。


「魔塵総領の視察が決まりました」

一日前の朝。魔王城の最上階、魔王の私室。

クーリがそう告げた途端、ナサニエルはベッドから飛び出し、脱兎のごとく走りだした。

「さらばだクーリ！　後のことは任せたぞ！」

「逃がしませんよ」

窓を開け放ち、外に飛び出そうとするナサニエル。しかしその胴体にクーリの尻尾がするりと絡みつき、軽々と宙に持ち上げてしまった。

「放せ――！　僕は誰にも邪魔されず静かに生きるんだ！　魔王城が引き籠もることを許してくれないなら、僕は外の世界でひとりで生きてやるんだ――――！」

「なぜその決断力をコミュニケーションをがんばる方向に使えないのでしょうか。本気で理解に苦しみます」

「いやだいやだ！　助けてくれ。僕はまだ死にたくない――――！」

宙吊り（ちゅうづ）りにされてじたばたともがくナサニエル。その怯（おび）えっぷりはこれまでの比ではない。

それもそのはず、クーリが持ってきた報（しら）せは、いつか来るはずと危惧していた、運命の日と呼んでもいい重大なイベントだった。

魔塵総領（まじんそうりょう）。魔界に六六ある魔王城を統べる、名実ともに魔界の頂点。

人間との友好を望みニカを招かせた魔界の最高権力者が、とうとうこの城にやってくるのだ。

「視察はこれより二週間後。言わずもがな、魔塵総領が見たがっているものはただ一つ。人間と魔族の友情です。種族を超えた絆は生まれるという証拠――つまり、ナサニエル様がニカ様とイチャイチャじゃれあう様を見に来るのです。貴方（あなた）はその期待に応える義務があります」

「そんなの無理に決まってるだろ、絶対に殺される！　むざむざ死を待つくらいなら、一人であてどない旅に出た方がよっぽどマシだ！」

「却下です。魔界の頂点がお越しになるのに、城の主が不在などあってはなりません」

そう言うとクーリは尻尾（しっぽ）を動かし、ナサニエルを宙に吊り上げたまま壁に押しつけた。

壁とクーリの長身でサンドイッチされるような格好。クーリが至近距離からずいっとナサニエルを見下ろしてきて、顔に影が落ちる。

「それとも、何ですか。まさかナサニエル様は、魔王の座を降りるおつもりですか？」

「う……降りたら、逃がしてくれるのか？」

「当然、ダメです。その場合は、自動的に副官である私が魔王となり、ただの魔族となったナサニエル様の生殺与奪の権利を得ます」

クーリが、尻尾をさらにナサニエルに強く巻き付けた。

炎のように紅く、それでいて氷のように冷たいクーリの双眸に、本気の凄みが宿る。

「私の所有物となったナサニエル様に、もはや通常の法や倫理は通用しません。私が魔王となった暁には、ナサニエル様をドレスも下着も渡さず前掛けエプロンのみを着用させた私専属のドスケベメイドとし、おはようからおやすみまで私以外考えられなくなるよう調教を施して口にするのも憚られるご奉仕を延々とさせ続けます」

「嫌だ――――――――――――――――――――！！！！！」

「ここ数日でいちばんの元気な声をどうも」

比喩でなく肝がぶっ潰れるような恐怖を感じて、ナサニエルは絶叫した。

クーリが尻尾をほどいてナサニエルを解放すると、ナサニエルは尻餅をついた格好のままずざざざざっと後ずさった。今は魔塵総領よりも何よりも、目の前のメイドがいちばん怖い。

「今のはさすがに冗談ですが――」

「嘘だろ、冗談の覇気じゃなかったぞ。お前、まさか普段から僕のことをそんな目で……？」

「要するに、魔族と人間のトップが集まる日を目前に、魔王が交代なんて不祥事は絶対に起こさせないということです。ナサニエル様の逃亡を防ぐためなら、私は何でもします」

それこそ、ナサニエルにモラル崩壊待ったなしの成人指定ギリギリの格好をさせてでも、だ。紅い瞳に底知れない凄みを感じて、ナサニエルは息を呑む。

「ッ……だ、だからって、魔塵総領の視察は絶対に失敗するぞ。僕があの人間と友好を深めるなんてあり得ないからな」

「そうですか？　ニカ様の方は、ずいぶん積極的に仲良くなろうとしているようですが」

「やり方が全部おかしいんだよ！　目覚めたら布団の中に裸で潜り込まれてるんだぞ？　ホラーだろ普通に！　何考えてるか全然分からなくてめちゃめちゃ怖いんだよ！」

「怖いだなんてご冗談を。会うたびにニカ様の裸をガン見して興奮して、角から白煙をドピュドピュ噴き出して気絶してる分際で」

「そんなやらしい効果音はしてないが!?　それに気絶はその、びっくりしただけというか……違うし。ぜんぜん、興奮してるとかじゃないし……！」

ニカは本当にどこにでも現れる。ナサニエルの私室には当たり前のように入ってくるし、最終的には風呂にまで侵入された。

今やトイレをしている時にさえ、あの薄桃色の影がちらつく。脳裏にはすっかり彼女の艶姿が刻み込まれてしまい、おちおち夜も眠れない。

　今も頭の角からもくもくと白煙を噴き出す魔王の姿を見て、クーリは溜息(ためいき)ひとつ。

「確かに、ナサニエル様の仰(おっしゃ)ることにも一理あります。お二方の接触が過激な方面に偏っているのは事実。よからぬ誤解を生まないためにも、まずは健全なお付き合いから始めて頂きたいところです……と、いうことで、私から二つ目のご報告があります」

「聞きたくない。僕を一人にさせてくれ」

「却下です。ナサニエル様の未来は既に僅(わず)かな選択肢に収束しています。デッド・オア・アライブ・オア・ドスケベメイドです」

「三択のくせして明らかな不純物が混じってるぞ！　僕の未来を捻じ曲げんな！」

　さっきからクーリの圧が異様に強い。コイツ、実は本当に魔王の座を狙っているんじゃないだろうな。ますます逃げた方が正解な気がしてくるのだが。

　クーリはこほん、と咳払(せきばら)い。盛大に脱線しかけた話を戻して、二つ目の報告を切り出した。

「ナサニエル様には、ニカ様とデートをして頂きます」

「で、デート……？」

「ニカ様から、魔王城の案内をお願いされたのです。元々は招待してすぐに行う予定だったものですが、ここ数日は何かと予想外に賑やかでしたので、タイミングを逸しておりました」

　言われてみれば、確かに部屋をあてがっただけで、城の紹介をまったくやっていなかった。これから家となる場所をろくに教えず、一部屋だけ与えて放置。まるで捕らわれの姫だ。これでは本来生まれるはずの信頼だって生まれない。

「魔族の生活について知ってもらうことにも繋がりますし、仕切り直して友好を育むいい機会になるでしょう。ですので、その案内役をナサニエル様にお任せいたします」

「…………」

「腐ってもナサニエル様は魔王。城についての知識は十分にお持ちですし、地下街であれば会話のネタには困りません。始まりがおうちデートとは、コミュ障のナサニエル様にはうってつけではありませんか」

まるで降って湧いた幸運のように、クーリは言う。確かに、いきなり『仲良くなれ』と漠然と命令されるよりも、成し遂げやすい課題としてくれる分、親切とも言えた。

しかし、理屈では分かっても、感情が納得できるかは別問題だ。

「……やっぱり無理だよ」

口からこぼれ出るのは、吹けば消えてしまいそうな弱音。

ナサニエルは膝を抱え、床に蹲った。自室だというのに、表情は迷子の子供のようだった。

「城の案内はするべきだ。人間にはこの城を好きになって欲しい。でもそれなら、なおのこと僕以外の誰かが案内するべきだ。どうして僕みたいな引きこもりがやらなきゃいけないんだよ」

「それは、ナサニエル様がこの城の魔王だからです」

「そんなの理由にならない。僕がどうして引きこもっているのか。どうして魔王なんかやっているのか、クーリだって知ってるじゃないか」

「それこそ理由になっていません。魔王であることと、ナサニエル様が引きこもりでいることには、なんの因果関係もありません」

クーリの言葉は冷たくて、正論だった。ナサニエルは何も言い返せない。

「ナサニエル様は、本当に今のままでよいとお考えなのですか？　誰とも会話一つせず、存在しているかどうかすら気付かれない、そんな無味無臭の人生で本当に満足ですか？」

言葉を選ぶ気遣いもなしに、まっすぐ胸を突いてくるクーリの言葉。

ナサニエルは、自分の膝を抱きかかえる手にぎゅっと力を込めた。

「……いいわけないだろ」

「変わることを恐れ、挑戦することすら放棄して。一生ベッドの上で苔むして、路傍の石よりも無価値な生き方をなさるおつもりですか？」

「ッいいわけないだろ……！」

「そんな人生なら、いっそ私に飼い慣らされて生涯ご奉仕する生活も良くありませんか？」

「それは本当にいいわけないだろ!?　ああもう分かったよ、やるよ、やればいいんだろ！　お前のメイドになるくらいなら、覚悟を決めて挑戦する方が遥かにマシだ！」

「言っておいてなんですがそんなに嫌ですか、ドスケベメイド。悪いようにはしませんのに」

「わざわざ名詞に『ドスケベ』なんて付ける奴がろくでもなくないことあるかよ!?」

ナサニエルは勢いよく立ち上がった。やけっぱちに拳を握りしめる。

「魔塵総領と人間の王が二週間後にやって来る！　どうあれ退路は塞がれた。死にたくないなら人間とデートして仲良くなれ。そういうことだろ!?」

「まさしくその通りです。ようやく腹を括られましたね、ナサニエル様」

「もう知らないぞ。僕みたいな引きこもりに任せたのはお前だからな。デートで大失敗して嫌われても責任は取らないぞ！」

「いいえ、責任は取ってもらいますよ。視察の時に魔塵総領の期待に応えられなかったら即殺待ったなし。ナサニエル様は魔界の空を彩るきたない花火になるでしょう」

「やだ――――！　盛り下がること言うなよせっかく気合い入れたのに！」

「ケツに火が付きましたよ。仲良くなるための初デート、がんばって成功させましょう」

こうしてナサニエルは、突如飛び込んできた二週間という死刑宣告を受けて、命懸けのデートに挑むことになったのだった。

「くそう、ひどいじゃないか。クーリも魔塵総領も、僕の気持ちなんてすっかり無視してさ」

昨日の出来事を思い出すと、つい蹲っていじけてしまいそうになる。

しかし、泣いても喚いても、二週間後に魔塵総領が視察にやってくる未来は変わらない。

生きて安心安全な引きこもりライフを送るためには、このデートを成功させるしかないのだ。

「がんばれナサニエル・ノア。僕だってやればできるってところを見せてやるんだ！」

全ては魔塵総領の不興を買って殺されないため。愛しいふとんの中に戻るため。

今日は絶対に気絶しない！　情けないところを見せない！

己の全身全霊を賭して、人間を満足させる最高のエスコートをしてみせる！

そんな風に胸に宿したナサニエルの決意は――

「ごきげんようナサニエル様！　本日は絶好のおでかけ日和にございますわね。素晴らしい一日の始まりに、おはようのぎゅーっをさせてくださいまし！　ぎゅ～～～～～～っ♡」

――ばうんっ！

出合い頭にハグを喰らうまでの、たったの四秒しかもたなかった。

◇

「……まあ、こうなる予感はしていましたわ」

溜息を一つ、ニカは抱きしめていた腕をほどいた。気絶したナサニエルが、ニカの足下にどさりと倒れ伏す。

盛大な爆発でデートの開幕を告げたニカは、頭を振って自分自身を戒めた。

「これではいつもと変わりません。危険物を処理するかのごとく、いつも以上に慎重に、繊細に立ち回るんですのよ、わたくし」

今回のデートは、ニカにとっても勝負の場だった。

ニカの『魅了』の発動条件は、相手に自分を好きになってもらうこと。しかしナサニエルは、ほんの少し興奮するだけで気絶しニカの奸計(かんけい)を台なしにする、経験したことのない強敵だった。

必殺のハニートラップを幾つも無視されるという屈辱を経て、ニカは学んだ。

裸は見せすぎ。甘い声で誘ったり耳元に息を吹きかけたり、セックスを香らせるのも過剰だ。

求められているのはさりげなさだ。遠慮がちに、それでいて胸がときめかずにはいられない。ささやかで温かな胸の高鳴り。

「つまりわたくしは、魔王に恋をさせればよいのです」

攻略法さえ分かってしまえば、あとは簡単だ。

ニカは〝傾国の悪女〟。人の心を弄(もてあそ)んで大犯罪者になった美の化身だ。どんな状況や性癖にも対応する術(すべ)を身に付けている。

初恋を奪うなんて、葡萄(ぶどう)をひと粒もぐよりも簡単なこと。加えて、これから始まるおでかけデートは、初恋を仕掛けるのにこれ以上なく最適なシチュエーションだ。

こんなの、失敗する方が難しい。ニカはそう考えていたのだが――

「まさか抱きついただけで限界を迎えるとは。暗雲漂ってまいりますわね……というか、出会って四秒で気絶されましたけど、この後はどうすればいいんですの？　まさかお流れにはならないでしょうね」

「ニカ様」

不意に背後から声をかけられ、ビクゥッとニカの身体が跳ねた。

振り返れば、そこには紅い鱗を纏わせたメイドの姿。

「おはようございます。本日も変わらずお美しくあらせられますね」

「え、ええ。ありがとうございます」

「主の無様をお許しください。身も心も学習のない、いつものカス虫メンタルですので」

しずしずと頭を下げるクーリ。ニカより頭二つ高い長身に、感情の読めない紅い瞳はかなりの威圧感がある。既に幾度も顔を合わせているが、クーリに対するなんとはない苦手意識は消えそうにない。

クーリは尻尾をしゅるりと動かすと、地面に転がるナサニエルの胴に巻き付けて持ち上げた。白目を剝いた顔を指さし、言う。

「本日はこちらのナサニエル様が『迷い茨の魔王城』をご案内いたします。城や魔族に関するご質問には大抵答えられるでしょう。ナビゲーターとして存分に活用し、我々魔族の生活を知る機会としてください」

「そのナビゲーターがダウンしているのですけれど」

「もちろん、ちゃんと対策もご用意しております。こちらをどうぞ」

そう言うと、クーリは懐から小ぶりな袋を取り出し、ニカに手渡した。中を見ると、葡萄に似た色艶の球体が幾つか入っている。

「気付け薬です。悶絶鰻のエキスを気化させたものを、鎧葡萄の殻に閉じ込めております。エキスは無害ですが非常に刺激性が強く、鼻先で割って嗅がせてあげれば——」

「ふぃぃぃぃぃっっっっきゃあああああああああああああああああああああああああああああああああああああああああああああああああああい!?」

「——と、このように一発で目覚めます」

「大丈夫ですの？　本当に害はありませんの？　生き物が発していい声じゃありませんでしたわよ今の!?」

「効き目は保証します。これで気絶しても安心。ニカ様には心置きなく城内観光をご満喫頂けることでしょう」

「ッは、はにゃ、鼻が取れてる、絶対取れてるぞこれ！　何が起きた!?　僕の鼻はどこに落ちてる!?　怖い！　鼻はどこだぁ!?」

「わたくし、気絶のたびにコレを見せられますの!?」

ビクンビクンと地面をのたうち回るナサニエルを指さすニカ。クーリは構わず続ける。

「薬はあと五粒ご用意しております。それ以上の使用はさすがに健康に害がありますので、使い切ってしまったら放置してご帰宅くださって結構です。いわばナサニエル様の残機ですね」

「およそデートで聞くはじめての概念ですわね、残機」

バイオ兵器の入った袋を抓み、げんなりと目を細めるニカ。それからぶんぶんと首を振る。

そもそも今回のミッションは、ナサニエルに気絶をさせず、恋をさせることなのだ。こんな危ない薬、一粒も使うことなく終わらせてみせようじゃないか。

一瞬でマインドセットを終えたニカは、ぱっと笑みを作ってナサニエルの手を取った。

「さ、参りましょうナサニエル様。この城や皆様の生活のこと、色々と教えてくださいまし」

「待ってくれ、鼻が落ちてるはずなんだ。探してくっつけなきゃ……！」

「ハナから落ちておりませんわよ、そんなの」

「行ってらっしゃいませ。良き時間となることをお祈りしております」

ニカはナサニエルの手を引き、魔王城の中へと歩き出す。

魔王城の構造は、基本的には人間の城とそう変わりはない。王の執務室や、来客を迎える大広間に謁見室、兵士の詰め所など、執政とその守護のための必要十分な設備が備わっている。

ここ数日の滞在中に、ニカも一通りは見て回っていたつもりでいた。

しかしニカの想像を超えて、魔王城とは、ただ『王の住まう所』ではなかった。

玄関から正面に進んだ先にある、城の大広間。さらにその奥にある、大きな扉を隔てた空間。

間取りで言えばちょうど城の中心にあたるそこは、城内でもひときわ特異な雰囲気を放っていた。直径五〇メートルはある広い円柱形の空間は、ほとんど物がなくがらんどうだ。壁や天井にはぽつぽつと魔術光が灯されているが、広大な空間を照らしきるには至らず、どこか薄暗い物々さを醸し出している。

床には部屋よりも一回り小さい円形の台座があり、上から俯瞰すれば二重丸を描いているように見えるだろう。その円形の台座と床の隙間からは、見たこともない植物の根が広がって床を侵食していた。

雰囲気はさながら、邪神やそれに準ずる大いなるものを召喚する祭壇のよう。

そんな、いかにも物々しい雰囲気をたたえた空間に、ニカが笑顔でやってきた。

「まあ。ここが件の移動祭壇なのですね！」

「ちょ、待ってくれニカ……！」

「とっても広くて物々しい雰囲気。それで、ここからどうなりますの？　何か必要な手順はありまして？　わたくしにお手伝いできることはあるかしら？」

「てっ、手を放してくれると助かるんだがっ」

「手？」

ニカはきょとんと目を丸くして、ナサニエルと繋がる手を持ち上げた。

指と指を絡ませた、いわゆる恋人つなぎ状態の手をにぎにぎさせながら、尋ねる。

「手を放す？　それって、今から起こることに必要でして？」

「必要はないけど。て、手汗とか、君を不快にさせたりするかもだし……」

「そんなに緊張なさらないで。手汗なんてわたくしは気にしませんわ」

ニカは絡ませた指でナサニエルの手の甲をさわりと撫でて、「それに」と言葉を続ける。

「わたくしも、はじめての場所は緊張いたしますの。できればこうして、ナサニエル様に触れてもらって、不安を和らげていただきたいですわ」

「っそ、そ、そうか。不安か。なら、その、仕方ない、な。うん」

「ふふっ。それにわたくし、ムードは大切にしたい派でしてよ。こうした方が、よりデートっぽいのではなくて？」

「っ〜〜〜〜〜〜……！」

ニカの笑みと甘い言葉を至近距離から浴びせられ、ナサニエルの顔が熱くなった。しかし、頭部の角は静寂を保っている。

なるほど、『このぐらい』か——繋いだ手をにぎにぎとしながら、ニカは内心で分析する。

その時、オン、と空気が切り替わる気配がした。

ニカたちの立つ円形の台座の縁、植物の根がせり出した隙間から、煌々と光が立ち上る。

二人の立つ円形の台座が、音もなく下に沈みだした。

地下の壁が視界を埋める。数秒の暗闇。それからすぐに、光に包まれる。

「――――」

最初に感じたのは、広さだ。洞窟から外に出る時に似た、わっと世界が開ける開放感がある。

広い場所に出た？　地下に潜ったはずなのに？　そんな疑問は、景色を見た途端に氷解した。

「……まあ」

地下に潜った先には、先の大広間どころか、城全体よりもはるかに広い空間があった。

一キロメートル近い半径を持つ、縦に長い円筒形の空洞を形成するのは、樹木の根だった。

無数の根が寄り集まって壁や天井を形成している。根のあちこちには魔術光がちりばめられ、ともすれば外のどんよりとした曇り空よりも明るく周囲を照らしていた。

「ここが魔王城の地下都市だ。魔族の大半はここで生活している」

ナサニエルの言う通り、地下に広がっているのは都市だった。

空間は円筒形だが、実際には一定の高さごとに奥行きのある陸地が広がる蛇腹状をしていた。その、蛇腹状のひだにあたる各階。ドーナツ形に広がる土地に、大勢の魔族が住んでいた。

家々が建ち並んでいる。土を敷いて作物を育てる畑がある。露店が並ぶ商店街からは、賑やかな喧噪がこちらまで伝わってくる。

並の城下町以上の規模がある都市。それが、ざっと五層に分かれて広がっている。

「魔界は過酷な土地だ。魔族はもともと地上に都市を作ることは稀で、洞窟や大木の洞、谷の斜面なんかに居住区を作って生活していたんだ。その様式は、人間との争いの中で集中と効率化を繰り返し、複数の種族が共同で暮らす、より大規模で安定したものへと変化していった――その結果生まれたのが魔王城。あらゆる脅威へ備えるための、魔族たちの居住区(コロニー)だ」

「まさか城の地下にこんなにも広大な空間があるなんて……森に囲まれた僻地(へきち)で、どうやって生活を営んでいるか疑問でしたの」

　各層の高さはまちまちで、二〇メートル程度のほどほどの高さな所もあれば、平然と鳥が飛び、小規模な森林や湖が広がる階層まである。群れをなした鳥がニカたちの立つ昇降機を避けて上へと飛んでいき、それを追いかけていた有翼種の魔族が、ニカを見つけて「あれ、人間さんだー！」と驚きの声を上げる。

　さながら世界を構成する全てを一つの空間に詰め込んだような光景は、平界ではまず見られない荘厳なものだった。

「地下の空洞に街や森までがあるなんて、思わず混乱してしまいそう。魔族の都市とは、人間のものと随分違うのですわね……ところで、ナサニエル様」

「ここら一帯に生い茂っている迷い茨(いばら)は、実はたった一つの株なんだ。地下に根を張り巡らせて生息域を広げる習性があり、生育の結果、このような巨大な空洞を生み出すことがある。『迷い茨の魔王城』は、その空洞を居住区として建てられた城だ。その歴史は古く、起源は四五〇年前までに遡(さかのぼ)り――」

「その分厚い紙束は何ですの？」

ナサニエルは、どこかから引っ張り出した大量の紙束を食い入るように見つめていた。拳ほどの厚さがある超ボリュームの紙束の表紙には、恐らく彼の手書きだろう几帳面な文字で『魔王城徹底紹介マニュアル』と書かれている。先ほどからずいぶん淀みなく説明をしていると思っていたが、どうやら用意していた文面を読み上げていただけらしい。

「まさか、そのぶ厚いマニュアルを持ったまま歩き回る訳ではありませんわよね……？」

「心配するな。事前のリサーチは徹底的に済ませている。このマニュアル通りに動けば、今日の終わりには、君は魔王城の全てを網羅した魔王城博士になっていることだろう！」

「わたくし、別に博士になるつもりはないのですけれど」

よく見たら、ナサニエルの黒髪はほつれ、目じりには隈が浮いていた。見開かれた目の輝きもどこかおかしい。

恐らく徹夜で用意したらしいマニュアルを手に、ナサニエルは不敵に笑う。

「僕だってやる時はやるんだ。この城の地理的な特徴から始め、建設から今に至るまでの数百年の歴史を総ざらいしよう。もちろん観光のルート取りも完璧だぞ。城の設立を記念して建てられた石碑に、この城の初代魔王ヴィトルードの銅像などの歴史的建造物を全て織り込んで、たった八時間の移動で済むようにしたんだ」

「すみません。そのマニュアル、ちょっとお借りしてよろしいかしら」

「まあ待ってくれ、今の移動中に読む台本がもう少しあるんだ――コホン。そもそもこの城の設立は四五〇年前。第五二代魔塵総領ベラルージュが、人間の勇者〝轟く砦〟のツインデイルと長きにわたり――あ、ちょっと、まだ読み途中だぞ！」

ニカはナサニエルの手からマニュアルを取り上げると、ぱららと捲って内容をチェック。

「うん、要りませんわね」

一言そう呟いて、ニカはマニュアルを思いっきりぶん投げた。バラバラになった紙が宙を舞って昇降機の外へ飛び出していく。

「あ――――――!?　何てことをするんだ、あのマニュアルには今日の会話のネタが全部詰まっていたんだぞ。アレがなかったら僕は何を頼りに君と話せば……！」

「あらかじめ用意した言葉なんて、わたくしは欲しくありませんわ」

ニカはそう言って、散らばった紙を追うナサニエルの手を摑んだ。

指を絡ませ、きゅっと恋人つなぎ。ナサニエルの意識を、再び自分に吸い寄せる。

「わたくしが知りたいのは、ナサニエル様のこと。飾らずありのまま、それだけで十分素敵な、貴方のことが知りたいのです」

「っ……！」

「そして同じように、ナサニエル様には、ありのままのわたくしを知って欲しいんですの。好きな食べ物は何かなんて普通のことから、繋いだ指の温かさまで、ね」

絡ませた指を動かして手をくすぐると、ナサニエルがぼっと顔を赤くさせた。あっちこっちへと彷徨う目は、恥ずかしくてニカを直視できない内心を面白いくらいに表している。

ニカは、高笑いしたい気持ちを堪えるのに必死だった。

（ふふふっ、ざっこ。ザコすぎて笑えてきますわ。なぁんだ、やっぱりただのコミュ障童貞ではありませんか！）

すぐに気絶する小心魔王も、攻め方さえ分かってしまえばこの通り。やっぱりニカの美貌の前には、あらゆる男が惚れずにはいられないのである。

残念ながら、瞳を覗き込んでも『魅了』が通じる感覚はない。心を奪うには、もう少しアプローチを続ける必要があるらしい。しかしそれも時間の問題だろう。

（今日を無事に生き残れるなど思わないでくださいまし。貴方は既にわたくしの舌の上。入念に準備した奸計の術中にいるのですから）

そう。今ナサニエルが見ているニカの笑顔も態度も、全てまやかしだ。

そもそも「城内を案内してほしい」というデートの動機すら嘘だ。ニカが地下都市を訪れるのは、これで二回目なのだから。

ムースに地下都市について聞かされたニカは、すぐにその足で地下へと赴き、ナサニエルと親睦を深めるにふさわしいルート取りを事前に構築していた。

平界の街五つ分はある地下都市を一日で調査するのは並大抵の作業ではなかったが……この空間全てがいずれ自分のものになると思えば安すぎる代償と言えた。

「あっ、ナサニエル様。あそこ、なんだかとっても賑やかですわね。行ってみましょう」

「待ってくれニカ。人が大勢いるところはダメなんだ。心臓がもたない……！」

「わたくしが付いていますからへっちゃらです。さ、今日一日、一緒に楽しみますわよ」

囁く言葉は事前に用意していた演技。手をつなぎ誘うのは事前に下見をしたルート。

その先に待つのは、魔王を虜にするために用意した、様々な恋の罠だ。

（奸計の心得その四、目には目を、脚フェチには脚を。これより待ち受けるのはわたくしの奸計の数々。その一つにでもときめいてしまえば、貴方の敗北です。わたくしの言いなりとなり、踏み躙られ情けない声で鳴きながら、城の全ての権利をわたくしに差し出すのです！）

ニカの脳裏には既に、無様な格好でニカにひれ伏すナサニエルの姿がありありと想像できていた。取り繕った笑顔の裏で、じゅるりと舌なめずりをする。

（覚悟なさい、魔王様。貴方の初恋は、このニカが頂きます）

全ては魔王を『魅了』し、城を支配するため。

ニカはナサニエルの手を引き、奸計まみれの初デートへと一歩を踏み出した。

ニカたちが最初に足を踏み入れたのは、獣人種の魔族が暮らす居住地区だった。呼び名の通

り獣の特徴を色濃く持つ彼らは、多様な魔族の中でもっとも人口が多く、『迷い茨の魔王城』に住む魔族の半分以上を占めている。

その規模に応じて、彼らの居住区も賑やかで発展していた。街路には様々な店が建ち並び、行き交う獣人種の姿もバリエーション豊かだ。獣の耳や尻尾を持つ魔族から、全身が毛に覆われ面長の顔をした獣に近い魔族まで、多様な獣人種が楽しげに過ごしている。

二人はまず、そんな居住地区の服屋に入店していた。

「……これが、僕……」

試着室から出たナサニエルは、鏡に映る自分自身に驚きの声をこぼしていた。

ナサニエルが着用しているのは、シャツにズボンという至ってシンプルな服装だ。上半身をすっぽり包み込む大きめの白シャツが、年頃の少年らしい愛嬌を演出している。対照的に下半身は足にフィットするスキニーパンツで、元々のすらりとした細身が十分に活かされている。

「よくお似合いですよ、お客様。お客様のスタイルに合っていて、とてもキュートかと」

「きゅ、キュートか。それは嬉しく思っていいんだよな……ええと、ありがとう」

兎の耳をした店員に笑顔で言われ、ナサニエルは顔をほんのり赤くする。もちろん引きこもりの彼は、服屋に来たことも、服装を褒められたのもはじめての経験だ。

せっかく街に来たのだからふさわしい服装に着替えたい、とニカが言ったのが数分前のこと。彼女は服屋に入るや否や服を選んでナサニエルに渡し、試着室に押し込んだのだった。

まるで事前に選んでおいたような手際の良さには違和感もあったが、そんなことは鏡に映る自分を見れば些細な問題に思われた。ナサニエルは鏡の前で両手を広げ、嬉しい驚きに浸る。

「服を変えただけで、気持ちまで明るくなるみたいだ。ふふ、僕にも似合う服ってあるんだな」

「ヘイそこのボーイ！　イカした格好してるじゃんっ」

突然に背後からかけられる、弾むような明るい声。

驚いて振り返ったナサニエルは、あまりの衝撃に顎が外れるかと思った。

「まあそれも当然っしょ。なんせウチが選んだ服なんだし！　ウチのバチバチに鍛えたファッションセンスが外れる訳ないっていうかー、似合わせ百発百中ストライク的な？　イェイ☆」

「…………ニカ、さん？」

ギャルがいた。正確には、ギャルになったニカがいた。

服装を変えたニカは、普段と変わらず美しい。けれど、その美しさの質がぜんぜん違った。

ジャンルで言えばストリートスタイルと言うのだろうか。身体にフィットするような大胆なインナー。羽織るのはクロップドシャツと呼ばれる形式のもので、丈が胸ほどまでしかなく、お腹のなめらかな曲線やおへそが露わになっていた。黒のデニムパンツは太ももの付け根までしかなく、すらりと長い脚が大胆に曝け出されている。薄桃色の髪はポニーテールにまとめられて、明るく潑剌とした印象を与えた。

変装と言いたくなるほどの劇的なイメージチェンジだった。ナサニエルにそう思わせるのは、服装のせいだけではない。

「てか、マジでサイコーに似合ってんじゃん！　ベリベリキュート！　愛嬌爆モリ・プリベビフェイスでマジマヴエンジェルナサニエル！　うぇ～い！」

「に、ニカ？　ニカだよな？　なんだその口調は。今までとキャラが違いすぎないか？」

「ええ～このぐらいイメチェンの範疇っしょ。キャラとか服装に引っ張られて変わるくない？」

「いやいやいや、変わるにしても限度ってあるだろ！　元の面影が全然ないじゃないか！」

「あっはは、なになにビビってんの？　カリカリしないで、ふわぴゅわでエブリシングにおけまる◎でいこ～よ～。ナサにぃってばウブすぎ～」

「ナサにぃ!?」

もちろん、ニカの素の性格がギャルな訳がない。

これこそが、ナサニエルをときめかせるニカの奸計だった。

（奸計の心得その三八、陰キャもウェイでパリピればギャルにテンアゲ。ナサニエル様のような陰気な方ほど、自分をリードしてくれるギャルに惹かれるものと相場が決まっております）

人の数だけ女性の好みがあり、性癖がある。ニカはそれらに臨機応変に対応し、的確に相手の好みを突き、数百人もの心を『魅了』してきた。

相手に合わせてキャラクターを変えるなんてお茶の子さいさい。どんなキャラになっても、的確に男の情欲を刺激できる。

このスキルを使い、ナサニエルの好みの女の子になって、初恋を奪ってやるのだ。

「んでんで？　ウチの格好、ナサにぃ的にはどうよ？　タイプ？　マヴい？」

「タイプというか。頭が混乱して、それどころじゃないんだけど」

「んも～真面目かっ！　女の子が着替えたんだぞ？　そこはしゅきポイントじゃんじゃか言ってテンアゲさせなきゃバイブス上がんないじゃ～ん」

「そうは言っても、ぜんぜん訳が分からないぞ。これってどういう趣向なんだ？」

「それとも……ひょっとしてナサにぃは、ギャルなウチは無理め？」

ニカは不意に語気を弱めると、ナサニエルの腕に抱き着いた。豊かな胸をこれでもかとばかりに押し付けながら、うるうると上目遣い。ナサニエルの顔がぎゅっと強張り、赤くなる。

「ウチ、ナサにぃの好きピになりたくて、張り切りデコってベリ盛りしたんだけど。ナサにぃは、あんまり好きくなかった？」

「そういう訳では断じて――に、似合ってる。すごく似合ってると思うぞ！」

「あははっ。やりぃ、ナサにぃが褒めてくれて超テン上げだし！　今ならテッペン目指せそう！」

「なんのてっぺん？　あの、できればいつものニカに戻ってもらえるともっと嬉し……」

「はいはーい！　ニカちゃん、モチベ爆上げのセルフファッションショーやりまーす！」

突然そんなことを言うと、ニカはぴょんと跳んでナサニエルから離れた。呆気にとられるナサニエルの前で、華麗にポージング。

「まずはぁ、上半身は文句なしに最強っしょ！　ベリキュなマジらびゅパーティーウィメンにちょいエロ小悪魔トッピングのよくばりコーデっていうか？　胸もお肌もちょー盛れて問答無用にテンアゲ有頂天全ツッパだし！　つーかへそ出ししか勝たん！」

「な、何言ってるのかほとんど分からない……！」

「下半身はね、もー素材で勝負よ。ニカちゃんのスーパー脚線に全部任せておけまる〜な感じ。どうよナサにぃ。エモかったりエロかったりするくね？」

明るいテンションで言いながら、ニカは次々とポーズを変え、衣装を見せつける。

驚きで気にする余裕もなかったが、ニカの格好はいつにも増して大胆だった。ボディラインのハッキリ見える軽装だから、彼女の抜群のプロポーションが惜しげもなく強調されている。

すらりとした腰のくびれや太ももに手を這(は)わせてアピールされるたびに、ナサニエルの顔は赤みを深くし、ドギマギとした興奮を隠しきれなくなっていく。

（ふふふっ、効いてる効いてる。ギャルなわたくしに惹(ひ)かれてますわね、チョロ童貞の魔王様！）

ニカは勝利を確信した。勝負を長引かせる必要もない。ここで決めてしまおう。

「てか聞いてナサにぃ。このズボンってちょーウケんの！　見て見て！」

ニカはひらりと身体(からだ)を回し、背中側をナサニエルに向け、ぐいっとお尻(しり)を突き出した。

「ほら、お尻にこーんな大きな穴が開いてんの！」

「ばッ——!?」

ニカの言う通り、彼女のズボンのお尻部分には、くりぬかれたような大きな穴が開いていた。本来ならば見えてはいけない箇所の肌が、ナサニエルの眼前に晒けだされている。

「ボタンもあるし、これって尻尾穴ってやつ？　平界にはこんな服ないし、コーデの新時代すぎて超アガるんだけど！」

これ見よがしにお尻を突き出してふりふり。ズボンに開いた穴から覗く後ろの谷間に、アブノーマルなエロスが香る。

その刺激は、ギャルにはじめて遭遇したナサニエルの頭に火を点けるには十分すぎた。

「——はへ」

ボンッ！　と威勢のいい音を立てて、頭の角から白煙が噴きあがった。

白目を剝いて崩れ落ちたナサニエルを見て、ニカは明るいギャルの笑顔をふっとかき消した。不愉快げに眉をひそめ、チッと舌打ち。

「引きこもりの童貞に、初手からギャルは刺激が強すぎましたか。まあいいです——ムース！」

「は、はい！　お呼びでしょうかニカ様っ」

「メイクを落としてくださるかしら。それから着替えを。すぐに次の奸計に移りますわよ！」

物陰に隠れていたスライムメイドを呼びつける。

失敗したから何だというのか。ギャルなんて、ニカの無数にある手札の一枚でしかない。

初恋を奪うためのデートは、まだ始まったばかりなのだ。

「まあまあ。すごい賑わいねぇ。ここが地下なんて信じられないくらい」

服屋を出た二人は、いよいよ地下都市へと繰り出した。

ニカに手を引かれるまま、とりあえず賑やかな方へと足を進めるうちに、ひときわ大きな商店街に辿り着いていた。幅を広く取られたまっすぐの一本道、それを挟むように沢山の店が建ち並び、姿も性別も様々な獣人種の魔族が行き交っていた。

小綺麗な内装の書店の前では、子供たちが買ったばかりの一冊の雑誌を顔を寄せ合って読んでいる。瑞々しい果物を売っている店の前で、屈強な牛の獣人種が呼び込みをしている。居酒屋らしい店は昼間から盛況で、屋外のテーブルでは大人たちが昼間から飲み比べに興じていた。

飾らない、それでいてとても楽しげな日常の景色に、ニカがほぅと感嘆の吐息をこぼす。

「この辺りに住んでいる魔族は、みんな獣人種なのね。でも耳や尻尾の形は、人によってぜんぜん違うわ」

「獣人種は魔族の中でも、もっとも由来の古く個人差の多い種族とされている。人によって様々な祖先を持っていて、獣に近い姿の人は、先祖の血をより濃く受け継いでいるそうだ」

ニカの感心に応えるように、ナサニエルは説明する。マニュアルはなくなってしまったが、このぐらいの内容であれば淀みなく伝えることが可能だ。

しかし、ナサニエルの表情は難しかった。戸惑いも露わに視線をあちこちに彷徨わせている。

理由の一つは、ナサニエルの右手が、常にニカに握られているせいだった。

そして、その他に大きな理由がもう一つ。

「まあまあ。ナサニエルくんは詳しいのねぇ。とってもすごいわ」

ニカの様子が、また変わっているのだ。

服装は純白のワンピース。髪は先端を括ったゆるいおさげを肩にかけている。

おっとりとした笑顔は、まるで日だまりのように温かく柔らかい。そこに強烈な違和感を覚え、ナサニエルはたまらず聞いた。

「……ニカ、だよな」

「ふふ、急にどうしたの？　わたしはあなたが知ってる通りの、ニカお姉ちゃんですよぉ」

「僕の知ってるニカじゃないが!?　君、さっきまでギャルだっただろ」

「ああ、そういう時期もあったわねぇ。昔、ちょっとだけやんちゃしてたから……恥ずかしいから、あまり言わないでくれると嬉しいな。いじわるしないでね、ナサニエルくん」

「五分前までギャルだったぞ！　なんだ、気絶してる間に時間が飛んだのか!?」

もちろん、このイメージチェンジもニカが仕掛けた奸計だ。

磨き抜いた演技力によって、ニカは完全にナサニエルのお姉ちゃんになりきっていた。

（奸計の心得その二二、男のオギャりは末代まで。お姉ちゃんの包容力に勝てる男なんていませんわ。ふわふわ笑顔と包容力で、貴方を骨抜きにして差し上げます！）

獰猛な悪女の本性をおっとり笑顔に隠し、お姉ちゃんになったニカは繋いだナサニエルの手をにぎにぎ。ナサニエルは戸惑いこそ強いが、ニカの放つ柔らかな雰囲気に丸め込まれたように何も言えず、ニカに手を引かれるがままになっている。

「まあ、ナサニエルくん、あそこに立派な像が立っているわ。いったい誰かしら？」

「えっと……あれは〝獣主〟ロアの銅像だ。今から一五〇年ほど前に、この城の獣人種をまとめる頭領をしていた魔族だ。武闘派で、戦時中にはとてつもない数の武勲をあげていたらしい。獣人種の中には、今でもロアに憧れる人が多いそうだ」

「たしかに、とても凜々しい顔つき。きっととても立派な人だったのね」

ナサニエルの説明にふんふんと頷くニカ。先ほどからナサニエルの横顔をずっと見つめている。その表情はにっこり笑顔で、何だかとても嬉しそうだ。

「それにしても、ナサニエルくんはすごく物知り。この城のことを何でも知っているのね」

「っか、仮にも魔王だからな。このくらいのことは当たり前だ」

「ううん、当たり前なんかじゃないわ。ナサニエルくんが、がんばって勉強した成果じゃない」

「褒められることじゃないよ。ずっと引きこもって、勉強くらいしかやることもなかったし」

「それでも。そこで『がんばろう』と思えることは、とっても素敵なことだと思うわ」

おっとりとしたニカの声色は、まるで日だまりのように温かい。心をくすぐられるような感覚がして、ナサニエルはあちこち視線を彷徨（さまよ）わせる。

その俯（うつむ）きがちな頭に、ニカの手がそっと乗せられた。

「わっ……ニカ？」

「がんばったナサニエルくんは、たくさん褒めてあげなきゃね。えらい、えらい」

さわ、さわ、頭を撫（な）でられる。

不意打ち気味のなでなでは、ナサニエルに驚きと安心をもたらした。くせのある黒髪を指で梳（す）かれる心地よさに、心がくぅと弛緩（しかん）する。

「……こんな風に褒めてもらえたのは、生まれてはじめてだ」

「まあ、そうなの？　それなら今までの分も、お姉ちゃんがたくさん褒めてあげないとね」

ニカが笑みを深くし、ナサニエルの頭をさらになでなで。

「えらい、えらい。ナサニエルくんは、がんばり屋さんのとってもいい子ね」

「ん……ニカ。気持ちは嬉（うれ）しいけど、そろそろやめて欲しいかな。周りの視線が痛いから」

「素直で、まじめで、とってもかわいい。ナサニエルくんがかわいいから、お姉ちゃんもつい、あなたを構いたくなっちゃう」

「あの、ニカ？　聞こえてる？」

「ナサニエルくん、本当にかわいいわ……ええ……かわいすぎて、食べちゃいたいくらい」

「え」

至近距離に迫っていたニカの目が、獣の眼光へと豹変する。

そのままニカは、驚きで固まるナサニエルに抱き着き、勢いのままに押し倒した。

「かわいいから抱きしめちゃう。ぎゅ～～～っ」

「ニカ？　ニカさん!?　急に何してるんだ、離れてくれ！」

「だめよ、ナサニエルくん。わたしのことは、ちゃんとお姉ちゃんって呼んで」

「お姉ちゃん！　どうかしてるよお姉ちゃん！　正気に戻って！　ここ街中、公衆の面前！

そもそも君は僕のお姉ちゃんじゃない！」

「もっとお姉ちゃんに甘えていいのよ。遠慮しないで……お姉ちゃんの胸にいらっしゃい」

「ひぃ!?　よ、よくない。絶対よくないから離れてお姉ちゃ――んむ、む～～～～～!?」

ふにゅりとした柔らかいものに顔を包まれた瞬間に、ナサニエルの頭の角がぼうんっ！　と音を上げ、盛大な白煙を噴き出した。


魔王城の地下都市は、迷い茨の根によって創り出された巨大な空洞に存在している。

地下都市の建造物の中には、その特異性を存分に活かしたものもあった。

「すごい……ここが、魔王城の地下図書館」

二人が見上げるのは、文字通りの本の壁だった。

そこは、魔王城の蔵書を一手に管理する図書館だった。図書館の壁面を構成するのは、地下空洞を形成する迷い茨の根。それが複雑に絡まり合い、見上げるほど高い本棚を作っていた。

本棚以外の壁にも、二人が立つ床にも、茨の根が張り巡らされている。それらは厳かな景観を生み出すほか、図書館の立派な従業員でもあった。地下図書館を管理する花緑種は植物の特性を色濃く持つ種族で、茨の根を自分の手足のように使い、本棚から書物を抜き出したり、新たな本棚を作ったりと、膨大な蔵書の管理に勤しんでいる。

さながら本の森。沢山の本と一本の樹木が共生しているような神秘的な光景に、ニカは瞳をキラキラと輝かせる。

「素敵。こんなに沢山の本、見たことない。夢みたい」

「確かにすごい景色だろうけど……僕は別の意味で夢を見てる気分だよ」

ナサニエルの声色に滲むのは、先ほどよりもさらに一回り深まった困惑。

その視線は、隣に立つニカに注がれていた。大きな黒縁の眼鏡をかけ、髪を三つ編みに変え、胸の前に本をぎゅっと抱きしめる、物静かな印象のニカに。

「本を読むのは好き。ページをめくれば、知らない世界に連れていってくれる。誰かの人生に浸れる。知らない感覚を、知れる。それはとっても幸せなこと」

「今度は何のなりきりなんだ、ニカ」

「なりきりじゃない。私はどこからどう見ても、ミステリアスで儚めな文学少女」

「文学少女は自分からそう名乗らないし、『儚め』なんて修飾語も使わないんだよ」

ナサニエルは思わず溜息をこぼした。

「そろそろ教えて欲しいんだけど、今日はどういう趣向なんだ。さっきからまったく状況についていけないよ」

「これも素の私。女性には沢山の一面があるの。平界にはそういう意味のことわざもあるよ。女子は三秒会わざれば刮目して見よって」

「目が乾きそうなことわざだな」

もちろん、そんな訳はない。今の文学少女風のニカも、彼女が仕掛ける奸計だ。

ニカは落ち着いた色味のセーターを着用していた。露出は少なく、言ってしまえば地味でさえあるのだが、そのぶん隠しきれないニカの色気が強烈に香る。現にナサニエルは、先ほどからセーターの上からでもハッキリわかる胸の膨らみが気になってしょうがない様子だ。

（奸計の心得その三二、鬼に金棒、文学少女に巨乳ですわ。ギャップ萌えにおいて最強のスタイルで、貴方をメロメロにいたしましょう）

燃え上がるような熱意を胸中に隠し、ニカは物静かな表情を作って図書館の本棚に見入る。

「一生かけても読み切れなさそうな本。ずっとここにいたいくらい」

「いや君、魔界の文字は読めないだろ」

「本が好きな気持ちは本当だよ。魔界の文字も、読めるようになりたい」

そう言って、文学少女のニカはナサニエルの服の裾をくいっと引っ張った。感情を窺えないミステリアスな美貌と、眼鏡をかけた薄桃色の瞳で、じっとナサニエルを見つめる。

「私、魔界の文字の勉強がしたい。だから、ナサニエルに本を読み聞かせて欲しい」

「……なりきり文学少女なことを度外視すれば、それはすごくいい文化交流だな……分かった。じゃあ、簡単な本から読んでみよう。あっちの児童書コーナーに行かないか」

「ううん、読んで欲しい本は決まってるの。これ」

ニカはずっと胸に抱いていた本をナサニエルに差し出した。

受け取ったナサニエルは、本の表紙に書かれたタイトルを見る。

『夜の秘作法　異種族を悦ばせるための七七の愛の営み』

「さっき適当に本棚から取った本。タイトルは分からないけど、面白そう」

「おかしい、きわめて明確な選択の意志を感じるぞ！　本当は字読めてるだろ君⁉」

「気になったのは二四〇ページのここ。魔族は、キスの味で魔力の相性が分かるんだって」

「しかも読み終えてる。ひととおり読み終えてるよ！　読み聞かせって文脈が一瞬で破綻してるじゃないか！」

その時、ニカの眼鏡の奥の瞳がきらりと光った。

ニカはいきなりナサニエルに抱き着くと、並び立つ本棚の隙間へ身を押し込んだ。セーターを持ち上げる豊かな胸をナサニエルに押し当て、全身をぎゅうっと密着させる。

「ちょ、なんでこんな狭い場所に……顔、近っ……!?」

「魔族とのキスは味がするの？　私、気になる……ナサニエルで試しても、いい？」

「ダメだよニカ、こんなの絶対おかし――ぶ、文学少女ならせめておしとやかに徹しろ――！」

　そう叫びながら、ナサニエルは押し当てられた胸と近づいてくるニカの唇に耐えきれず、ばうんっと盛大な噴煙を頭から噴き上げた。

　気絶して倒れ伏すナサニエルを前に、ニカは無表情から一転、顔を歪めてチッと舌打ち。着けていた伊達眼鏡を忌々しげに外した。

「誰かこの男のマニュアルを持っていませんの？　失敗前提の数を打って当てる作戦とはいえ、わたくしの奸計をこうもフイにするなんてさすがに苛つきますわね――ムース！」

「は、はい。ニカ様っ」

「着替えを持ってきてください。すぐに次の作戦に移りますわよ。まったくもう、いい加減におっぱいくらい慣れたらどうなのかしら」

　眼鏡を投げ渡しながらぷりぷり怒っていたニカは、ムースが何か言いたげに彼女を見ていることに気が付いた。

「どうかしましたの、ムース？　意見があるなら遠慮なくどうぞ」

「えぅ……その、今回の作戦って、魔王様に恋をしてもらう作戦ですよね？」

「そうですけれど。何か問題があるのかしら」

「言うのが憚られるんですけど……実はニカ様、恋をさせるのが下手じゃないかな、なんて」

「はぁ？」

予想もしなかった意見がムースから飛び出し、素っ頓狂な声がニカの口から漏れた。

「先ほどからニカ様、おっぱいを押し当てたり、ぎゅーってしたり、アプローチがどれも直接的ですよね。それって、恋からはちょっとズレてるような気がして」

「まさかムース、わたくしの奸計にケチをつけるおつもりですか？」

「わ、わたしはスライムですけど。ぼっちで恋する相手なんていたことないですけど。誰かを好きになるって、もっとさりげなかったり、切なかったりするものじゃないですか？」

「はんっ、馬鹿馬鹿しいですわ」

ムースの指摘を、ニカは鼻で笑って一蹴した。豊かな胸に手を添え、ふんすと自慢げに言う。

「この顔も、髪も、胸もお尻も、人を虜にする至宝でしてよ！　世界中の誰もがわたくしを求めずにはいられない。わたくしが媚びてあげれば、それがなんであれ最強の奸計なのです！」

「で、でも。それってやっぱり、恋とは少し違うような……？」

「ふんっ、そうですか。ムースまでわたくしの美を信用ならないと言うのですね」

ニカは忌々しげに唇を尖らせた。従者の不安を叩き壊さんと、ぐっと拳を握りしめる。

「いいですわ。すぐにそれが余計な心配だと教えましょう！　次の奸計はとっておき中のとっておき。今度こそ魔王に、舌がとろけるほどの甘い甘い恋を喰らわせてあげますわ！」

「昔はこうやって、よく二人で散歩したよね」

「……え？　え？」

「あの時は二人とも、こーんなに小さくてさ。近所の公園に行くだけでも大冒険だったよね」

「あの……ニカ？　急になんの話？」

「え、ひっどい。普通忘れるかなぁ。あの時間、私にとっては大切な思い出なんだけど？」

「忘れるどころか心当たりすらないんだけど。今度はいったい何の――」

「もー何言ってるの、ナサニエル。私たち、子供の頃からお隣に住んでる幼馴染(おさななじみ)じゃない」

「怖いよ！　それはいよいよホラーだよニカ！」

「ねえ……覚えてる？　子供の頃、大人になったら結婚するって約束したよね」

「してないしてないしてない！　無理だから、人間と魔族は五〇年不干渉だったんだから！

なんだ、もしかして時空が歪(ゆが)んでる!?　僕、いつの間にか異世界に迷い込んでたりするのか!?」

「ナサニエルは忘れてるかもしれないけどさ……あの約束、今から有効にしてもいい？」

「怖い！　誰か助けて！　僕を元の世界に帰してくれ――！」

その日ナサニエルは、生まれてはじめて興奮以外での気絶を味わうことになった。

◇

「どうして上手くいきませんの⁉」

もっとも自信のあった『奸計の心得二四、幼馴染はラブコメにおいて最強』作戦が失敗に終わり、ニカは愕然としていた。

これまでにニカが手を変え品を変え繰り出した奸計は、全て失敗に終わった。

失敗の原因は明白。ニカのアプローチが強すぎるのだ。目標はナサニエルに恋をさせることなのに、ニカ自身が彼の気絶するラインを踏み越えてしまっている。

「嘘。もしかしてわたくし、恋をさせるのが下手くそ……⁉」

「あのう。ちなみにニカ様って、今まで恋をしたことって……」

「恋？　あるわけないでしょう。わたくしが恋をするなんて、竜狩りが竜の餌になるような本末転倒ですわ」

ニカは絶世の美少女だ。色目を使い、ちょっと服をはだけさせれば、男は蜂蜜に群がる蟻のように群がってきて『魅了』され、ニカへの服従を誓ってきた。

ときめき？　うるさいそんなことよりおっぱいだ。エロこそ最強。恋なんてまだるっこしくて考える価値もない。〝傾国の悪女〟にとって、恋とはその程度の理解だった。

「ですが、それに何の問題があるでしょうか。思い出しなさい、魔王のあのだらしないチョロチョロ童貞の顔を！」

ニカはこれまでの自分の奸計を振り返る。

ニカはデート中、ことあるごとにナサニエルと手を繋いでいた。最初は指を触れさせただけで卒倒しそうだったナサニエルも、徐々に慣れ、最後には自然と手を繋いでいた。

視線も、以前は見つめればそれだけで気絶しそうだったのに、今では軽く頬を染める程度だ。

何ならナサニエルは、目に見えてニカに惹かれ、彼女を目で追いかける場面すらあった。

ニカのアプローチは確実に効いているのだ。

しかしその成果は、ゴールにはまだ僅かに届かない。

「魔王様を支配するには、あと少しの好感度が足りませんわ」

自分を好きになった相手を操る『魅了』の力。その発動条件が満たされ次第、ニカはすぐにでも魔王の心を奪い、デートごっこを終わりにするつもりだった。

しかしデート中、ニカが何をしても、ナサニエルの好感度は『魅了』の発動条件を満たすレベルにまで上がらなかった。

まるで二人の間に見えない壁が張られていて、それ以上近付くことを許さないかのよう。

「一丁前に警戒心を抱いているというの？　いけ好かないですわね……わたくしにここまで苦労をさせて、何の成果もないなんて許しません。絶対にここで魔王を堕とし、犬のように地面に這いつくばって忠誠を誓わせますから！」

クーリからもらった気付け薬は、今から一粒使い、残り一粒だ。無駄な失敗はできない。用意したシナリオも終盤だ。ニカは気持ちを引き締め、勝負に打って出る。


ニカたちがやってきたのは、地下都市の外れの方にある広大な湖だった。

ここに来るまでも地下とは思えない光景ばかりを見てきたが、湖はその驚きをさらに更新する光景だった。かろうじて向こう岸が見えるくらいの広大な水面が、天井からの魔術光を受けてキラキラと輝いていた。

「わぁ……！　お話には聞いていましたが、本当に地下に湖があるのですね！」

「……もう顔の感覚がない……僕の顔、元通りの形をしてるか？　鼻がぐにゃぐにゃに崩れたりしてないか？」

「最初にやってますわよ、そのくだり」

鼻を押さえて朦朧とするナサニエルの手を引き、ニカは湖のほとりまでやってきた。

湖の水源は、地上に鬱蒼と広がり、この地下空洞も形成している迷い茨の森だ。茨が集めた水が全てここに溜められ、魔王城の生活に使われている。水面は鏡のように透き通っていて、ニカですら思わず衣服を抜いで泳ぎだしたい気持ちに駆られた。

景色もいいが、ニカにとって何よりも都合がいいのは、立地だ。街からも遠く、付近に人けはない。時おり鳥のさえずりが響く以外は、しんとした静寂に満ちている。

男を誑かすにはうってつけの湖だ。

「はぁ、静かですわねぇ。今日はとても賑やかでしたから、この静けさが胸に沁みますわ」

「そうだな……今日一日で一か月分の体力を使った気分だよ」

「二人で色んな場所に行きましたわね。おかげで城のことや魔王様のいろんな一面を知れました。わたくし、今とってもゴキゲンでしてよ」

「僕は困惑してるよ。君が見せてきた一面が多すぎるせいでな。君の心は何面体だ？　ミラーボールか何かなのか？」

たび重なるニカの七変化に付き合わされ、ナサニエルがニカに向ける目には困惑の色が強い。しかし彼の手は今、当たり前のようにニカの手と結ばれていた。二人の距離も近く、顔を合わせて自然な調子で会話をしている。

ニカの仕掛けた奸計は、確実に心の扉を開かせている。

今からその扉を、完全にこじ開けてやる。

「あ、見てくださいナサニエル様！　あんなところにボートがありますわよ」

「本当だ、ペンキも塗りたての真新しいボートがあるな。『ご自由にお使いください』って看板まで立って……おあつらえ向きって言葉が文字になって上に浮いてそうなボートだな……」

「せっかくですし乗りましょう。わたくし、もっとこの湖を楽しみたいですわ」

　ニカはボートを押して湖面に浮かばせると、その上にひらりと降り立った。振り返って、ナサニエルに手を差し出す。

「さ、ナサニエル様も」

「分かったよ。君がそうしたいのなら」

　ナサニエルはニカの手を取った。狭いボートの上、ニカと向き合うように座る。

　ナサニエルがオールを手に取り、おずおずと漕ぎ出した。岸がゆっくりと遠ざかっていく。

　鏡のような湖面を、一隻のボートが滑るように進む。静かな景色に、ちゃぷちゃぷという水の波打ちと、ぎぃぎぃというボートの軋む音が心地よく響く。

「ふぅ、風が心地いい……心が満たされるようです。ナサニエル様もそう思われませんか？」

「う、うん」

「あ、見てくださいナサニエル様。水底の方で、大きな魚が泳いでますわよ」

「あ、ああ、そうだな」

「ふふっ、分かりやすい空返事……わたくしばかりを見て、いったいどうされたのですか？」

「っべ、別に、なんでもないよ。何でもない……！」

　ニカがからかうと、ナサニエルはぼっと顔を赤くして目を逸らす。

　狭いボートの上でオールを任され、必然的にニカと真正面から向き合う形。息遣いすら聞こえる至近距離。付近に人けはなく、周囲を水で囲まれて逃げ場もない。

すでにここは悪女の独壇場だ。

ニカから目も耳も逸らせない、必中必殺の距離。今度こそ逃しはしない。

「二人きり、ですわね」

自然な仕草で膝を動かし、さりげなく膝小僧をこつんとぶつける。ナサニエルの身体が、電気でも流れたようにびくんと跳ねた。

「改めて、今日はお城の案内を頂きありがとうございました。今日はとっても楽しくて、柄にもなくはしゃいでしまいました。ナサニエル様を戸惑わせてしまったかもしれませんね」

「いいよ、君が楽しめたならそれがいちばんだ……今日のアレコレを『はしゃぐ』の表現でまとめていいのかは疑問があるけれど……」

「ナサニエル様はどうでした？　わたくしとご一緒の時間は、楽しんでいただけたでしょうか」

「っ……う、うん。もちろん、楽しかった、よ」

「ふふ、それを聞いてほっといたしました」

ナサニエルは緊張でガチガチだ。ニカを直視できずに顔を明後日の方向に逸らしながらも、そうせずにはいられないとばかりに、ちらちらと盗み見るような目をニカに向けている。

読心術を使うまでもない。ナサニエルはニカに惹かれている。しかし、やはり『魅了』は効かない。心の壁が、最後の一線を踏み越えさせることを阻んでいる。

その心の壁に、ニカのなまめかしい悪意が忍び寄る。

「ボートに乗りたかったのは、この自然を楽しみたかったのもありますが。何よりも、こうして二人きりで話す時間が欲しかったのです」

「どうして？」

「もちろん、知りたいからですわ。貴方のことを。わたくしを受け入れ、優しくエスコートしてくださる、お優しい魔王様のことを」

甘い声で囁く。ナサニエルを見つめる薄桃色の瞳は、魔性の色にきらめいている。ひとたびでも隙を見せれば、この瞳はナサニエルの心を捕まえ、彼女の操り人形に変える。

美貌という名前の毒の餌。それを、ナサニエルの眼前に垂らす。

「ナサニエル様の事情は理解しております。魔王という立場として、否応なしにわたくしと友好を深めなければならない。それは大変な重責でしょう……ですがわたくしは、そんな義務感など抜きに、貴方と親しくなりたいと思っていますのよ」

「……なんで、僕なんかを？」

「ふふ、なぜだと思います？　わたくしは、貴方のどんなところに惹かれているでしょう」

問い返すと、ナサニエルは狼狽え、口ごもった。

「どうか考えて。貴方がわたくしのことを想ってくれるだけで、この胸は高鳴るのです」

もちろん、ニカが惹かれているのはナサニエルではなく、彼が持つ魔王の座だ。

ナサニエルは腐っても城の当主。彼の心を奪えば、ニカは魔王城の実権を握ることになる。

そうなった暁には、地上の城を改造し、ニカひとりのための酒池肉林にしよう。魔界の美酒美食を啄み、種族も様々な美男美女を侍らせる、ニカのためのハーレム。目の前のヘタレ魔王には、そんな酒池肉林を飾る、ニカの椅子という名誉を与えよう。ニカに跨られ、玩具のように弄ばれ、それだけが人生の悦びであるように徹底的な調教を施すのだ。

そんな夢のような日々が、あとほんの少しで手に入る。

「わたくしたちはもっと互いを知るべきです。触れ合うべきです。ええ、ちょうどこんな風に」

オールを漕ぐことを忘れて宙を漂っていたナサニエルの手を、ニカが摑んだ。なめらかな指を絡ませ、きゅっと握り込む。ナサニエルが切なげな声をこぼす。

「っあ……」

「今日、あれだけ触れていましたし。こうして手を握ることは、嫌ではありませんよね」

それからもう片方の手を、ナサニエルの太ももに触れさせた。敏感な内ももを指でくすぐる。痺れるような甘い刺激。「ひゃう」とか細い声が漏れ、ナサニエルの身体が跳ねる。

「こうして触れることも、嫌ではありませんよね」

ニカは指先をつつ、と滑らせる。太ももから、徐々に上へ。ほっそりとした腰をなぞり、肋骨のくぼみに指を押し当て、首筋に浮いた血管をくすぐる。ナサニエルは金縛りにあったように身動きできず、ニカの与える快感に全身を震わせるばかりだ。

ニカの手はナサニエルの頰に辿り着き、快感を堪えるように俯いていた顔を上げさせた。

とびきり美しい、聖女のような微笑みで、上気したナサニエルの顔を覗き込む。

「こうして近くで見つめ合うことも、もう嫌ではなさそう」

「っ……う……」

魔性の輝きを放つ薄桃色の瞳。そこに映り込むナサニエルの目は、今にも泣き出しそうに潤んでいた。どうしたらいいか分からない、感情の置き場が分からない、迷子のように愛らしい顔。いじめたくなる顔。ニカは自分の胸に、食欲に似た情動がこみ上げるのを感じた。

まだ『魅了』は効かない。しかし、心は既にニカの術中にある。

もう一押しだ。

ナサニエルの心にある壁。それを、彼自身に踏み越えさせる。

「ねえ、ナサニエル様。わたくしに、何かして欲しいことはありませんか？」

「し、して欲しいこと……」

「なんでもいいのですよ。ええ、貴方が思いつく限りの何でも」

魅惑の毒餌を、ナサニエルの唇の先にチラつかせる。

恋なんてまだるっこしい真似は必要ない。

どうせ男は皆けだものだ。一皮剝けば、心には薄暗い欲望が渦巻いているのだ。

ニカの美貌は、その欲望をどうしようもなく刺激する。

我が物にしたいと望ませる。柔肌に指をめり込ませ、唇を啜りたいと願わせる。

誰もがニカを求めずにはいられないのだ。

だから食いつけ。醜い獣の本性をさらけ出せ。

惚れろ。欲望に負けてしまえ。

わたくしを、求めろ――！

「さあ、ナサニエル様……貴方(あなた)の心をさらけ出してくださいまし」

ナサニエルはもはや、抵抗するという思考すら働かなかった。

誘われるままに、口が開く。

そうして彼は、全てニカの思いの通りに、心の壁を踏み越えて。


「もう、無理をしないでくれ」

ニカが予想もしていなかった本心を吐き出した。


頬(ほお)に重ねていた手のひらが、氷を当てられたかのように冷たくなった。

ぱちんと泡がはじけるように、甘い空気が壊れる。

「……は？」

「今日の君を見ていれば、さすがの僕も察せられる。分かっていながらやめろと言えなかった。ずっと君に無理をさせて、すまない」

「な、何を言ってるのかしら？　わたくしは無理なんて少しもしていませんわ」

「もう、心にもない言葉で僕の機嫌を取らないでくれ」

ナサニエルはもう顔を赤らめてもいなかった。情けなさを恥じるような、罪悪感に打ちのめされるような沈痛な表情で、ニカをまっすぐ見つめてくる。

先ほどとはまるで別人。求めていたものとは真逆の暗い瞳に、ニカがたじろぐ。

「う、嘘なんてついていませんわ！　わたくしは本気でナサニエル様のことを――」

「きっと不安だったんだよな。五〇年前まで敵同士だった相手の城に、一人きり送られてきたんだ。嫌われたらどんなことをされるか分からない。だから僕に好かれようと、笑顔を振りまいていたんだろう」

「……、…………」

「だけど、そんなことをする必要はない。僕は人嫌いで、引きこもりだけど、魔王だ。君を守る責任まで投げ出すつもりはない」

訳が分からない。今起きていることが信じられない。

ニカが甘い声で囁けば、誰も逆らえないはずなのに。ニカを求めずにはいられないはずなのに。

なぜ彼は、ニカの虜になっていない。

なぜ自分は、好かれるはずの相手に、肩を震わせ勇気を振り絞るような声で――下手な演技はやめろと、突きつけられている。

「無理して好かれようとしないでくれ。そんなことをしなくても、君の安全は僕たちが守る」

引きこもりの口から出たとは思えない、心を貫く力強い言葉。

それはまさしく、魔王の言葉だった。

「君がどこの誰だろうと。門をくぐったその瞬間から、魔王城は君の居場所だ」

その瞬間、〝傾国の悪女〟は、はじめて心を奪われる感覚を味わった。

薄桃色の瞳が激しく揺れる。奸計も媚びた笑みも吹き飛び、頭が真っ白になる。

気付けばニカの身体は勝手に動いていた。

繋いでいた手を振りほどく。

頬から離れかけていたもう片方の手も使って、ナサニエルの頭を摑んで。そして――

「えい」

彼の頭を、胸に抱き寄せた。

柔らかなおっぱいに、顔をぎゅむっと沈ませる。

ボウンッと景気のいい破裂音が湖に響き渡った。ボートが大きく揺れて、鏡のような水面に波紋が広がる。

ぎぃ、ぎぃ、とボートの軋む音が次第に小さくなり……静寂。

ニカがぱっと手を放すと、白目を剝いたナサニエルが、ボートにどさりと倒れ伏した。

「……ついやってしまいました」

ニカは深々と溜息をこぼして、対面の座席に腰かけ直した。

肘を突き、足下に倒れ伏す魔王を睥睨する。

「…………」

自分が欲しかったのは、欲望を露わにした『ニカが欲しい』という言葉だった。

そのために今日一日のデートを通して、彼に心を開かせたのに。

開いた心から飛び出してきたのは、ニカの求めるものとは真逆の言葉だった。

——もう、無理をしないでくれ。

「チッ。ほんっとうに、癪に障りますわね！」

隠す必要のなくなった舌打ちが、ニカの唇を震わせた。

顔を怒りに歪め、魔王の顔を靴のつま先でずむっと突く。

「いけ好かない。ああいけ好かないですわ！　よりにもよってこんな女性免疫ゼロの蚊トンボメンタルの男に、わたくしが侮辱されるなんて！」

ずむ、ずむ、ずむ、ずむ。のんきに気絶するナサニエルの頬をつま先で突く。

「わたくしは支配者です！　誰もわたくしの美には逆らえない！　わたくしは人の心を奪い、足蹴にして生きるのです！　それこそが、ニカ・サタニック・バルフェスタの美でしてよ！」

ずむうぅっと顔の形が変わるくらいに踏んでも、魔王は起きない。ニカの怒りは収まらない。

「そんなわたくしに、無理をするなですって？　無礼にもほどがあります！　そんな簡単な言葉で、わたくしを見抜いたなどと思わないでください！　そんな、そんな――っ〜〜〜！」

怒りに任せ、ニカは足を振り上げ、ダンッ！　と叩きつけた。

ボートがぐらりと大きく揺れる。

ニカの振り下ろした足は、すやすやと気絶するナサニエルの、すぐ脇に叩きつけられている。

ニカは天を見上げ、歯を食いしばって、言葉にならない激情を嚙(か)み潰(つぶ)した。

ぎりりりぃっと全身が震えるほどの怒りを露(あら)わにし――ふっと、その力を抜く。

「落ち着きなさい、わたくし。こんな男の言葉に惑わされるなんて、品性を損ないましてよ」

どうあれ魔王は気絶した。怒りのままに叫んでも、引っぱたいても、ニカには何の益もない。

クーリからもらった気付け薬はまだ一粒残っている。けれど今復活させたところで、きっと空気は最悪なものになるだろう。

ニカの奸計(かんけい)は失敗に終わった。

彼女は、またしても魔王を虜(とりこ)にできなかったのだ。

「……帰りますか」

ニカは気絶したナサニエルを脇に転がし、オールを手に取った。

一人でえっちらおっちら腕を動かす。そんな自分の姿が滑稽(こっけい)に思えて、心に荒波が立つ。

本当に、嫌な場所だ。

あきれるほどのんきで、のどかで、敵意の欠片(かけら)もなくて。

欲しくてたまらないほど魅力的で。でも、わざわざ支配なんて面倒なことをしなくても、ニカを受け入れる気まんまんで。

「何が、無理をするなですか」

ぎぃ、ぎぃ、オールを漕ぎながら、ニカは歯ぎしりする。

「分かったような口で……わたくしの生き方を否定しないでくださいまし……！」

耐えがたいほどの屈辱が、ニカの心を煮え滾らせている。

怒りの理由はきっと、嫉妬だ。

何も知らない、引きこもりの妄言だと分かっていても。ほんの少しの心の迷いだとしても。

――門をくぐったその瞬間から、魔王城は君の居場所だ。

魔王の言葉に、胸を打たれてしまった。

そんな自分の心が、悔しくて、訳が分からなくて、苛ついてしょうがないのだった。

◇

結局ニカは、一人で懸命にオールを漕いで、十数分をかけて岸へと戻ってきた。

「ったくもう。万死に値しますわよ。わたくしに、こんなッ労働まで！　させるなんて……！」

ニカは気絶したナサニエルをボートから引き摺りだし、湖畔の砂浜に投げ出した。

岸に上がっても、ナサニエルを起こす気にはどうしてもなれなかった。

「魔王城に来てから調子がくるいっぱなし。それもこれも、貴方が女性に免疫がなさすぎるせいですわよ。反省してくださいまし」

むすっと頰を膨らませ、気絶した魔王の頰をつんつん突っつくニカ。ナサニエルの頭の角からは、未だに線香のような細さの白煙が上がっている。

それにしても、この角はどういう作りなのだろう。魔族はとても多様な外見の種族がいるが、それを差し引いてもナサニエルの角は特異なように感じられる。まあ、それを言いだせば、女体に興奮して気絶するナサニエルの小心がいちばん特異なのだが。

「おっぱい程度で卒倒できるなんて、おめでたい頭ですこと……お世継ぎとかどうするつもりなのかしら。まあ、わたくしには関係のない話ですけど」

頰杖を突き、ニカはのんきに気絶する魔王を眺める。

——君がどこの誰だろうと。門をくぐったその瞬間から、魔王城は君の居場所だ。

彼に言われた言葉が脳裏に蘇ってきて、ニカはぎゅっと顔をしかめた。

「……こいつ嫌いですわぁ」

ニカは思い通りにならない奴が嫌いだ。自分に惚れない奴が嫌いだ。

人に媚を売る自分の行いが、途端に安っぽく見えてしまうから。

ナサニエルの存在は、〝傾国の悪女〟のプライドを傷付ける。

今日一日の奸計をすべてフイにされた徒労感も相まって、ニカはナサニエルという男にすっかりうんざりしてしまっていた。

「あーあ。こんな男、いっそ消えてくれたらせいせいしますのに」

魔術光がちりばめられた天井を仰ぎ見て、そうひとりごちる。

その後に起こった出来事は、まるで、天が彼女の願いを聞き入れたようだった。

「……あら?」

地面が揺れていた。

地震かと思ったが、違うようだ。遠くの方から、ズズ——と爆発の余韻のような音がする。

ニカは隣のナサニエルに目をやり……すこやかな白目を見て心配することをやめた。

「放置したところで、襲うのなんて猫か蚊くらいのものですわよね」

ニカは立ち上がると、魔王を放置して爆発のあった方へと向かった。

地下をくりぬいて作られた空間は、ある程度の広さごとに区切られ、区画ごとに街や畑など役割に応じた発展をしていた。区画を越えると、見える景色が一気にがらりと変わる。

しばらく歩いたニカは、広大なグラウンドに出迎えられた。

土が敷かれた地面は湖に匹敵するほど広い。荒野と呼んで差支えのない大きさだ。

その荒野のど真ん中に、巨人が立っていた。

全身が土でできた魔造兵士だ。全長は五〇メートル近くあり、離れた場所にいるニカが、その輪郭までもハッキリと認識することができる。

ゴーレムは、象の足のように太い両腕を振り上げると、足下の地面に叩き付けた。どごぉん！と大砲のような地鳴り。真下から蹴り上げられるような衝撃に、ニカの身体が跳ね上がる。

その一撃に、紙切れのように空を舞う、複数の人影。

「どわあああああああああああああ!!」

「無理、無理無理無理無理だって！　いくらなんでもデカすぎる、こんなの敵うわけねえよ！」

どうやら魔王城の兵士たちが、ゴーレムを相手に模擬戦をしているようだった。しかし、聞こえてくるのは威勢のいいかけ声ではなく、情けない悲鳴ばかりだ。

「テメエら、逃げてばっかじゃなくて攻撃しろ！　手に持ってる武器は飾りか!?」

「うっせえバーカ！　俺の斧は、お前みたいな大口叩く奴をかち割るためのモンなんだよ。見ろよアレ、あんなの敵じゃねえ、山だよもう！」

「ラギアスの兄貴、これ絶対調整ミスですよ！　俺らじゃ束になっても――げええ、もう一発くるぞ！　回避、回避――！」

「あんなデカい腕からどうやって逃げるんだよ!?　ちょ、タンマ！　これマジで死ぬ、死ぬやつだから！　助けて兄貴――!?」

ゴーレムが再び両手を持ち上げた。憐れにも逃げ遅れた兵士の上に、巨腕の影が落ちる。

その時、突如として吹き荒れた疾風が、ニカの髪を靡かせた。

風の出どころは、今まさにゴーレムの腕が振り下ろされようとしていた大地から。

下から突き上げるように放たれた風が、振り下ろされたゴーレムの巨碗を真下から迎え撃ち、弾き上げた。予想だにしなかった反撃に、ゴーレムが大きく体勢を崩す。

「ったく、どいつもこいつも情けねえ声をあげてんなよ」

疾風と共に響き渡る、恐慌を鎮める強い声。

ニカが声の主を見るよりも早く、再びの疾風が戦場に走った。

空気が唸りを上げ、突然、ずぱんっ！　とゴーレムの片足が断ち切られた。足に斜めの断面を入れられたゴーレムは滑るように体勢を崩し、背中からゆっくりと倒れていく。

巨大な背中が倒れる。その落ちていく先の地面に立って、待ち受ける一人の魔族。

狼の獣人種だった。紫陽花を思わせる淡い紫の髪に、同じ色をした豊かな毛並みの尻尾。必要最低限の装備を身につけ、無駄なく引き締まった筋肉を露わにしている。

顔つきは若く、闘志と生命力に満ち満ちていた。唇を吊り上げた笑顔に鋭い牙が覗く。

「揃いも揃って特訓が足りてねえ！　いいか、こういうデカブツはなぁ――ッ気合い入れて、ぶっとばすに限るんだよ！」

狼の魔族は、武器も持たない徒手空拳だった。ニカはすぐに、それが彼にとっての最強の武器であることを知る。

ぐっと姿勢を低くし、腰だめに腕を引く。

その腕に、紫に輝く魔力の嵐が渦巻いた。

「唸れ嵐爪――烈砕牙ァ！」

咆哮と同時に、狼の魔族は飛び上がり、嵐を纏った爪を突き出す。

岩を吹き飛ばす威力と、刃の性質を併せ持つ風の牙は、ゴーレムに触れると同時に爆発。轟音を奏でながら、岩の胴体に巨大な風穴を穿ち抜いた。

魔力の香る疾風が、再び戦場を駆け抜ける。

細切れになった瓦礫を撒き散らして宙を舞う狼に、わぁっと兵士たちの喝采が轟いた。

「ッやっべえええええ！　とうとういちばん強え訓練ゴーレムまでノしちまった！　ラギアス兄貴の嵐爪、いつ見てもとんでもねえぜ！」

「さすが俺たちの兄貴！　凄えっす、カッコいいっす、イカしてるっす！」

「かっかっか、オウもっと褒めちぎれ！　俺が魔王城で最強の魔族。山をも食い破る嵐の牙、ラギアス・ゼスペンタ様よォ！」

空中で高笑いしたラギアスは、倒したばかりのゴーレムの上に軽やかに着地すると、仁王立ちになって快活な笑い声を上げる。

遠巻きに一部始終を目撃したニカは、凄まじい破壊を見せたラギアスを冷静に分析していた。

（あの魔族、相当強いですわね。戦闘系の〝奇跡持ち〟にも、単騎で十分渡り合えるやも）

種族にもよるが、魔族は得てして人間よりも強靱な身体を持ち、体内の魔力を用いた魔法までも扱うことができる。ラギアスは獣人種特有の身体能力に風の魔法を組み合わせた、独自の戦闘スタイルを構築しているらしい。山のようなゴーレムを一撃で倒した威力を見れば、どちらの熟練度も相当なものだ。

　今までのんきな奴らばかり見てきたから忘れかけていたが、やはりここは魔王城。戦闘のために建造された、野蛮な魔族どもの要塞なのだ。

　そんな風に、ニカが気を引き締め直していた時だった。

「——で、そこで観戦してる奴はどこのどいつだ？」

「っ……!?」

　ラギアスの鋭い眼光が、遠く離れたニカを捉えた。

　身を硬くするニカ。しかしラギアスはすぐに闘志を引っ込め、快活な笑い声を上げた。

「かっかっか。そうビビんな、とって食いやしねえよ。むしろ、俺の勇姿を見てえってんなら歓迎だぜ。ホラ、隠れてねえで近くに来いよ」

　ラギアスは破顔し、気さくに手招きまでしてみせる。

　バレた以上は、黙って隠れているのは悪手だ。彼の誘いを断るのはマズい。

　それに、さっきの戦いを見て思いついたこともある。

「……では、お言葉に甘えて」

　ニカは居住まいを正し、ラギアスたちの前に姿を現した。

ラギアスがヒュウと口笛を吹く。兵士たちは分かりやすく一目惚れして絶句していた。

「歓待式で見た顔だ。嗅ぎ慣れねえ匂いだと思ったが、まさか人間のお嬢様とはな」

「ニカ・サタニック・バルフェスタと申します。どうぞお見知りおきくださいまし」

兵士たちの好奇の視線を集める中、ニカは瀟洒に一礼する。

彼らにとっては予想だにしない邂逅だろう。兵士たちはニカに対し、頬を染めたり、生唾を飲んだり、思い思いの反応を見せた。胸をガン見して鼻の下を伸ばしている者もいる。

その弛緩した空気は、ラギアスが片手を上げただけで、波が引くようにサッと静まりかえった。優れた統率力。あるいは、それだけラギアスという男が信奉されているのだろう。

「城の観光をしておりましたら、大きな音が聞こえてきたものですから、つい気になりましたの。覗き見の無礼をお許しください」

「謝るのはよしてくれよ。ただの訓練だ、好きなだけ見てくれて構わねえ。俺はこの城で兵士長をやってる、ラギアス・ゼスペンタだ。どうぞお見知りおきを、ニカ嬢」

ラギアスはニカに向けて一礼した。ひらりと手を揺らす芝居がかった仕草に合わせて、紫の毛並みをした尻尾が揺れる。尻尾は他の獣人種と比べてもかなり大きめで、胴体と同じくらいの太さだ。抱きしめると気持ちよさそうだな、とニカは頭の端っこの方で考えた。

ちなみに、顔立ちは美形だ。まさしく狼のような、切れ長の目に鋭い眼光。好戦的につり上がった口から覗く牙がワイルドだ。一方、頭から生えた犬耳は上向きにぴんと尖った綺麗な三角形で、ふわふわした白の耳毛が豊かに蓄えられている。大振りな尻尾といい、犬らしい愛嬌が野性的な顔立ちとのギャップを演出している。

総じて、強い雄の体現者といった風だ。堂々とした気風も、リーダーを張るに値する強さと自信を感じさせる。

そんな風に観察していると、ラギアスがじっとニカを見つめてきた。

「で、どうだった」

「どう、とは？」

「感想だよ。俺の嵐爪はどうだ。凄かったか？　イカしてたか？　カッコよかったか？」

野性的な顔に宿るのは、うずうずとした好奇心。大きな尻尾が、期待を示すようにふりふりと揺れている。

ニカはそれらを冷静に観察し――ニコッ、と花開くような笑みを浮かべた。

「ええ、それはもう大変にカッコ良かったですわ！　あんなに大きなゴーレムをたった一撃で倒してしまうなんて。わたくしも、思わずわぁと歓声を上げてしまいました！」

「かっかっかっか！　だろぉ？　そうだろぉ!?　まったく俺ってば痺れるような強さしちまってるよなぁ！」

ラギアスは真上を向くほど上体を反らして高笑い。大きな尻尾をブンブン揺らす。

「いや悪いな。観客なんて滅多にいないモンだから、つい感想をねだっちまった。子分たちは気を遣って褒め言葉しか言わねえしよ」

「兄貴、俺たち嘘は言ってねえですよ！　兄貴は間違いなく最強なんですから！」

「分かってるようるせえな、ありがとよ！　それはそれとして、美人に褒められるのは男の華だろ？　強え男ってのは、女を惚れさせてこそじゃねえか」

目に見えて上機嫌になったラギアス。それを見て、ニカも内心でほくそ笑んだ。

食いついた。ニカが少し媚びれば、こうもたやすく男を調子に乗せられるのだ。

みだらな視線をひしひしと感じる。ラギアスはともかく、後ろの兵士たちは、ニカの端正な顔やふくよかな胸、すらりとした腰つきに興味津々のようだ。とろけるような柔肌を揉みしだき、汚してしまいたいという品のない欲望を隠しもしていない。これと比べれば、ナサニエルは目を逸らす分だけかわいげがあるというものだ。

とはいえ、ニカにとっては、自分に向けられる欲望は強くて下品なほど好都合。

この時点で、ニカのプランニングは完璧に済んでいた。

「ところで、ラギアス様」

「おう、どうした。もしかしてサインでも欲しいか？　任せな、こういう時のために、色紙とペンはいつも用意してるんだぜ」

「サインも嬉しいですけれど……すこし、触れても良いですか？」

先ほどとは別人のような、切なげな囁き声。

ニカはラギアスに近づくと、彼の腕にそっと手を触れさせた。

ラギアスが眉を持ち上げ、背後で見ていた部下たちがおおっと歓声を上げる。

「急にどうした？」

「あ、ごめんなさい。とても逞しい腕でしたから、つい触ってみたくなって」

頬を染め、気恥ずかしげに言うニカ。もじもじと身を揺すりながらも、手は艶めかしくラギアスの腕を這い、盛り上がった筋肉を指でなぞる。

「その……お恥ずかしながらわたくし、強い殿方に目がありませんの」

「……へェ」

ラギアスの目がスゥと細まった。

いっそ笑えてしまうくらいに分かりやすく、彼の目がメスを狙うケダモノのそれに変貌する。

「大きくて、硬くて、とっても逞しい……男のひとの、みなぎるようなエネルギーを感じると、わたくしの胸も熱くなるようで……ああ、わたくしったらなんてはしたない。勝手に殿方の腕に触れるなんて、マナー違反ですわよね」

「俺は貴族じゃねえんだ、マナーなんてあるわけねえだろ？　そっちがその気なら、好きなだけ触ればいいいさ」

強い男に惚れ込むいたいけな女の演技に、ラギアスの自尊心は勢いよく燃え上がった。

ニカを抱き寄せようと、ラギアスが腕を伸ばす。しかしニカは、その手をするりと避けた。

訝（いぶか）しむラギアスに微笑（ほほえ）みかける。

「ですがラギアス様。わたくしは強さと同じくらいに、気高きお方が好きなのです」

「気高き……？」

「ラギアス様は、権力が欲しくはありませんか？　名声を望み、高みに上り詰めんと猛進する……わたくし、そのような野心のある殿方が大変好みなのですが」

薄桃色の瞳をじぃっと向けて、試すように言う。

しかし、その誘いに対してのラギアスの反応は渋かった。

「ハァ。権力ねぇ」

ラギアスの態度が露骨に白けた。彼はつまらない説教を聞かされた時のように大きく息を吐き出し、頭をぼりぼりと掻（か）く。

「んなこと言われてもなぁ。偉くなったら、色々とやんなきゃいけねえことも増えるだろ？そういうのは面倒だからなぁ」

「そんなぁ。わたくし、強くてカッコよくて、とっても偉い男の人が大好きですのに」

「悪いが俺は、あくまで気持ち良く戦いたいだけなんだわ。だいたい、争いもねえド平和な世界で、わざわざ偉くなってどうすんだ」

「強くなりたいのに、権力や名誉は欲しくないと？　お言葉ですが、地位もなくただ強いだけでは、お山の大将でしてよ」

「それでいいんだよ。だいいち男の魅力は、地位や名誉なんてモンじゃねえだろ？　アンタがお望みなら、俺が本当の男の魅力ってやつをたっぷりと――」

「いいから黙ってわたくしに従えワンコロども」

ニカは自分の薄桃の髪、そこに挿した髪留めに手をかけた。

ベリーの実を思わせる髪留めは、ニカが昔から愛用しているものだ。飾りである珠の中には、仄かに青い液体が満ちている。

珠は薄い樹脂でできており、指で力を籠めれば簡単に割れ、中の液体が溢れるようになっている。その液体は、希少な草花をニカが独自に調合して作った香り薬だ。

ニカは髪飾りの珠を一つ摘み、ぱきりと割った。溢れ出た香水がニカの髪を濡らす。

そのままニカは、魔性の香りの染みた髪を、ばさっと靡かせた。

その様子は、時の流れが遅く感じられるほどに美しく。ラギアスも、後ろの部下たちも、あでやかに広がる薄桃色の髪に釘付けになる。

そうして、彼らの無防備な意識に、髪から漂う気化した媚薬が忍び込んだ。

嗅覚とは、空気中のほんの僅かな微粒子も感知する、もっとも敏感な感覚器官だ。ましてや、獣の性質を持つ獣人種の魔族なら、その効果は言わずもがな。

「わたくしを、見て」

色香に溺れた男どもの意識を、魔性の瞳が刈り取る。

瞬間、兵士たちが一斉に力を失い、立ったままがっくりと項垂(うなだ)れた。

十数人もの男たちが、なんの抵抗も許されずにニカに『魅了』される。

一瞬で物言わぬ人形と化した彼らの前で、ニカは唇を吊(つ)り上げ笑い声をあげた。

「くふ……くっふふふ！　ああ爽快ですわ。やっぱり、支配とはこうでなくてはいけません！」

人の心を掌握する快感。自分に色目を使った男を下す征服感。

これこそが、ニカ・サタニック・バルフェスタの生き方そのものだ。

「何を迷っていたのでしょう。わたくしは世界最高の美の持ち主。自由に、好き勝手に、手あたり次第に支配して生きるのがわたくしの在(あ)り方でしてよ！」

そうだ。〝傾国の悪女〟は全てを食い尽くす。

ニカは絶対的な支配者なのだ。何もかも全てニカの意のまま。そうでなければいけない。

「わたくしは全てを踏み躙(にじ)る。もし、わたくしに惹(ひ)かれない不届きものがいたとしたら……

そんな不良品、無慈悲にすげ替えてしまえばいいのです」

◇

実はナサニエルは、眠ることは好きではない。

眠ると、いつも決まって悪夢を見るからだ。

――ナサニエル。お前は魔王の器だ。将来、人の上に立つことになる男だ。

悪夢は、父の声をしていた。

力強く、思慮深く、いつも自分の背中を押してくれる。かつてナサニエルが好きだった声。

――大きな心を持て。強くなれ。それが、王となるお前の使命なんだ。

――泣くんじゃない。涙を流す弱虫を、人は信用なんかしないぞ。

――悪口なんて気にするな。そもそもお前に友達など必要ないんだ。

力強く、厳しい父の言葉が、泡のように浮かんでは消えていく。

ナサニエルを真剣に愛していて、それゆえに胸をハンマーで殴られるような重い言葉の数々。

とりとめもない記憶の再生は、最後にはいつも、ひときわ強烈な記憶で終わる。

――すまなかった、ナサニエル。何もかも私が間違っていた。

――この世界に、もう魔王ノアは要らないんだな。

別人のように弱々しく、物悲しい響きをした、謝罪という名の拒絶の声。

ナサニエルはいつも、父の声を振り払いたい一心で、意識を現実に引き戻す。

「っ……！」

最初に感じたのは、地面に縫い付けられるような身体(からだ)の重さ。

微睡(まどろ)みに似た気怠(けだる)さで、ナサニエルはまたしても自分が気絶したことを察する。

瞼(まぶた)を閉じた暗闇の中で、ナサニエルは静かに打ちひしがれた。

(ああ……終わったな)

背中に当たる感触で、ボートに乗っていないことはすぐに分かった。恐らく湖畔の砂浜に放置されているのだろう。

ニカがクーリからもらった気付け薬はまだ一粒残っていたはず。ナサニエルを起こすことができたのに、ニカはそれをしなかった。自らボートを漕いで岸まで戻る苦労をかけてまで、ナサニエルと口を利きたくなかったのだ。

たび重なる気絶に愛想を尽かし、いよいよ嫌われたということだろう。

(いや、そもそも最初から好かれてなかったか。ニカはずっと僕に気を遣っていたんだから)

彼女が演技をしていることには、ずっと前から気づいていた。

当たり前だ。そもそも、理由もなくあんな美人が引きこもりの自分に笑いかけたりするものか。非現実的にも程がある。実際のところ、ナサニエルがニカの演技に気付けたのには、「自分が好かれるなんてあり得ない」という圧倒的な負の自信によるところが大きかった。

魔王に気に入られることで、魔界に安心できる場所を作りたかったのだろう。あるいは人間の代表として、魔族に好かれなければいけないという義務感があったのかもしれない。

あんな素敵な女性が、自分なんかに好かれようとして愛想笑いを浮かべている。そのことがナサニエルは申し訳なかった。このままじゃいけないと思った。

だから勇気を出して「無理をしなくていい」と伝えたのだが——結果はご覧の通りだ。ナサニエルは湖畔に捨て置かれた。捨て方を考えることも面倒くさい粗大ゴミとばかりに。

機嫌を損ねてしまったのだろう。

胸の内を見透かされていると分かって、怒ったり、怖がられたりしたのかもしれない。

いったい何が悪かったのか。どう伝えるのが正解だったのか。引きこもりで対人経験のない自分には、考えるきっかけすら摑めない。

分かることは、この関係はきっと修復不可能だろうということだけだ。

二週間後に控える魔塵総領の視察は、ナサニエルの魔王降格殺戮ショーとなることだろう。

(さよなら、僕の愛すべき引きこもりライフ。しょうがないさ、僕なりに必死にがんばった。その結果がこれなんだから、もう受け入れるしかないじゃないか)

どうやら命とは、本当に回避不可能な死を察すると悟りの境地に至るらしい。ナサニエルは絶望しながらも、どこかすっきりとした心地でいた。

そもそも、外に出ることすら怖くてできない引きこもりの自分が、外に出て、あんな美人と会話し、手を繫ぐまでしたのだ。偉業と呼んでいいくらいの凄いことだ。

出せる勇気は振り絞った。後ろ向きながらもできる限りがんばった。

ただ、元々身に余る挑戦だったというだけの話なのだ。

(泣くんじゃない、ナサニエル・ノア。自分がいちばん分かっていたことだろう)

自分は魔王。

平和になったこの世界で、もっとも不要な存在。

(どうせ僕は、誰からも必要とされないんだ)

ナサニエルは目尻に滲む涙を拭った。自分自身に言い聞かせる。

切り替えよう。自分の寿命は、魔塵総領が視察に来るまでの残り二週間。それが定められた運命なんだ。

目を開けたら、傍にあの綺麗な人間はいない。広い湖畔にひとりぼっちだ。だが悲しむ必要はない。元々ひとりぼっちの自分が、あるべき姿に戻っただけなのだから。

起きて、部屋に戻って。それから、死ぬまでの最後の引きこもり人生を楽しむとしよう。

そんな風に自分自身に言い聞かせて。

悟りを開いたような穏やかな心地で、重たい瞼を持ち上げたナサニエルは――

大勢の、殺気だった目に出迎えられた。

「ぴッ――!?」

「オウ、ようやくお目覚めかよ、魔王」

いつからその状態だったのだろう。ナサニエルは屈強な男たちに取り囲まれていた。爛々とした目が、四方八方から自分を見下ろしている。

「ど、どちら様ですか……?」

「ハッ。そうさな、自己紹介は大切だ。これから一生忘れられない顔と名前になるんだからよ」

男たちの中で一際精悍（せいかん）な顔立ちをした、紫髪の獣人種の魔族がせせら笑う。

彼は一歩踏み込み、ナサニエルの胸ぐらを摑（つか）んで持ち上げた。

「よぉく覚えろや。俺はラギアス・ゼスペンタ。この城でもっとも強え男。そんで、明日からこの城の王になる男だ」

「え、えっ？」

「ガルル……俺は狼だぜ。弱ェ奴（やつ）の群れに加わるなんざ、まっぴら御免なんだよ」

ナサニエルはまだ、状況を楽観視していたことを知る。

魔王城に忍び込んだ悪意は、引きこもりが引きこもりのまま死ぬことすら許しはしない。

「決闘だ！　俺にぶっ殺されて、魔王の座を明け渡せ！」

「え――――ええええええええええええええええええええええ……………………!?」

悪女の悪意が、とうとう物理的な牙（きば）となって、魔王に突き立てられる。

状況を理解しきれない、ナサニエルの蚊（か）の鳴くようにか細い悲鳴が、鏡のように澄み渡った湖面に小さなさざ波を立てるのだった。

人間たちの暮らす平界。

武力大国リュミエスの王城に、荒々しい怒りの声が響き渡っていた。

「魔族！　どこまでも貪欲（どんよく）で残忍な野獣どもめ！」

国王ヘリアンテス三世は激怒していた。それはもう凄（すさ）まじく憤っていた。

魔界からの『人間を一人差し出せ』という恐ろしい書簡を受け、史上最悪の大罪人（たいざいにん）ニカ・サタニック・バルフェスタを送り出したのが、つい一週間前のこと。

〝傾国の悪女〟が異形（いぎょう）の魔族を食い物にするか、それとも生贄（いけにえ）として喰（く）われるか。いずれにせよヘリアンテス三世は、釣り竿（つざお）に魚が食いつくのを待つように、安全地帯からのんびり成り行きを眺めているだけで良かったはずだった。

その認識が覆された。

ここにきて、魔界から二通目の書簡がやってきたのだ。

「『賓客は手厚く歓迎し、非常に良好な関係を築いている。ぜひその様子を見て、我々の関係を見つめ直す場を設けたい。ぜひ多くの仲間を連れて城に来られたし』――まったく馬鹿げている！　こちらが下手（したて）に出てみれば、調子に乗ってふざけた要求を！」

言い直すまでもないが、人間にとって魔族とは千年近く争いを続けてきた宿敵だ。魂の根底から相容れることのできない存在だ。

ヘリアンテス三世は、前回同様に、書簡に宿る敵意を正確に嗅ぎ取っていた。

「『我々の関係を見つめ直す』『ぜひ多くの仲間を』――つまり魔族はこう言っているのだ。〝人間は魔族の奴隷であり玩具。もっと多くの生贄をよこせ〟と！　ほら見たことか、すぐに貪欲な本性を露わにし始めたぞ！」

平界の書物では、魔族は生き物を拷問にかけて悲鳴を聞くことが娯楽であると語られている。ニカはきっと魔族の『手厚い歓迎』を受け、凄惨な生き地獄を味わっているに違いない。ざまあみろとも思うが、その具体的な光景は想像もしたくない。

うかうかしていれば、他の罪なき民までもがニカの後を追うことになる。もちろん、そんな未来を指を咥えて待つ訳にはいかない。

「我々は決して魔族に屈しない！　奴らが勢いづく前に魔界に攻め入り、血にまみれた魂に裁きを下してやるのだ！」

「ふむ。状況は把握した。めもめも」

鬼気迫るヘリアンテス三世の怒声に、応じる声が一つ。

のんびりとした丸みのある声は、一人の女の子のものだった。小柄で、声も幼く舌足らずで、子供のように聞こえる。白色の外套を目深にかぶっており、表情は窺えない。

「パメラが呼ばれた理由も、把握。でも、分からないことがある。なぞなぞ」

メモ帳を外套のポケットにしまった少女は、顎に指を添え、こてんと首を傾げた。

「……なぜ、皆はだか？」

「これには事情があるのだ！　ニカの罠に嵌められたという、やんごとなき事情がな！」

王城の広い謁見室には、王に仕える側近、護衛のための十数人の騎士、さらに数十人の従者が控え、物々しい雰囲気を醸し出している。

その全員が、服を着ていなかった。騎士は屈強な腕で股間を押さえ、従者の女性は銀のトレイで胸や秘部を覆い隠し、もじもじと身を揺すっている状態だ。

「ニカの〝奇跡〟の力が徐々に和らぎ、服や財産を捨てたい衝動はなんとか収まったものの、心が服を着ることを拒むのだ。努力して、どうにかメイドがカチューシャを身に着けられる程度。恥ずかしいのに、それよりも気持ちよさが勝ってしまう！」

「パメラが君の上に座らされてるのも、ニカのせいってこと？」

「もちろんそれもニカのせいだ！　あろうことか奴は、この私を椅子にして屈辱を味わわせたのだ！　これが〝傾国の悪女〟の『魅了』の奇跡、なんと恐ろしいことか！」

「確かに、こんなに沢山の心を操るなんて、すごい力。悪女の名前は伊達じゃない。ぺしぺし」

「アッヒ。もっと強めに叩いて……！」

白い外套の少女は、四つん這いになったヘリアンテス三世の背中に座り、外套の裾で太った尻を叩いた。恍惚の鳴き声を上げつつ、ヘリアンテス三世はキリッと顔を引き締めて言う。

「嘘と分かりきっていても、われわれ平界と魔界は停戦協定を結んでいる。戦いを始めるには、協定を破るための証拠が必要だ。お前は奴らの城に潜入し、ニカ・サタニック・バルフェスタがいかに凄惨な目に遭っているかを記録してくるのだ！」

「了解した。パメラは潜入が得意。楽勝。鯨に乗ったつもりで任せて。ぶいぶい」

少女はピースサインを作って了承を示し、靴の踵を〝椅子〟の尻に叩き付けた。どごんっと容赦ない音がして、「おッほぉ」と野太い嬌声が上がる。

「でも、質問。もし、手紙に嘘がなかったら？　ニカが魔族とホントに仲良くしてて、毎日わいわいパーティー三昧だったら？　パメラはどうしたらいい？」

書簡の文章から連想される、もしかしたらの光景を思い描き、少女は質問する。

ヘリアンテス三世は迷わず答えた。

「ニカを殺せ」

「…………ふむ」

「万が一向こうに敵意がなかったとしても、異形の魔族も人を誑かす悪女も、存在を許すことすらおぞましい。これは地上を浄化し、人間だけの平穏な世を手に入れる好機だ」

少女を見上げるヘリアンテス三世は笑っていた。

これから始まるのは、世界に平和をもたらす聖戦。自分はその始まりの笛を鳴らす英雄になる——そう信じ切った、貪欲で残忍な笑みだった。

「もし、信じて送り出した人間が魔王城で死んだとすれば。我々は怒り、魔族を敵と見なし、停戦協定を破棄する正当な権利を得る。もしその死因が不慮の事故だとしてもな——言っている意味は分かるな？」

「ん、ばっちり」

悪意に満ちたヘリアンテス三世の言葉にも、少女はまったく動じなかった。こくんと頷き、外套の袖で王様の尻をばちぃん！　と叩く。

「オッヒ……!?」

「そういうのは、得意中の得意。パメラに任せて。ぶいぶい」

「はぁ、はぁ……待って、出る前にもう一〇分くらい踏んづけて……」

「やだ、パーカーが油ぎっちょんになっちゃう。べたべた、嫌い」

少女は四つん這いのヘリアンテス三世からひょいと降り立ち、散歩にでも出るような気軽さで謁見室を後にしていく。

去り際に、彼女は王を振り返った。

目深にかぶったフードの内側で、瞳を怪しく光らせて。少女は空気をひっかくように、両手の指を曲げて見せた。

「パメラは期待を裏切らない。ニカ・サタニック・バルフェスタを、元の形が分からなくなるくらい粉々にしてあげる。がおがお」

## 奸計その五

# 時にはスワッピングもマンネリ解消に良いですわ



『迷い茨の魔王城』の地下都市。その最下層の中心には、広大なスタジアムがある。

楕円形の広いフィールドと、それを囲むように作られた階段状の観客席。かつて人間と争い合っていた頃、そこでは毎日のように兵士たちによる闘技が行われていた。乱戦を想定した訓練をはじめ、兵士の昇格試験や、いけ好かない上官に対する下剋上、あるいは単なる腕自慢など、理由も本気度も様々な戦いが繰り広げられ、連日多くの観客で賑わっていたという。平和な今では、その役目のほとんどを失い、埃をかぶった遺跡となりつつあった場所だ。そんなスタジアムが今、全盛期を彷彿とさせるほどの凄まじい盛り上がりを見せていた。

「決闘だ！　停戦以来とんと起こってなかった下剋上、魔王の座をかけた果たし合いだ！」

「面白いモンが見れるぞ。ちょうど退屈してたんだ！」

「決闘のお供にエールはいかが？　氷雪魔法でキンキンに冷やしてるよ～。今ならつまみにぴったりな森キノコの乾燥チップもオマケしちゃうよ～」

「勝敗予想はまだ受付中だよ！　現魔王ナサニエル対、兵士長ラギアス。勝つのはどっちだ、明日の魔王の座はどちらのものだ！　さあ張った張ったぁ！」

スタジアムの観客席は、老若男女、種族も様々の魔族でごったがえして満席状態だった。

籠を下げた有翼種の魔族が飲食物を売って回り、予想屋が大きな声で賭けに乗じるよう促している。上空には魔術で浮遊させた照明機材がスタジアムを照らし、その機材の合間で、各々(おのおの)の翼や魔法で浮遊した魔族が試合開始を待ちわびている。

『さあ、いよいよ始まります！　およそ八七年ぶりの開催。魔王の座を賭けた決闘の儀！　司会は私、『迷い茨の魔王城』広報クラブ局長、斑眼(まだらめ)のイヴィがお送りいたします！』

　拡声魔術で会場全体に届く声を張り上げたのは、魔力稼働で空に浮く特別席に座った魔族の女性だ。紅(あか)い肌に四本の腕。長い髪で顔を隠し、本来の目の代わりとばかりに剝(む)き出しの身体(からだ)に幾つもの目が付いた魔族は、上空の特別席から身を乗り出すようにして会場全体を見渡す。

『まさかこのド平和な時代に、魔王の座を巡る戦いが起こるとは！　私ってば興味がなさすぎて現魔王の名前すら知りませんでした。偉くなってなんかいいことあるんですかね？　とはいえ観客席のボルテージは最高潮！　刺激に餓えた暇人どもが押し寄せて、スタジアムはパンパンです！　お酒もつまみも売れに売れて、すでに一月分のエールの売り上げをたたき出したそうですよ！　イエ――イ、お前ら飲んでるか――――！』

――ウォォォォォォォォォォ！

『ド派手な戦いが、見たいか――――！』

――オオオオオオオオオォォォォォォ！

『なんなら、魔王が交代する超ドラマチックな下剋上を見て、うまいお酒が飲みたくなーいー!?』

――オオオオオオオオオオオオオオオオオォォォォォォォォォォォォ!!

『あっはは、いいねいいねー、みんなできあがってるねー。かくいう私も、自分で戦うのはメンドいけど、タダで見せてくれる戦いは大好物なクチですので！　刺激的な光景を求めて体中の目ん玉がギラギラしてます。白熱した戦いを期待しましょう！』

スタジアムに押しかけた数千人もの魔族の歓声が重なり、肌がビリビリ痺れるほどの大轟音になる。その盛り上がりようは、とても昨日急ピッチで開催が決まった戦いとは思えない。

そんなバカ騒ぎを見下ろして、ニカ・サタニック・バルフェスタは高らかな笑い声を上げた。

「あっはははは、なんて野蛮な景色でしょう！　さながら餓えた獣の群れですわね！」

「ひぇえ、すごい盛り上がり……こんなに人が集まっているところ、はじめて見ました……！」

スタジアム最上段の個室に案内されたニカは、葡萄酒を注いだグラスを片手にひしめき合う群衆を見下ろしていた。傍らのムースも、おっかなびっくり顔を出して感嘆の声を上げている。

会場の熱気は火が出るほどだ。とりあえず盛り上がれば何でもいい者。デカい声で騒ぎたい者。うまい酒が飲めればいい者。思い思いの好き勝手な期待と好奇心ではしゃいでいる。

この舞台が、一人の人間の手の上で操られているだなんて、誰も想像すらしないだろう。

「今まさに城が堕とされる瀬戸際とも知らず、のんきに騒いでいなさいな。その口は、すぐにわたくしへの賛美しか吐けなくなるのですからね」

「ここにいる皆が、いずれニカ様の下僕になるんですね。わたしはその中の、誰にも譲らない一番目……ふへ、ひへへ……」

『さあ、会場の盛り上がりも最高潮！　いよいよ主役の二人をご紹介――きゃあッ!?』

突然に吹き荒れた猛烈な疾風が、司会をしていた多眼魔族の声をかき消す。

スタジアムの上空に、竜巻が生まれていた。

荒ぶる螺旋の中に紫の魔力光を纏わせた竜巻は、上空に浮遊する魔族たちを暴風で煽りながらまっすぐ降下し、地上に激突した。突風がスタジアム全体を舐めるように吹き抜ける。

「クカ……カカカカカ……ッ」

竜巻が舞い降りた爆心地から鳴り響く、凄惨な笑い声。

大きな尻尾を揺らした狼は、爛々と輝く目をかっ開き、高々と天を見上げて咆哮した。

「最強は俺だ――ッこのラギアス様こそがァ！　この城の真の支配者だァァ――――!!」

咆哮に呼応するように、ゴウッ！　とラギアスの身体から紫に輝く疾風が噴出する。

まるで油をまかれた炎のように、観客の熱気が爆発した。

『おお――――っと！　挑戦者ラギアス・ゼスペンタ、会場全体を巻き込む竜巻と共に登場だぁ！　えっ、前に取材した時と全然違うんですけど？　君そんな凄そうな人だったたっけ？』

「ガルルルルゥ……最強は俺だ。俺こそが支配者。全員ッ、俺に従エェ！　グルルル！」

『まるで先祖返りしたかのような凄まじい覇気！　これはもしかすると、本当に下剋上が起きちゃうかもしれませんよ!?　皆さん、歴史の生き証人になる準備はできてるかー!?』

――うおおおおおああああああああああああ!!

「……本当に、単脳ばかりで扱いやすいこと」

一瞬でラギアスを応援するムードとなった会場を眺めて、ニカはほくそ笑む。

何を隠そう、ラギアスの度を超えた闘気は、ニカの『魅了』によるものだ。

ニカはラギアスの心を操作し、力のリミッターを全て解除させていた。今のラギアスは全力を超えた全力、自分の身体の限界すらも超えた力を発揮することができる。

それに加えて本能の部分も弄り、この世の何よりも強く権力を求めるようにも調整している。できあがったのは、自分の命に代えてでも王の座を狙う、正真正銘のバーサーカーだ。当然とっくに正気ではないのだが、熱に浮かされた観衆はそんなことはもちろん気にしない。

「既に勝負は決したも同然。あとはみなさまが白けないよう、とびきり無様な敗北を見せてくださいまし」

『さあ、挑戦者ラギアスの風に煽られ、会場は否応無しに下剋上ムード！　王座を狙う獣の爪を、果たして迎え撃つことはできるのでしょうか！　アウェイな空気の中入場だ！　謎多き現魔王、ナサニエル・ノア――――！』

大仰なナレーションが鳴り響き、歓声が沸き立って。

それからかなりの時間を置いて……とぼ、とぼ、とナサニエルが入場してきた。

腕を組んで身を縮こまらせた不安そうな仕草。俯いたまま動こうとしない顔は、周囲の観衆からも、今の現実からも目を背けようとしているみたいだ。

『先代オルドビス・ノアから魔王の座を受け継ぎ、それから一年まったく人前に顔を出していません！　あまりに情報がなく、巷では無能力者なのではという噂も立っています。私もはじめて姿を見ましたがちょっと待ってなんですかあの激低テンション！　もしかして迷子？　元魔王のパパはもういませんし、決闘はおままごとする場所じゃありませんよぉ!?』

「…………………」

『ん～～煽りにも反応せず！　やる気も覇気もまるで見えません。魔王の座を守る気がないのでしょうか。それとも本当に親の七光で魔王になっただけの弱者なのでしょうか!?』

ここぞとばかりに司会が発破をかけるも、ナサニエルは無視。ラギアスの対面に立ちはしたものの、俯いたまま動きもしない。

集まった視線が、一気に険悪な雰囲気へと変わる。

「オイオイ、どうしたんだ魔王。顔を上げて気合いを見せろよ！」

「俺たちは盛り上がる戦いを見に来てるんだぞ。酒を不味くしないでくれよな！」

「こりゃ勝負は決まったな。まだ勝敗予想はやってるか？　ラギアスに賭けねえと損だぜ」

『何だか暗雲漂ってきました。盛り上がりに欠けるどころか、そもそも決闘になるんでしょうか？　一方的な蹂躙とかガン萎えなのでやめて欲しいところなのですが！』

観衆は好き勝手にヤジを飛ばす。嘲笑する者、冷淡に見下ろす者、旨い酒に水を指されたことに憤る者。その中に、ナサニエルに期待するような声は一つもない。

「ひぇぇ、魔王様がぼっちです。わたし以上の弾かれっぷりです。かわいそう……！」

「んっふふふ。よくもまあ顔を出せましたわね。その度胸は褒めて差し上げます」

肘を突いた余裕の態度で、ニカは舌なめずりする。

仕組まれた罠とも知らず、のこのこ料理されにやってくるとは。愚かさもここまでくれば笑えてくる。

それとも、命乞いでもして穏便に済ませるつもりだったのだろうか。だとしたら残念なことに、彼の眼前に立つのは理性なき狂犬だ。ガチガチと牙を打ち鳴らして、魔王の喉笛に食いつく瞬間を今か今かと待ちわびている。

ナサニエルは今や、腹ペコの猛獣の檻の中に押し込まれた憐れな子羊だ。彼の未来は、もはや血生臭い死以外にあり得ない。

「ああ、かわいそう！　それもこれも貴方が悪いのですよ。素直にわたくしに『魅了』されていれば、ケダモノの餌になるよりもマシな、心地よい破滅の道もありましたのに！」

正直、惜しいところではあった。ナサニエルのような美少年は、屈服させれば大層ニカの嗜虐心をそそっただろう。

本音を言えば、ラギアスよりもよほど自分の犬にしたかった。徹底的に調教した上で、首輪を着けて四つん這いにさせ、足を舐めさせるのだ。彼の顔が羞恥に歪み、ニカの足の指の間まで丹念に舐るところを想像すると、思わずよだれが溢れそうになる。

しかし、肝心の彼がニカの寵愛を拒むとあれば仕方がない。

愛玩具にならないのなら、血と悲鳴で楽しませてもらうまでだ。

「せいぜい無様な負け姿を晒してくださいまし。憐れでか弱き元・魔王様」

唇をにたりと吊り上げ、ニカはほくそ笑む。

そんな彼女の背中から、声がかけられた。

「あまり身を乗り出さないようお願いします、ニカ様。万が一落ちてはおおごとですから」

冷淡な声に振り返ると、この城の副官クーリ・ラズリエラ・ミュステリオがいた。

相変わらずの無表情をしたクーリは、ルビーのような赤い瞳で、ニカの傍にいたスライムメイドを見た。ムースが「ぴゃっ」と身を硬くする。

「ムース。あなたの仕事はニカ様のお世話です。一緒になって観戦してはなりません」

「すすすすみません、クーリさん！　下等種族がつけ上がってました、今すぐ溶けます！」

「溶けなくて結構ですわよ、ムース。クーリ様もどうか怒らないで。こんなに荒々しい場所に来たのははじめてですので、怖いから傍にいて欲しいとわたくしが望んだのです」

「なるほど。怖いと仰る割には、ニカ様はずいぶん熱心に観戦されているご様子ですね？」

炎のように紅く、氷のように冷たい瞳が、今度はニカをじっと見る。

ニカはその視線に対し――両目から、ぽろりと涙を溢れさせた。

「熱心なんてとんでもありません！　ナサニエル様が心配で心配で、怖いのに目を逸らすことができないのです。あんなに優しい方が、まさか決闘などという恐ろしいことに巻き込まれるなんて……うぅっ」

人生で喧嘩なんてしたことがないと言わんばかりの、箱入り娘の演技。

クーリは感情の読めない目でニカをしばし観察し……フッと目を閉ざした。涙ぐむニカに対して深々と頭を下げる。

「お恥ずかしい限りです。戦時中の実力至上主義が制度として残っている部分もあるのです。決闘を挑まれたならば、王はそれを受けなければなりません……見たくなければいつでも仰ってください。お部屋までお連れいたします」

「いいえっ。ナサニエル様の危機を前にして、目を背けるなんてできません。戦いを止められずとも、せめてここで無事を祈ります。これがわたくしなりの矜持ですわっ。ねえムース⁉」

「は、はいっ！　ニカ様の海より深いまごころは素晴らしいです。一生浸かっていたい！」

「なるほど。そうまで思って頂けるならば、ナサニエル様も本望でしょう」

毅然としたニカの言葉に、クーリは完全に疑いを払拭したようだった。

ニカは内心で失笑した。部屋に戻る？　冗談じゃない。魔王の座が我が物になる記念すべき瞬間を見なくてどうする。それに、いけ好かない男が肉塊に変わるのは、胸がスカッとする最高のショーじゃないか。ニカは悲劇の姫を装って、食い入るような視線をスタジアムに向ける。

会場では、いよいよ戦いの火蓋が切って落とされようとしていた。ナサニエルの登場で一旦冷え込んだ空気も、否応なしに熱を持つ。

誰もが無様に敗北する魔王を見たがっている。ナサニエルにとって圧倒的なアウェーの空気。

しかし、副官であるクーリは涼しい顔を崩さなかった。

ニカの隣に立ち、スタジアムを見下ろしながら、赤い鱗の尻尾を揺らす。

「そう心配せずとも結構ですよ。どうせすぐに終わります」

まるで今日の天気について語るような、平淡な口調。

ニカは眉をひそめ、視線を隣のドラゴンメイドに向けた。

「ずいぶんと冷静ですのね。仕えている主が死んでしまうかもしれないというのに」

『さあ、両雄向かい合って準備万端！　いよいよ決戦の火蓋が切られます！』

司会が声を大にして叫ぶ。

ニカはクーリに、皮肉を言ったつもりだった。

操り人形のラギアスが魔王となれば、同時に副官という立場のクーリもニカの手のひらの上に乗ることになる。

『魅了』に手こずりそうな感情の読めない相手など不気味でしょうがない。ニカが実権を得た暁には、真っ先にクーリを城から追放するつもりだ。

今まさに、自分の首にも刃が当てられているというのに、それに気付いてもいないのか……

そんな皮肉を込めて、彼女を虚仮にしたつもりだった。

しかしクーリは、冷ややかな目をスタジアムに向けたまま、呆れるように息を吐く。

「確かに、ニカ様が誤解されるのも無理のないことですね」

「誤解、とは?」

『ルール無用のガチンコ勝負! 戦いの果て、立っていた一人が城を統べる王となる!』

沸き立つ会場。肌が痺れるほどの歓声。燃えるような興奮が空間を支配している。

だというのに、ニカの意識はクーリに吸い寄せられた。

違和感が、ニカの脳裏に影を落とす。

「ナサニエル様は引きこもりです。意志薄弱で、対人スキルは壊滅的で、女性に対してケージ飼いのネズミよりも免疫はなく、山のような劣等感を持ちながらみみっちいプライドを捨てきれない小心のゴミカスメンタルのどうしようもないクソガキ童貞です」

「よくもまあ、これから死ぬ相手だからと好き勝手に——」

「ですが私は、ナサニエル様を『弱い』とは一度も言っていません」

嘲笑うために吸った息が、喉につっかえた。

クーリの表情は少しも動かない。数秒後に決闘が始まる今となっても。

まるで、この先に起こる出来事を、既に知っているかのよう。

違和感が、より明確な疑念に変わる。

もしかして自分は、とんでもない思い違いをしていたのではないだろうか。

『魔王の座はどちらの手に収まるのか！　ただ今より、城の未来が決まります！』

クーリの冷たい紅目(あか)は、ずっと、彼女の仕える主だけに注がれている。

ニカは知っている。人間の中にも時おり、このような目をした者がいた。

ニカがもっとも苦手とする相手。彼女の美にも揺るがない、強い意志を宿す目。

「魔王とは、その城で最強の魔族に授けられる称号です」

心からの忠誠を誓った者の目だ。

「ゆえにこそ、ナサニエル様は城を統べる魔王なのです」

『——決闘、開始です!!』

ニカが視線を会場に戻す。

その時には既に、決着はついていた。

◇

『——さあ、両雄向かい合って準備万端！　いよいよ決戦の火蓋(ひぶた)が切られます！』

上空のどこかから見下ろす司会の声が、スタジアム全体に響き渡っている。

歓声は肌を震わせるほど激しいのに、遠く離れた別世界の出来事のように思われた。

あるいはそれは、ナサニエルの胸中の、一刻も早くここから逃げ出したいという本心の表れなのかもしれない。

——どうして、こんなことになっているんだろう。

さっきから、ずっと同じ言葉が頭の中を回っている。

どうしてこんなことになっているんだろう。昨日はニカと共に地下都市を歩いていたのに、今日は大勢の魔族の視線に晒(さら)され、闘技場のど真ん中に立たされている。

時間の流れが乱れているとしか思えなかった。現実味がない。これを現実と思いたくない。

この状況は、ナサニエルがいちばん避けたかった、悪夢そのものだった。

「……なあ、君。ラギアスだっけ。今からでも遅くないし、考え直さないか」

ナサニエルはおずおずと、対面に立つ対戦相手に声をかける。

返事の代わりに返ってきたのは、全身に吹き付けられる猛烈な旋風だった。

「ガルルル……権力の匂いだ。偉い奴(やつ)の肉の匂いだァ……ゴルルルル……！」

「……あぅ」

どこをどう見ても、間違いなく話が通じない。ナサニエルは持ち上げた手をそっと下ろす。

決闘の相手であるラギアスは、目をらんらんと光らせ、涎(よだれ)に濡れた牙(きば)をガチガチと鳴らしている。「早く殺させろ」という闘志が文字になって見えるようだ。会場のボルテージは開戦の時を待ちわびており、決闘の始まりを避けられる空気ではない。

『ルール無用のガチンコ勝負！　戦いの果て、立っていた一人が城を統べる王となる！』

どうしてこんなことになってるんだ。

人間を招いて以来、何もかもがナサニエルにとって望ましくない方向へと進んでいる。

自分はただ、一人で静かに布団に籠もっていられればそれで十分なのに。世界はそんなささやかな願いすら許してくれない。

もしかして、自分は前世で大罪でも働いたのだろうか。その罪に対する天罰が、遅ればせながらナサニエルに降り注いでいるのだろうか。そうとしか思えない。何もかも最悪だ。

こんなはずじゃない。こんな状況には絶対になりたくなかった。

自分は、戦いたくないからこそ魔王になったのに。

『魔王の座はどちらの手に収まるのか！　ただ今より、城の未来が決まります！』

思い悩んで、自問自答して、後悔して。

そうしてナサニエルは、逃避を諦めた。

「もういい。考えたってしょうがない」

どうせ逃げられないのだ。

だったら、せめて傷は浅い方がいい。

「がんばって加減はするから……怪我をさせたらごめんよ」

『――決闘、開始です!!』

「ツジャラアアアアアアアアアアアアア!!」

試合の鐘が鳴り、ラギアスが咆哮(ほうこう)と共に飛びかかった。

まっすぐに命を狙う、獣の突進。暴力に満ちた、魔力を纏(まと)う紫の旋風。

それらに対し、ナサニエルは肌寒さすら感じなかった。

「七崩(しちほう)、屹立(きつりつ)」

――ぱきん、と。世界の割れる音がした。

ナサニエルの頭の角。二本あるうちの一本の、小さな方。

側頭部に慎ましく収まっていたそれが、一気に数倍の大きさまで成長した。

黒曜石のように艶があり、天を穿(うが)つように鋭い角。そこから溢(あふ)れ出た魔力は膨大という言葉では表現しきれず、あまりのエネルギー濃度で空間に歪(ゆが)みが生まれるほどだった。

猛進していたラギアス。その全身に漲(みなぎ)っていた狂気が、一瞬で恐怖に上書きされた。

ラギアスは急ブレーキをかけて身を翻した。襲いかかる時よりも全力で、ナサニエルから離れようとする。その逃走が許されたのも、最初の一歩目まで。

全ては数秒で終わる。その間、ナサニエルは指先一本も動かすことはなかった。

額の角から、ばちんっと火花が散る。

「一天崩御(アトラスフォール)」

次の瞬間、スタジアムの闘技場全部を覆うほどの、巨大なクレーターが誕生した。

まるで見えない山が天から落ちてきたかのような、壮絶な衝撃。地面がすり鉢状に陥没し、大地やスタジアムのあちこちに甚大な亀裂を生む。遅れてやってきた音と衝撃が、ドウンッ!!と会場全体を揺るがし、観戦していた魔族たちを席から跳ね上げる。

観客の悲鳴。それもすぐに消える。

静寂が会場を呑み込んだ。

「……」

ナサニエルはクレーターの端に立って、中の様子を窺う。

土塊と樹木の根が交ざり合った斜面に、ラギアスが埋まっていた。

「か……カカ……！」

ラギアスは身体の半分以上を地面に埋没させた格好で、白目を剝いて痙攣している。

ナサニエルは安堵した。良かった。どうやら、手加減の仕方は忘れていなかったらしい。

それから、顔を上げる。

予想の通りの光景が広がっていた。

『…………………』

誰も、何も言わない。騒げればなんでもいいとばかりの熱狂はかき消え、感情をまっさらに漂白されたみたいだ。

誰も理解できていない。何が起きたかも、すでに戦いが終わったという事実も、何もかも。

視線がナサニエルに集まっていた。

彼がもっとも浴びたくなかった視線。普通からかけ離れた、理解しがたいものを見る視線。

「…………やば」

誰かが小さく呟いた。

思わず漏れ出たようなそれが、まるで会場全体の総意のようにナサニエルの鼓膜を震わせた。

「っ……！」

ほら、やっぱりこうなった。

もう、一秒だってここにいたくない。

ナサニエルの身体がふわりと浮き上がった。一気に加速し、空に向けて落ちるように飛ぶ。

「っだから嫌だったんだ。僕は、壊すことしかできないから……！」

纏わり付いてくる静寂が、何よりも強く物語る。

ナサニエルは、またしても全てを壊してしまったのだと。

「やっぱり僕なんて、この世界には要らないんだ……！」

ナサニエルは逃げるように空を飛んだ。この心を、どこかに投げ捨ててしまいたい、どこへともなく消えてしまいたいと、心の底から願いながら。

◇

ナサニエルが闘技場から飛び立ち、魂が抜かれたかのように静まり返ったスタジアム。

我を忘れたような群衆の中、ナサニエルが去るのとほぼ同時に走り出した人物がいる。

ニカ・サタニック・バルフェスタだ。彼女は勢いよくスタジアムから飛び出すと、薄桃色の髪を風に靡かせ、何かに追い立てられるような全速力で駆けだした。

「冗談じゃありません……まったく、馬鹿げているにも程がありますわ……！」

ニカの心はざわついていた。抑えきれない感情が彼女の脚を動かしている。

その顔に広がるのは、これ以上ないほどの喜悦だった。

「ああ、まったく馬鹿げていますわよ、わたくし！　まさか、あんな極上の宝物を見逃すところだったなんて！」

『魅了』でバーサーカーに仕立て上げたラギアスが、まばたきの間に圧倒された。

大地を陥没させ、スタジアム全体をひび割れさせるほどの凄まじい一撃。ニカの目では、何が起きたかを正しく理解することすらできない。さらにそれだけの破壊をもたらしておきながら、ナサニエルは息一つ乱さず、憂いを帯びた顔は退屈すらしているようだった。

きっと、あの場にラギアスが千人いたって結果は同じだったろう。

「計画変更は撤回です。首をすげ替えて王座を得るなんてとんでもない。ナサニエル・ノアこそが、わたくしが得るべき至宝です！」

なぜ誰も、彼の力を知らなかったのだろう。あれほどの力を持っていながら、なぜ引きこもりなのだろう。疑問は尽きないが、そんな細かなことはどうでもいい。

もし、あの圧倒的な力を思うがまま操れたのなら。ニカの命令一つで、あの破壊をどこにでも振りまけるとしたら。

もはやできないことは何もない。世界の全てを支配することだって、きっと思いのままだ。

あの力が欲しい。ナサニエルが欲しい！

ニカは昇降機に乗り込んで地上に昇り、決闘の観戦のために閑散とした城内をひた走る。

行くべき場所は分かっていた。引きこもりの居場所なんて一か所しかあり得ない。

ニカは目的地の前で立ち止まり、荒くなった息を整えると、扉を開いて中を覗き込む。

魔王城の最上部、魔王の私室。

ニカの目論見通り、ベッドの上に、布団をかぶった小山ができていた。

ニカはドアの隙間から身体を滑り込ませると、そっと扉を閉め、後ろ手で鍵をかける。

髪に手櫛を通し、身だしなみを綺麗に整えて。にこやかな笑みを浮かべて、囁く。

「ナサニエル様」

布団の山がぴくりと反応する。しかし、彼は顔を見せなかった。

布団の山から、くぐもった彼の声がする。

「……なんでここに来たんだ」

「もちろん、ナサニエル様の身を案じていたからに決まっています。あの決闘の場でも、どうか無事でいてと、ずっとナサニエル様のことを祈っていたのですよ」

ニカはベッドの傍にしゃがみ込んだ。布団の山と視線を合わせて、甘い声でさらに言う。

「ですが、杞憂でしたわね。まさかナサニエル様があんなにお強かったなんて！　地の底まで響くような強烈な一撃。それを放つ貴方の凜々しいお顔は、一生忘れることができません」

本心半分、おだてるための演技半分に、ニカが声を弾ませる。

それに対して布団の中から返ってきたのは、「はっ」という冷笑だった。

「心にもない言葉を使うのはやめてくれ。僕が凜々しいなんて、悪い冗談だ」

「冗談なんて言っておりません。本当に格好良かったですわよ。大勢の魔族が、口をあんぐり開けて驚いていましたわ。わたくしも、思わず貴方に惚れ直してしまったくらい」

「あの時の空気はひどいものだった。みんな僕に、怪物でも見るような目を向けたじゃないか」

「それは、貴方があまりにも強かったから――」

ニカは頭を振った。おべっかが効いてないとかいう話ではない。なんだか、根本的なところでボタンを掛け違えている気がする。

ナサニエルの考えていることが分からない。ニカは未だに、彼が何者なのかを知らない。

だからニカは、真剣な声色で、ナサニエルの心に踏み込んだ。

「貴方はどうして、そんな風に自分を卑下なさるのですか？」

「……」

「クーリ様から聞きましたわ。魔王とは、最強の魔族に授けられる称号なのでしょう？　そしてナサニエル様は、その称号にふさわしい力をお持ちです。なのになぜ、貴方は外に出ることを怖がり、こうして布団にくるまっているのですか？」

力を持つものは英雄として讃えられる。支配者として君臨できる。それはもはや自然の摂理だ。どんな形であれ、強さとは羨望の対象になる。自分自身への誇りになる。

「貴方の力を知れば、誰も逆らおうとは思いません。沢山の人が貴方を敬い、讃えるはず。だというのに、どうしてその力を隠すのです？」

無意識にニカの語気は強まり、詰問するような声色になった。自分でも説明の付かない、焦りに似た感情が、ニカのお腹をチリチリと炙っているような気がした。

ニカが尋ねても、布団の山はしばらくなんの反応も返さなかった。

やがて、厚い布越しのくぐもった声が言う。

「君は、ほんのささやかな子供の喧嘩で、人を殺しかけたことはあるか」

その言葉は、想像を遥かに超えた重みを伴って、魔王の私室に響いた。

ニカは返事ができなかった。口を噤み、息を呑む。

「ただ肩がぶつかっただけで『殺さないでくれ』と懇願されたことはあるか。ひどい風邪を引いて、苦しくて心細い時に、結界で何重にも隔離された部屋に閉じ込められて、爆発物でも処理するような扱いをされたことはあるか。生まれる時代を間違えたと、ほかでもない自分を生んだ親から言われたことはあるか」

「……」

「僕は、強すぎる」

呟くように吐いた言葉は、事実の重みがあった。驕りではなく、むしろ自嘲ですらあった。

「自分では制御すら難しいこの力は、人を傷つけ、怖がらせる。戦う相手がいればまだ居場所はあったかもしれないが、平和なこの時代では、僕はただの危険物だ」

　布団の山が身じろぎをする。中で彼が膝を抱えたことが、何となく分かった。

「どうにか力を抑えようとしても上手くいかない。今まで何人も大怪我をさせた。何人も怖がらせた……あんな思いをするくらいなら、いっそ誰とも関わらない方がマシだ。だから僕は魔王になったんだ」

　魔王。城でもっとも強い者に授けられる称号であり、人間との争いがなくなった現在は、その存在意義を失いつつある、透明にほど近い玉座。

「父上も、他にどうしようもなかったんだろう。存在する、ただそれ以上に価値のない場所に縛り付けて、無価値な人生を送らせる。それ以外に僕が取れる選択肢はなかった……僕はただ、普通に生きたいだけなのに。魔王になりたいなんて、一度だって思ったことはないのに」

　猛獣の檻。玉座に鎖で縛り付けての飼い殺し。それが、ナサニエル・ノアにとっての魔王という称号だったのだ。

強すぎて人を傷つけてしまうがゆえに、引きこもっている。

他人に害をもたらさないよう、無価値に時間を浪費している。

とてつもない強さを持つがゆえの、孤独。

ニカが知る強者とは、かけ離れた姿だった。

それだけならまだ、ニカは住む場所の違いに圧倒されただけだったかもしれない。

けれど——

「君が羨ましいよ、ニカ」

「…………………は？」

ナサニエルのその一言が、ニカの心をざわめかせた。

まるで目の粗いヤスリを当てられたみたいに、ニカの心が痛み、熱くなる。

「君は社交的だし、美人だし、右も左も分からない魔界に来たのに楽しそうにしている。きっと君は、平界でも充実した日々を過ごしていたんだろうな」

「……」

「社会に居場所があって、沢山の友達に囲まれて、家族からも愛されていたんだろう」

——この男は、いきなり何を訳の分からないことを言い出すのだろう。

「君は、ベッドの中で寂しくて自分の身体を抱くことも、先の見えない将来への不安で泣くようなこともないいんだろうな」

――今、いったい誰のことを語っている？

――まさか、わたくしのこと？

――この男は今、わたくしの人生を語っているの？

「君のように生きられたらどれだけ幸せか。君のように笑って日々を過ごすことができたなら……そんな普通の人生、まるで夢のようだよ」

「――――」

ぶちん、と。

頭のどこかで、大事な何かが切れた音がした。

そこから先のニカがとった行動は、ほとんど衝動だった。

布団の山に手を伸ばし、一息に引っぺがす。

露わになったナサニエルは、予想通り膝を抱えて蹲り、自嘲気味な笑いに唇を歪ませていた。その顔が、ニカの突然の行動に驚いて目を丸くする。

「ニカ？」

素っ頓狂な声を上げる。何も考えてなさそうな魔王の顔。

ニカは彼の、日の光すらろくに浴びていない真っ白な頬に、全力で掌を叩き付けた。

ばちぃん！　と鋭い音。ナサニエルがベッドに倒れ込む。

振り抜いた手がブルブルと震える。ニカのはらわたは怒りで溶岩のように煮え滾っていた。

「ッ……ざっけんじゃないですわよ……！」

頬（ほお）に手を当てたナサニエルは、驚きに驚きを重ねられて目を白黒とさせている。

その間抜けな面を、ニカは心の底からの軽蔑（けいべつ）を籠（こ）めて睨（にら）み付ける。

「普通の人生？　わたくしが、何の苦労もなく生きていると？　信じられません。今のは、わたくしがこれまで受けた中でも最大の侮辱です」

「に、ニカ……？」

ベッドに飛び乗り、仰向（あおむ）けになったナサニエルにのしかかるように迫る。薄桃色の瞳には、今にも首に手を回して絞め殺さんばかりの怒りが燃えている。

「そもそも、何を被害者のような面（つら）をしていますの！　誰からも必要とされないなら、必要とされるよう世界の方を変えればいいじゃありませんか！」

「っな、あ……？」

「力を見せつけ、恐怖で圧政を敷いてもいい。生きる災害のような魔物を屠（ほふ）って、英雄になってもいい。貴方（あなた）にはそれができる力がある！　それを持て余し、ぐずぐずに腐敗させて、見るも無惨で無価値なものに貶（おとし）めているのは、ほかならない貴方の選択ではありませんか！」

自分でも訳が分からないほど爆発した怒りが、ナサニエルにぶつけられる。

ナサニエルの顔を見ていると、無性に唾（つば）を吐きかけたい衝動に駆られた。

真っ白な頬。外の世界を知らない目。

人生のほとんどを誰とも関わらず過ごした、子供のように無垢で無知な心。

まっさらで綺麗な、どこも汚れていない——自分とは正反対の——

「……自分がどれほど恵まれているか、考えようともしませんの……？」

「ニカ……？」

手の震えが止まらない。声もだ。怒りが抑えられず、悲しくもないのに視界が滲む。

「圧倒的な力。誰にも脅かされない生活。わたくしが、それをどれほど望んでいると……！」

そこで、限界が来た。

ナサニエルの緩みきった顔を見ていると、次に自分が何をするか本当に分からなくなった。

ニカはナサニエルを突き飛ばし、呆然とした彼に刃のように鋭い視線を突き刺した。

「貴方の力は、本当に素晴らしいものです。世界の至宝と呼んでもいいほどに」

「……」

「本当に無価値なのは、その力を扱う意志のない、貴方の腐った魂でしてよ」

吐き捨てるように言い、ニカは魔王の私室を飛び出した。一度も振り返ることなく歩き去る。

人けのない広い魔王城に、ニカの奏でる靴音が、決別の音色のように響き渡っていた。

# ラギアス・ゼスペンタ

### ラギアス・ノーズ

空気に混じる匂いで、相手の位置と種族、人数すら特定できるそうですわ。つまりとっても敏感ってこと。こちらもしっかり開発してあげますわ♡

### ラギアス・イヤー

開けた場所であれば、迷い茨の森全域が彼の可聴域だそうですわ。つまりとっても敏感ってこと。これからしっかり開発してあげますわね♡

### ラギアス・クロー

風を操る『嵐爪』は、攻撃にも移動にも使える優れもの。他にも沢山の応用技があるそうですわ。最強を名乗るだけはある、便利で強い能力ですわね。

### ラギアス・ボディ

最強の魔族を自称するだけあって、とてつもない鍛錬を積んでいますわ。でも、どんなに鍛えても耐えられない刺激があるってことは、まだ知らないようですわねぇ♡

### ラギアス・尻尾

とってもふさふさですわ。冗談で「マフラーにしたい」と言ったら、怯えてしばらく口を聞いてもらえませんでしたの。

# 奸計その六　誰でも本音は幸せになりたいものですわ

幼い頃の記憶は、今もハッキリと脳に焼き付いている。

子供の頃のニカは、普通の女の子だった。

素晴らしい血筋も、大きな家もない。父親を流行り病で失って以来母親と二人暮らしで、学校にも行けず、黴の匂いと雨漏りに悩まされるボロ屋に住み、毎日のパンを買うのも大変なくらいに貧乏。そういう、どこにでもいる普通の女の子だった。

ニカは、当時から際立って容姿の良い女の子だった。透き通るような薄桃色の髪と瞳、雪のように白い肌。お人形のように柔らかな顔つき。おまけに人懐っこくて甘え上手で、誰もが天使と表現するような女の子だった。

ニカの母親は優しい女性だった。貧乏で働き詰めにもかかわらず、彼女はニカを愛してくれた。ニカのために新品の櫛を買って、毎日の朝と寝る前、ニカの髪を梳かしてくれた。女の子は見栄えが命だと言って、ニカを世界一かわいい子だと褒めてくれた。

ニカもまた、母親のことが大好きだった。母親が頭を撫でてかわいいと褒めてくれれば、お腹と背中がくっつくようなひもじさも、冬の夜の寒さも、何てことないように思えた。

そんな風に、苦しくも穏やかな生活が続いた先の、十二歳の誕生日のことだった。

母親は「素敵な場所に連れていってあげる」と、ニカの手を引いて外へと連れ出した。

久しぶりの親子での散歩。素敵な場所とは何だろう。幼いニカはわくわくと胸を弾ませ、母の後ろを小鳥のようにとことこ付いて歩く。

母親に連れてこられたのは、街の歓楽地区だった。並ぶ建物はどれも煌びやかな明かりに輝いていて、お城のように綺麗で眩しくて、それなのにとても嫌な気分がした。本で読んだ、子供を食べる魔女の家を思い出し、ニカは急に心細くなる。

そんな眩しくて怖い建物のうちの一軒の前に立って、母親はニカに言った。

今日からあなたは、ここでお金を稼ぐのよ——と。

まったくもって、感情とはままならないものだ。

人の心を操る異能を持っていながら、ニカはたびたびそう思わずにはいられない。

「……とうとうヤキが回りましたか、わたくしの馬鹿」

自分の豊かな薄桃色の髪をくしゃりと握りつぶして、ニカは自責の念に駆られていた。ベッドの縁に腰掛け、足下に敷いたマットレスをどすどすと踏み躙る。

怒りに任せてナサニエルの頬を張ったのが、つい昨日のこと。

熱湯が時間と共に冷めるように、怒りから我に返ったニカの心は後悔に苛まれていた。

「ナサニエル・ノアを我が物にすると、そう誓ったばかりでしょう。心を摑む相手をビンタしてどうするんですか」

わざわざ説明するまでもなく、ニカの行為は決してやってはいけない大ポカだ。ナサニエルとの心の距離は確実に広がった。そればかりかニカを警戒し、物理的に近付くのも困難になるかもしれない。

我ながら、昨日の自分はどうかしていた。自分が自分じゃないみたいだった。

だが、悪いのはニカではなく、彼女の神経を逆撫でにした、あの腑抜けた魔王の方だ。

今のニカは、ナサニエル・ノアのことが好きか嫌いかで言えば大嫌いだった。

「世の中に必要とされていない」なんて勝手に絶望して、自堕落にのうのうと生きていることも嫌いだ。本当は何でもできるのに、何もできないなんて思い込むうじうじした陰気も嫌いだ。

恵まれているくせに被害者ぶった態度でニカの人生を侮辱したのが、本当に大嫌いだ。

ニカの脳裏には、昨日のナサニエルの言葉が、残響となってこびり付いている。

――君のように生きられたらどれだけ幸せか。

――そんな普通の人生、まるで夢のようだよ。

「ッ〜〜〜〜！」

ニカは頭の中の声ごと踏み潰すように、だぁん！　とマットレスに足を打ち付けた。

「ああもうイライラいたします！　わたくしの心を土足で踏みにじって、タダではおきませんんからね！」

「そりゃこっちの台詞だテメェコラァ!!」

ニカに呼応するように響いた叫びは、ニカの足下から。

視線をおろせば、今まさに足を乗せていた〝マットレス〟が、ギラリとした眼光でニカを睨み付けてきた。

「いきなり朝から呼び出したかと思えば、人の腹の上でドスドスドスドスと！　俺の腹はサンドバッグじゃねえんだぞ、人間！」

ニカが足に敷いているのは、魔王城の兵士長、ラギアス・ゼスペンタだった。ガルルルと喉を唸らせて威嚇しながらも、その顔は困惑に歪んでいる。

「この前から何がどうなってんだ!?　突然むしゃくしゃして魔王に戦いを挑んだと思ったらボロ負けするし――今日のコレはなんだ、俺はいったい何をしてんだ!?」

ラギアスはベッド脇の床で仰向けになり、腹を大きく突き出すブリッジの姿勢になっていた。その格好のまま、突き出した腹をニカに踏まれている。

「今すぐテメエをぶん殴りたいのに、なぜかこのふざけた格好から身体が動かせねえ……ッおい人間、お前に出会ってから何かヘンだぞ！　俺に何をしやがった!?」

「あら、わたくしは何も？　ただ貴方が、自分の本能に気付いただけではありませんこと？ワンちゃんらしく、格上の相手に媚びるのが気持ちいいという事実にね」

言いながら、ニカは足先をつんと立たせて、突き出されたラギアスの腹筋をそっと撫でた。ラギアスの身体がびくんっと跳ねる。

「っふ、く……！」

「あら？　やっぱり怒っているのは虚勢じゃありませんか。尻尾もふりふり振って、身体の方はとっても素直ですのね」

「っテメエ、やっぱりただの人間じゃねえな。いったい何者だ……!?」

「もちろん、貴方の新しい飼い主ですわよ」

ニカは両足を使ってラギアスの腹をくすぐった。よく鍛えられた腹筋のラインを指先でなまめかしくなぞってやれば、ブリッジ姿勢のラギアスの身体が面白いようにガクガクと痙攣する。

「う、ごおおおお……！」

「あらあら、お腹をさすられて悦ぶなんて、ワンちゃんそのものではありませんこと？　まったく、美しい飼い主に拾われて幸運ですわね」

「ッ誰が飼い主だ、ざっけんなよテメ――っこ、おおぉぉぉ……!?」

さわさわ、くにくに。ニカの足先が触れるたびにラギアスが身悶える。

ラギアスの異常痴態は、当然ニカの『魅了』の影響だ。決闘が終わっても、ラギアスにかけた『魅了』を解除せずにいたのだ。ナサニエルの足下にも及ばないとはいえ、ラギアスも強力な魔族だ。駒として確保しておかない理由はない。

　それに、彼のようなプライドの高い男を踏み躙るのは、ニカの趣味の一つだった。意識はマトモに戻しておきながら、身体の自由を奪い、これでもかと弄ぶ。精悍な顔が恥辱に歪む様は、子犬を愛でるのと同じくらいの卑し……癒やし効果がある。

「ほれほれ、ここがいいのかしら〜？　ああ、やっぱりストレス発散は、強いオスに敗北の味を仕込むのに限りますわねぇ」

「クソが、人を煮卵か何かみたいに言いやがって……！　今に見てろよ。この身体が自由になれば、すぐにでもテメエをボコボコにして、魔王の前に引きずり出してやるからなぁ……！」

「ま、品のないお言葉ですこと。飼い主にがるがる唸るなんて、悪い子ですわね」

　フーッ、フーッと息を荒らげるラギアスの顔には、恥辱と本気の殺気が宿る。しかし残念なことに、ハナから容赦する気がないニカにとって、その怒りは高揚を煽るスパイスでしかない。

「んふふ。どうやら貴方には入念な躾が必要のようですわね……ムース！」

「はい、ニカ様！」

　ニカがぱんぱんっと手を叩くと、待ってましたとばかりにスライムメイドが駆け寄ってきた。それを見た途端、ラギアスが顔をさらに険しくする。

「やっぱり外道だったか。俺だけならまだしも、こんな小さな子まで操りやがって！　兵士長として、城のモンに手を出すのは絶対許せねえ！　テメエに人の心ってやつはねえのか！」

「むっ、今のは聞き捨てなりませんよ。この世界に、ニカ様にご奉仕する以上の幸せはありません。ニカ様に踏んでもらっておきながらどうしてそんな簡単なことに気付けないんですか？　あなたには勿体ないご褒美です。今すぐそこ代わってくださいよ！　もうっ」

「もうっじゃねえよ目を覚ませ！　このクソ女、やっぱりボコボコにするだけじゃダメだ。ぶっ殺す。その喉今すぐ引き裂いてッぉ、ふぐおおおぉ……！」

「あ～ら、いいのかしらぁ？　格好つけるほど、あとがみじめになるだけですわよ～」

余裕の笑顔でラギアスを踏み躙りながら、ニカはスライム娘に意味深な微笑みを向けた。

「ムース。この野蛮に育った駄犬には、余計な汚れがたぁっぷりこびり付いているようですわ……わたくしの下僕に不要な、プライドや反抗心。貴方の力でお掃除してくださるかしら？」

「ひへ、ひひひっ。かしこまりました、ニカ様……！」

唇をにやりと歪め、ムースは恍惚な笑みを浮かべた。倫理観をどこかに捨ててしまったような怪しい雰囲気に、ラギアスの顔からさっと血の気が引く。

「おい、スライム女。何をするつもりだ……？」

「ふひ。本当は、ニカ様以外の身体なんてあんまり触りたくないんですけど。ニカ様のお役に立てるなら、何でも、喜んでしちゃいますよぉ……」

ムースはブリッジ姿勢のラギアスに近づき、見せつけるように両手を持ち上げる。

その両手が――どぅるん！　と、大量の触手に変形した。

うぞうぞと蠢く触手を見て、ラギアスの顔が今度こそ戦慄に引き攣る。

「ちょ、待て。おい嘘だろ!?」

「ニカ様に汚いお姿を触れさせる訳にはいきませんから。身体の中まで、ぐっぽり綺麗にしちゃいますねぇ。えひ、ひひひひひっ」

ムースはラギアスの足下に両手を這わせた。ヌメヌメと光沢のある触手が獲物を捕らえるタコのように足に絡みつき、ラギアスの身体が強烈に跳ね上がる。

「ひっ……お、おいクソ女。取引だ！　今なら殺さずに許してやる。今すぐやめさせろ！」

「うふふ、まだ勘違いしているようですわねぇ。貴方は既にわたくしのペット。発言権があるとでもお思いですか？」

「力を抜いて楽にしてくださいねぇ。最初にちゅるんっと挿入ってしまえば、あとは何も考えられなくなりますから。ひひ、ひへ、ふへひひひひひひっ」

「待て、待て待て待てマジでやめろ！　馬鹿ふざけんな、そこは入れるんじゃなくて出す場所――ア、アオ!?　アオオオオオオオオオオオオッ――――――――!?」

その日、魔王城の一室に、哀れな獣の情けない遠吠えが高く高く響き渡った。


数十分後。

「お、俺は……俺は、最強の魔族だ……最強、の……」

ニカの足下には、放心状態のラギアスが寝転がされていた。

ヌメヌメに覆われた全身を小さく丸め、お尻（しり）を両手で押さえてぷるぷる震えている。鍛え抜かれた肉体も、こうなってしまっては滑稽（こっけい）以外の何でもない。

「ああ、堪能（たんのう）いたしました。快感に負けるオスの悲鳴は、いつ聞いても胸がスッといたします」

「ニカ様ニカ様、わたしはちゃんとできました？　ニカ様のご期待に応えられたでしょうか？」

「ええ、素晴らしい働きでしたわよムース。男を鳴かせるのまで得意なんて、なんて将来有望なしもべなのでしょう！　ご褒美ですわ、わたくしの頰（ほお）ずりを喰（く）らいなさいっ」

「ふひ、ひひひっ、ありがたき幸せぇ……！　ニカ様に褒められたぁ。嬉（うれ）しい、嬉しい……！」

ニカに抱きしめられ、頭を撫（な）でられたムースは、恍惚（こうこつ）の表情で身を悶（もだ）えさせる。口からぽわぽわとハートが浮いてきそうなほどの蕩（とろ）け具合だ。

ニカはムースを撫でながら、雨に打たれた犬のようになったラギアスを足で小突いた。

「貴方（あなた）も、これからはわたくしの駒（こま）として動いてもらいますわ。有用な働きを見せれば、ちゃんとご褒美を差し上げますわ。ええ、今よりももっとすごいご褒美をね」

「っくそが。ふざけんなよ……お前みてえなクソ女の褒美なんて、ぜんぜん欲しくもねえし。こんな責め苦なんて嬉しくねえし、絶対に屈したりしねえし!?」

「ふふふっ。見え見えの虚勢、ご馳走（ちそう）様です。もうしばらくは遊べそうですわね」

ニカがみずみずしい舌をちろりと見せて微笑（ほほえ）めば、ぞくぞくっとラギアスの全身が震える。

お尻を押さえて顔を赤らめる狂犬は、誰がどう見ても悪女の手に堕ちきっていた。

「さて、気晴らしも済みましたし、散歩にでも行きますか。貴方たちもいつまでも寝ていないで、起きて付いてきなさい。ムース、ポチ」

「はいっ。どこへでもお供します！」

「はぁ、はぁ……オイ待て、せめて名前で呼べよ、人間！」

ムースと、文句を垂れながらも言うことは聞くラギアスを連れ、ニカは私室を出て城内へ。

魔王城はあいも変わらず平穏そのものだった。来たばかりの頃は、見た目も様々な魔族に驚き、目新しさから視線を移ろわせながら歩いたものだが、それも日常となりつつある。

何となく外の風を浴びたくなって、ニカは外に面した柱廊に出た。魔王城をぐるりと一周できる広い回廊は、片側が吹き抜けになっていた。空を飛ぶ魔族もいるゆえの開けた構造なのだろう。手すりもないのはさすがに危ないが、高い所から迷い茨の森を一望することができた。いつも通りの鬱蒼とした景色だが、空気はそれなりにおいしい。

回廊に人けはなかった。ひゅうひゅうと肌を撫でる風と靴音が耳に響く。

歩きながら考えるのは、やっぱり魔王のこと。そして、魔王を考える自分自身のこと。

ニカの脳裏には、ナサニエルの言葉が繰り返し、繰り返し、反響を続けている。

——君のように生きられたらどれだけ幸せか。君のように笑って、ごく普通に日々を過ごすことができたら……

──そんな普通の人生、まるで夢のようだよ。

「本当に、馬鹿げていますわ……わたくしの人生が、普通な訳がないでしょう」

ナサニエルは当然、ニカが平界中から忌み嫌われる大犯罪者だなんて知らない。

まして、ニカの過去に何があったかなんて、想像すらできないだろう。

ニカは〝傾国の悪女〟だ。その身と心は、全て人を魅了し踏み躙るためにある。

美しくない部分などあってはならない。それを人前に晒すなんて以ての外だ。

幸せで満ち足りた人間だと思わせることも、相手を惚れさせるための奸計の一つ。その点で言えば、ナサニエルはニカの術中にまんまと嵌まっていたとも言える。

だとしても、ニカにもプライドがある。

あんなゴミカスメンタルのザコ童貞に自分の人生を決めつけられて、軽んじられた。腹の虫が黙っていられるはずがない。

「ああ、苛つく。やっぱりあの男はただではおきませんわ。骨の髄までわたくしの美を叩きこんでとろとろにさせて、綺麗ごとばかりの生意気な口を『ニカしゃましゅきしゅき～』しか言えなくさせてやらなければ気が済みませんわ！」

媚びた態度は演技だと見抜かれているが、色仕掛け自体は普通に効いていた。裸だって、毎日見ていれば耐性もついて気絶もしなくなるはずだ。

相手にどう思われていようが知ったことではない。出合い頭に裸を見せつけ気絶させまくり、一瞬でも隙を見せたらそこで『魅了』してやる。

ニカは支配して生きるのだ。

ナサニエル・ノアを虜にしなければ、自分の生き方として許せない。

「奸計の心得その一八、チャンスと性器は握った者勝ち。つまりは善は急げですわ。ムース、ポチ、魔王様のところにひと肌脱ぎに行きますわよ。ええ、もちろん文字通りにね！」

足を止め、振り返らないまま、忠実なしもべ二人を呼びつける。

二人からの返事はない。それればかりか、空気はしんと静まり返っていた。

足音がニカの分しかないことに、遅まきながら気が付いた。

「………お二人とも？」

悪寒を感じ、振り返る。

ムースとラギアスが倒れていた。声も立てずに沈黙している。

二人の傍に、見慣れないフードの人物が立っていた。

「大丈夫。死んでない。ちょっと眠ってもらっただけだから。すやすや」

身を硬くするニカの前で、白いフードを外す。

露わになった顔は、子供と言っても通じるほどに幼い少女だった。のんびりとした無表情。

垂れ気味の目は眠たげに淀んでいるが、同時に底の見えない不気味さも感じさせる。

〝慣れた〟奴の目だと、直感的にニカは察した。同時に、魔に準ずる者ではないとも。

「あなた、お仲間ですわね？」

「パメラ・カラリア。魔王城に潜入捜査中の人間なの。よろよろ」

緊張感のない声でそう返し、パメラは外套の袖をひらひらと振って挨拶してきた。それから、ポケットからメモ帳とペンを取り出す。

「王様から頼まれたの。ニカが怖い魔族にがぶがぶされてるか、それともニカが魔族をふみふみしてるか見てこいって」

「それはそれは。王の小間使いにされての長旅、ご苦労でしたわね」

「ほんそれ。どこも〝奇跡持ち〟使いが荒くてやんなっちゃう。で、最近どう？　元気してる？」

「たまに会う親戚みたいな聞き方しますわね……この通り、傷ひとつない健康体ですわよ」

「ん、どこもがじがじされてないと。メモメモ」

パメラは器用にもパーカーの裾越しにペンを握って、メモ帳に書き綴る。

ニカは緊張をほどいて肩を落とした。

突然の登場には驚いたが、魔界ではじめて出会う同郷だ。ニカはずっと着けていた仮面を脱いだ心地で、薄桃色の髪を掻く。

「皆が恐れる魔界はどんな場所かと思っていましたが、何てことありません。魔族が恐ろしい奴らだなんて悪い冗談。実体は、暇を持て余した野良犬の群れのようなものです」

「パメラも同意見。しばらく観察してたけど、魔王以外はぜんぜん怖くない。ざこざこ」

そう言うと、パメラはメモ帳をぱたんと閉じた。

「でもそれは、奴らを野放しにする理由にはならない」

「……それはそれは」

「奴らは人間の敵。地上を汚すばい菌。ばっちいのはダメ。綺麗にしなきゃ。ふきふき」

眠たげに淀んだ瞳。そこに宿る昏い光に、ニカは辟易とした。人間の、特に力のある一部の人間には、こうして魔族に対する敵愾心が強く根付いている。

教育が行き届いている証拠だ。それを受ける機会のなかったニカには、自分以外の〝奇跡持ち〟が違う世界の住人のように感じてしまうことすらある。

メモ帳をしまったパメラは、こてんと首を傾げてニカに質問してきた。

「ニカは城を乗っ取るって聞いてた。でも、ここでぼーっとしてる。なぜ？」

「わたくしは賓客として城に招かれているのですよ。どこで黄昏ようがわたくしの勝手です。それに支配のことならご心配なく。わたくしの奸計は順調に進行中。魔王が操り人形となるのも時間の問題でしてよ」

「おー、それはすごい。ぱちぱち」

胸を張ったニカの自信満々な宣言に、パメラは気の抜けた声で歓声を上げた。フード越しに両手を合わせ、ぽむぽむと全然鳴らない拍手をする。

「魔王をゲッツしたら、その後はどうするつもり？」

「もちろん、好き勝手に楽しませてもらいますわ！　いけ好かない奴は追放し、わたくし好みの美男美女を集めて、連日連夜、酒池肉林のパーティーを開きますのよ！」

ニカは両手を広げて高笑いをした。

「わたくしを賛美する歌が城中にやむことなく響き渡り、食卓に並ぶのは魔界のあらゆる美酒美食。わたくしはおりこうなスライム娘に毎日肌をぴかぴかに磨いてもらいながら、多種多様な魔族の美男美女をつまみ食いして回る。そんな、あらゆる欲望が満たされるわたくしのための楽園を作るのです！　どうです、とても素晴らしいと思いませんか！」

「不合格」

「あ？」

ぴき、とニカの額に青筋が走った。

「こほんっ……失礼、いま何と仰いました？　ちょっとかわいげのあるダウナーフェイスをお持ちだからって、わたくしのビューティフルでラグジュアリーな未来にケチつけようとしてらっしゃいます？　あんまり調子に乗っているようなら出ましょうか？　表に」

「パメラの仕事は、ニカの様子を見てくることの他にもう一つあるの」

「……その仕事とは？」

「火種を作ること。戦争を始める、なるべくおっきな火になる火種。めらめら」

ニカは内心で舌打ちした。リュミエス国王、ヘリアンテス三世。あの豚はよほど我慢が利かないらしい。ニカを送るだけでは飽き足らず、自ら戦争を仕掛けようと目論むとは。

ニカはこの城を自分だけの楽園にするつもりなのだ。戦場にされてはたまらない。手を出されないよう、どうにかして牽制をしておかなければ。

そんな打算をしながら、ニカはパメラから目を逸らせなかった。

感情の窺えない眠たげな目が、じっとニカを見つめている。

「パメラにはいくつかアイデアがあった。その中でいちばん喜ばれるのは何かって、ずっと考えてたの。だから、ニカに会って話をしにきた」

「……何の確認作業かは知りませんが、その結果が不合格だと？」

「いえす。その通り。不合格。ぶぶー」

頭の上に両手を交差したバッテン印を作って、パメラが言う。

虚仮にされたような心地に、ニカがさらにぴきぴきと青筋を走らせる。

協力者として自分の手足にしようとでもしていたのか？　生意気な子供め。同族とか関係なく、ここで堕として全力で責め立ててひいひい泣かせてやろうか。

そんな怒りは、後に続いたパメラの言葉に霧散する。

「ニカ・サタニック・バルフェスタは、死んだ方が都合がいい」

パメラの瞳に宿るのが殺気であると、ニカはようやく気が付いた。

パメラが矢のように飛び出した。地面を舐めるような前傾姿勢で、一気にニカに迫る。

そうしながらパメラは、外套のフードを目深に被り、鳴いた。

「にゃおにゃお」

瞬間、パメラの姿が歪んだ。

彼女の身体を包む外套が、袋の中の空気を抜かれたみたいに萎む。白色の生地が縮み、パメラの身体に張り付き——彼女の身体すらも飲み込んでぐにゃりと歪み——そこから、鋭い爪が突き出される。

「ッ——!?」

首筋目がけて振り抜かれた凶刃を、ニカは間一髪で躱した。

爪が空を切りびゅうと音を鳴らす。ニカは戦慄に身震いし、背後に降り立ったパメラを見る。

そこにいたのは、もう先ほどまでの少女ではなかった。

白い毛並みをした、大きな猫型の獣がいた。しなやかな四本の足に、尻尾。前足から伸びる爪はダガーのように長く鋭い。

鉤豹。魔界に生息し、時おり平界にもやってきては被害をもたらしていた危険な魔物だ。

ニカは思わず首筋を押さえながら後ずさる。

「それが、貴方の持つ〝奇跡〟というわけですね」

「『変身』。パメラは、何にでもなれる」

彼女の眠たげな声は、目の前の鉤豹の、鋭い牙の生えた口から聞こえた。前足で床を擦ると、鋭い擦過音がして石畳が抉られる。

「ニカは魔族にひどい扱いを受けて、魔物にがぶがぶされて殺された。それに人間はカンカンに怒って、戦争を始める。この方法が、皆がいちばん笑顔になる」

「ッ冗談じゃありませんわ。あなた、わたくしをダシに使うつもり!?」

「死に様はひどい方がウケがいい。悪いけど、楽には殺さないから。がぶがぶ」

そう言って、パメラは再びニカに飛びかかった。

大口を開け、鋭い牙でニカを狙う。

その凶刃に対し、ニカは真正面から向かい合った。

「わたくしは権力を踏み躙る美の化身ですわ。悲劇の姫にはなりません！」

ニカは自分の髪に手を伸ばし、髪飾りから珠を一つ摘んで、指で砕いた。

珠の中に込められていた媚薬があふれて、ニカの髪を濡らす。

魔性の香りをまとった薄桃色の髪を、迫り来る獣に向けてばさぁっと靡かせた。

「ケダモノ風情が、わたくしという美を傷つけて良いとでも!?」

「っ――ふぎゅ」

寝起きに鼻を抓まれたような、顔をしかめるうめき声。

鉤豹は突進の勢いのままに高く跳躍し、ニカを飛び越した。

大きく距離を取った獣が、ぐにゃりと歪む。毛並みがなめされた革のようなつるりとした表面になり、元通りの白い布へと戻る。

少女の姿に戻ったパメラが顔を見せた。不愉快そうに眉間に皺を寄せ、パーカーの裾でしきりに鼻を擦っている。

「うぃぃ……それ、ヤな匂い。鼻の奥の方がムッてなった」

「あら、心外ですわね。この香薬をちょっと胸にまぶして嗅がせてやれば、どんなに高価な財産だってわたくしのものになりますのに」

言いながら、ニカは内心で舌打ちする。

動物的危機感のなせる業なのか、本格的に媚薬を嗅ぐ寸前で回避された。

今のが、ニカが強気に攻められる最後のチャンスだったのに。

「あなたの〝奇跡〟は知ってる。えっちな色仕掛けは、パメラには効かない」

そう言って、パメラが鼻を掻いていた袖を降ろす。

露わになったパメラの顔に、鼻はなかった。粘土を捏ねて形を変えたみたいに、顔の真ん中がつるりとした平面になっている。

「器用な〝奇跡〟ですのね。魔物にもなれるし、人間としての形も変え放題……目障りな奴を、野生動物に襲われたと見せかけて殺すのなんてお茶の子さいさい。お偉い様がたは、貴方をさぞや可愛がっているでしょうね」

「そう。わたしはおりこうで優秀な〝奇跡持ち〟。たくさん人の役に立ってる」

「まあすごい！　小さいのに立派ですのね。わたくしがいい子いい子してあげましょう。この胸に飛び込んでいらっしゃい！」

ニカはおどけてハグ待ちの姿勢を取った。パメラがむっと頰を膨らませる。

「能力は割れてると言った。パメラがそんな分かりやすい罠に食いつくと思う？　ぷんぷん」

「ちぇっ。分かっていても食いつかずにはいられないのがわたくしの美貌なのですよ。貴方のようなお子ちゃまには分からないでしょうけどね」

お返しにぷくっと頰を膨らまし返すニカ。

おどけながら、内心では必死に、現状を打開する術を探していた。

一撃目から首を狙ってきたのだ。相手は本気で自分を殺す気でいる。

それだけなら、ニカはまだ相手の油断を誘い、『魅了』を仕掛けることができただろう。だが、パメラにそれは通じない。

彼女の目は、クーリと同じ種類の目だ。信念、あるいは信仰、そういうものに思考が塗り潰されている。たった一方向にだけ目を向け、それゆえに何にも靡かない。そういう、ニカがもっとも苦手とする輝きを、パメラも抱いている。

「パメラは仕事のできるいい子だから、あなたのような悪い子は嫌い。神様から授かった〝奇跡〟を、自分勝手に使ってる。パメラたちの力は、人間みんなの幸せのために使われるべきなのに」

「使われるべき？　ヘンなことを仰いますのね。あなたは、自分の手足を他の方に動かされるのが良いのですか？　無理やりの操り人形がお好みならば、性奴隷の素質がありますわね」

「天神は自らの輝く鱗の一枚をちぎると、仰ぎ見る民の一人に与え、その光を皆で分かち合うよう言われた――〝奇跡持ち〟の力は自分のためのものだけじゃない。教会で習ったはず」

「あら、ごめんあそばせ。あいにく神様はお相手ＮＧなの。万人を愛すと言っておきながら、ぜんぜんわたくしに貢いでくださらないから」

ニカの減らない口数は、しかし、絶体絶命の状況を打開するためには働かない。

揺らぐことのないパメラの殺気が、再び牙を剝く。

「最後くらい人の役に立って死んだらどう？　かあかあ」

パメラが再びフードをかぶった。白い外套が彼女の身体を包み、姿が変わる。

同時にニカは踵を返し、全速力で走り出した。

背後でバサッと、巨大な翼のはためく音。背後を見れば、鷲型の魔物に変身したパメラが、ニカに向けて飛翔を始めたところだった。

柱廊に逃げ場らしい逃げ場はない。しかし、ニカも無策ではない。

走る。目的のものまで、あと数歩。

両肩に爪が食い込む鋭い痛みが、ニカを襲った。

「いっ、つぅ⁉」

「摑まえた」

頭の上でパメラの声。直後、絶望的な浮遊感が襲う。

その寸前に、ニカは間一髪、目的の場所へ辿(たど)り着いた。

ニカは必死に手を伸ばし、昏睡(こんすい)状態のラギアス・ゼスペンタを掴んだ。大鷲と化したパメラに、ラギアスごと上空に引き上げられる。

パメラは森へ向かって飛翔した。ニカの眼下から床が消える。落ちたら死の高度が、ぞわりと背筋を寒くさせる。

「森で魔物のご飯になるのはどう？　骨は拾ってあげる。証拠に必要だから」

「ふざけないで。わたくしにみだりに触れた代償は高く付きましてよ！」

ニカは掴んだラギアスを引き寄せ、ドレスに忍ばせていたものを取り出した。

小ぶりの麻袋。その中から液体に満ちた球体を取り出し、ラギアスの鼻の前で砕き割る。

ナサニエルを気絶から叩き起こすための気付け薬が、狼の敏感な嗅覚(きゅうかく)をめった刺しにした。

「キャアアアアアアアアアアアアアアアア!?　鼻が取れたぁぁぁぁ――へぶっ」

「わたくしを守りなさい！　貴方(あなた)の命を賭(と)してでも！」

強制的に覚醒したラギアスの顔を両手で押さえて叫ぶ。

そうしてニカは、覗(のぞ)き込んだラギアスの顔に、自分の顔を近づけて――

「はぷっ」

彼の鼻の先端を、唇でくわえ込んだ。

「はむっ、れる──ちゅうぅっ」

「っ～～～オ、アガアアアアアアアアアアア!?」

覚醒直後の意識に快楽を注ぎ込まれたラギアスは、再びニカの『魅了』の虜(とりこ)になった。咆哮(ほうこう)と共に紫の旋風が放出される。風は刃の性質を伴って、大鷲(わし)の脚を切り裂いた。

「い──ったいなぁ、もうっ」

大鷲のパメラが空中で翼を翻し、ニカたちを投げ落とした。

ラギアスはニカを抱き寄せると、空いた腕に魔力の風を纏(まと)わせ、足下の虚空(こくう)を思い切り薙(な)いだ。突風が吹きすさび、二人は風に乗って元通りの回廊に着地する。

「ムースも連れて城内へ運びなさい！　わたくしを傷つけたらただじゃおきませんわよ！」

「ルガァァァァ！」

ニカの命令に、ラギアスは獣の咆哮で応えた。横たわるムースを口に咥(くわ)え、猛然と走り出す。

進行方向には魔王城の外壁。ラギアスはそこに、魔力の風を纏った腕を全力で振り抜く。

がうんっ！　と空気の唸(うな)る音。

壁を盛大に砕き割りながら、ニカたちは城内へと飛び込んだ。

「うわあああああ!?　何だ、急に壁がブチ割れたぞぉ!?」

「ぎゃあああああああ！　俺の一日十食限定キャラメル霊峰パフェスーパーマキシマムチョコリミックスがぁぁぁぁぁぁ!?」

飛び込んだ先は、魔王城の食堂だった。くつろいでいた魔族たちが素っ頓狂な悲鳴を上げ、それから驚きの目をニカに向ける。

「ラギアスの兄貴に、人間？　なんで壁を突き破ってきたんだ？」

「そんなに腹が減ってたのか？　クッキー食べる？」

「わたくしが空腹で壁をぶち破るおまぬけに見えますか!?　魔物に襲われましたのよ、助けてください！」

緩んだ空気を張り倒すように、ニカが叫ぶ。

魔物という言葉を聞いた途端、魔族たちが表情を変えた。

「魔物が出現したぞ！　みんな臨戦態勢を取れ！　戦えない奴は急いで避難するんだ！」

「みんな、集まって防御陣形を組め！　人間は大事な客だ、絶対に傷つけるなよ！」

普段の平和ボケからは想像も付かない動きで、瞬く間にニカの周囲に魔族が集まった。

思い思いの武器を手にした、様々な種族の魔族たち。その数、実に一六人。

「へへっ、人間にいいところを見せるチャンスだな。非番でヒマしててよかったぜ」

「安心しな、人間。俺たちはラギアスの兄貴に鍛えられてるからな。この辺りの魔物に後れは取らねえよ！」

兵士たちの粋がる言葉が、今はとにかく心強い。

魔物にまで姿を変えてみせるパメラの『変身』は相当に強力だが、所詮は単一の生き物に変身するだけだ。自分が飛び込んできた壁の穴から外を見れば、白い翼をはためかせた大鷲が恨めしげにこちらを睨み付けている。

「数の有利は覆せないのではありませんこと？　ケダモノの尻尾を振って逃げ去りなさいな」

「……しゃらくさ」

ニカの挑発に、パメラが煩わしそうに吐き捨てる。

大鷲は翼をはためかせると、ニカが穿った穴に向けてまっすぐ突貫してきた。

「あはは、ヤケになっての特攻かしら？　皆さま腕の見せどころです、あの魔物をコテンパンに蹴散らしてしまいなさい！」

「ッ――ガァ！」

「え、ちょっとポチ、何をして――きゃあ!?」

いきなりラギアスが走り出した。ニカを抱きかかえ、ムースを咥え、パメラが突っ込んでくる方向から一目散に距離を取る。

矢のように飛来する大鷲はすでに、壁に開いた穴の目前へと迫っていた。

翼を振るい、さらに加速。その身体が、ぐにゃりと歪んで『変身』する。

なめらかな革袋のようになったパメラが、姿を変えながら魔王城の城壁に迫り――

**「縺*蟒ｦ/翫?縺、縺*蟒ｦ/翫?縺」**

それが生き物の喉から発せられたとは信じられない、ひび割れた不協和音。

パメラの身体が一気に膨れ上がり、穴が真っ白に覆われる。

爆発するような衝撃が轟いて、城壁が粉々に吹き飛ばされた。

「「「おわあああああああああああ!?」」」

魔族たちが吹き飛ばされる。瓦礫が撒き散らされ、食堂の机や椅子を粉々に破砕していく。

ラギアスの咄嗟の行動で被害を免れたニカは、見た。

視界一面の壁や天井が砕け散り、一瞬で廃墟と化した食堂。

その広々とした空間を、怪物が埋め尽くしていた。

ひと目見た時には、蛇に見えた。その胴体はとてつもなく長く、長い尾の先端を泳ぐように空に揺らめかせていたから。しかしその大きさは食堂を埋め尽くすほどに巨大で、逆立つ刺々しい鱗に覆われていた。異常に長い尻尾から登った胴体には、鉤爪を備えた三本指の手が六つ、瓦礫の散らばる床や壁に突き立てられている。

大口に並ぶ乱杭歯。射殺すような輝く瞳。

それはまるで、世の中の全てを己が獲物と捉えるような、冒瀆的な暴力の化身。

衝撃から立ち直った魔族たちが、その異様な巨体を見上げ、声を震わせる。

「ぼ、暴竜ストルヴィオ!?　魔界も平界も見境なしに暴れ回った災害級の魔物じゃねえか！」

「ありえねえ、暴竜は一〇年前、人間の〝奇跡持ち〟に倒されたはずだ！　それに奴の生息域はここからずっと北で——」

「るっさい」

暴竜の六本ある腕の一本が、羽虫を払うように振るわれる。

たったそれだけの挙動で、魔族たちがまとめて吹き飛ばされた。鋭利な爪が石造りの床をバターのように抉り抜き、破壊の嵐を室内にまき散らす。

兵士たちを蜘蛛の子のように蹴散らしたパメラ——暴竜ストルヴィオは、らんらんと輝く瞳を、まっすぐニカへと向けた。

「言ったはず。パメラは、何にでもなれるって」

「ッせっかくのお顔が台なしでしてよ、かわいくないお子ちゃまですこと……！」

「おままごとしてもいいよ？　あなたが餌役ならね。がおがお」

そう言って、怪物は蹂躙を始めた。

蛇のような巨体を翻し、ニカめがけて突貫してくる。

それは移動というには暴力的すぎる、破壊の渦と呼ぶべき代物だった。

ニカを抱えるラギアスは、全力疾走で逃げた。扉を開く手間すら省き、魔力の風を纏わせた足で蹴り破って進む。その数秒後に、壁そのものを粉々にぶち破って暴竜が飛び込んでくる。

「うわあああ!?　魔物だ、デッカい魔物が城に飛び込んできたぞ！」

「人間が襲われてるぞ！　誰か兵士——いや、魔王かクーリさんを呼んでこい！　この城じや太刀打ちできるのはあの二人くらいだ！」

壁を一つ突き破るたびに魔王城が震え、魔族たちの悲鳴が響き渡る。

誰も、ニカを追い立てる巨竜の猛進を止められない。石壁を積み木のように吹き飛ばし、数十人を一気に丸呑みにできそうな大口を開けて迫ってくる様子は、まるで土砂崩れが生き物の形を取って襲いかかってくるようだ。

「滅茶苦茶じゃありませんか！　あなた、わたくしを暗殺しにきたのではなくて!?」

「必要なのはニカの死体だけ。やり方は決められてない。ついでに魔族どもをたくさん殺せたら、とってもお得。にっくい魔族の、食べ放題。もぐもぐ」

「まあ、マナーのなってない子供ですこと！　見ているこちらが恥ずかしい！　貧民専用の食べ放題で一生安い満足を味わっていてくださる!?」

「ジュースを混ぜてさいきょードリンク作るよ。ニカと魔族のミックススムージー」

「ッ発想こっわ……もっと速く走りなさいポチ！　追いつかれたらおしおきですわよ!?」

「ウ、ウガアアアアァァァ!!」

ラギアスの声には余裕がない。実際その速度は凄まじく、既にニカは目の前を流れ去る景色を正しく認識できていなかった。理性を奪われたラギアスによる、文字通りの風になるような全力疾走。だというのに、後方に迫る怪物との距離は広がってくれない。

「むう、めんどい。パメラは鬼ごっこは好きじゃない。だるだる」

「だったら、諦めてお家に帰ってはいかが――ッ!?」

啖呵(たんか)を吐いて振り返ったニカは、戦慄(せんりつ)する。

暴竜の移動に巻き込まれて倒壊していく、魔王城の壁や柱。

今まさに根元から折れたばかりの石柱を、暴竜の尾が絡め取り、ニカに向けて投擲(とうてき)してきた。

視界が巨大な石塊で埋まる。押し潰(つぶ)されてぺしゃんこになる未来が、爆速でニカたちに迫る。

「ポチ!!」

「ッ嵐爪(らんそう)ォ――烈砕牙(れっさいが)ァ!!」

ラギアスは対処せざるを得なかった。逃走の足を止め、魔力の風を纏(まと)わせた腕を突き出す。

ラギアスの掌(てのひら)を中心として発生した刃の風は、迫り来る石柱を貫き、砕き割る。

その数秒の停滞は、十分すぎるほど致命的だった。

視界が開かれた時には、追いついた暴竜が、ニカ目がけて腕を振り上げていた。

屈強な腕が横薙(な)ぎに振り抜かれる。ラギアスはニカとムースを庇(かば)うように身を回し、腕に纏わせた魔力の風で迎え撃った。

その抵抗は確かに意味を成し、圧倒的な暴力が二人を襲うことを防ぐ。しかし、それだけだ。

バットで打たれたボールのように、三人は勢いよく吹き飛ばされた。

壁をぶち破る衝撃。破砕音が鼓膜を埋め尽くし、平衡感覚が一瞬で喪失する。

瓦礫(がれき)の一つが、ニカのこめかみにぶち当たった。

「あッ――!?」

骨に響く鈍い音。視界に火花が散り、世界が白黒に明滅する。

ラギアスは空中で身を翻して着地した。ニカとムースを決して地面に触れないように片手で抱き上げ、反対側の爪（つめ）を地面に突き立て無理やりに停止する。

三人が吹き飛ばされたのは、地下都市へと繋（つな）がる昇降機のある大広間だった。薄暗い室内の上部に、ニカたちが穿（うが）った穴から光が差し込んでいる。

その穴を広げるようにして、暴竜が飛び込んできた。砕いた瓦礫を纏いながら、ニカたち目がけ落ちてくる。

「いただきます。がぶがぶ」

「ルガアアアアァァァ！」

間一髪、ラギアスの回避が間に合った。足に纏わせた風を爆発させて跳躍。大口を回避する。

怪物の全体重を乗せた突進には、大地の方が耐えられなかった。絶望的な音を響かせ、床が砕ける。その下にあるのは、地下都市へと通じる大穴だ。

「ざまあないわね、そのまま落ちてしまいなさい！」

「逃がすと思う？」

冷徹なパメラの声。

空中に飛んだラギアスたちの正面に、暴竜の巨大な尾がぬっと現れた。それは瞠目（どうもく）する彼らの前でくんっとしなり、鞭のようにラギアスを打ち据えた。

まるで羽虫をはたき落とすようにして、ニカたちは地下都市へ続く大穴へと落とされる。

一瞬の暗闇の後に広がるのは、高度数百メートルにもなる広大な地下空洞。

叩き落とされた勢いのまま、昇降機の瓦礫と共に、最下層目がけて真っ逆さまに落ちていく。

「このままじゃぺしゃんこではないですか。ポチ、起きてわたくしを守りなさい。ポチッ！」

「う、おぁ……」

ラギアスの返事は虚ろだ。ニカとムースを庇い、暴竜の尾の一撃をマトモに受けたのだ。『魅了』による暴走状態は解除され、瞳孔は像を結ばず、今すぐにも気絶してしまいそうだ。

地面がぐんぐん迫る。ラギアスを復活させなければ、数秒後にはニカたちは仲良く墜落死だ。

「っ本来なら、こんな風に身体を安売りはしないのですからね！」

ニカは髪飾りから媚薬入りの珠を一つ取り出すと、胸の谷間に突っ込んだ。

両脇からぎゅむっと挟み込み、珠を砕く。谷間の中に、芳しい液体がじゅわりと広がる。

ニカはラギアスの虚ろな顔を抱き寄せ――むにゅうっと。顔面を谷間に押し込んだ。

「フオオオオオオオオオオオオオオオオオオオオオオオオ!?」

沸騰した薬缶みたいな甲高い声を上げて、ラギアスの意識が燃え盛った。

吹き荒れる魔力風。ラギアスは腕を突き出し、眼前に迫っていた地面に目がけて、ありった

け の嵐を叩き付けた。空気が爆(は)ぜ、衝撃がニカたちの落下の勢いを相殺する。

ニカたちが落ちたのは、ちょうど昇降機の真下に位置するスタジアムだった。先の決闘では魔族で満杯になっていた会場は、今は人っ子一人いないがらんどう。その静まりかえった闘技場に、数百メートル上空から降ってきた昇降機の瓦礫が次々と墜落してくる。

全力の魔力風で大部分の衝撃を殺したラギアスは、ニカとムースを庇って背中から着地。そこで彼の気力が底を付いた。糸が切れるように腕から力が失せ、大の字になって気絶する。

白目を剝(む)いたラギアスの瞼(まぶた)を、ニカが手をかざして隠し、そっと瞼を閉じさせた。

「下僕なりによく働いてくれました。後でご褒美をあげます――ッっ」

じくじくとした痛みが頭に走る。

額の方に、どろりと粘つく感触がした。触れると疼痛(とうつう)がし、真っ赤な血が指を濡らす。

その赤色が、ニカの心を激しく揺り動かした。血に濡れた指先がわなわなと震える。

「ッよくも、わたくしの顔に傷を……！」

割れんばかりに歯を食いしばる。歪(ゆが)んだ表情には様々な感情が織り交じっていた。

痛み。怒り。屈辱。そのどれよりも強い、足下が崩れるような絶望。

「痕が付いたらどうしてくれますの。わたくしの美は世界を統べる力ですのに。全ての人が欲しがる至宝ですのに……わたくしには、美(これ)しかありませんのに……！」

「安心して。すぐに、元の顔の形も分からなくなる」

今までで最も大きい落下の衝撃。

観客席の一部を踏み潰しながら、暴竜が落ちてきた。数百メートルを落下してきたというのに、まるでこたえた様子はない。

暴竜がぎろりとニカを睨み付ける。怪物の喉から、舌足らずな幼い声が響く。

「もうおしまいだね。死に方を選んでいいよ。がぶがぶ？　ざくざく？　それともぺちゃんこ？」

「っ——」

「それとも、自慢の〝奇跡〟の出番？　その綺麗な顔を使って、ここから生き延びてみてよ」

見上げるほどの巨体が、倒れ込むニカに影を落とした。

牙の一本、手の一振り、あるいはほんの少し尾を触れさせただけでも、ニカに死をもたらす。

怪物の瞳に射貫かれ、ぶるっと身体の芯から震えが走った。

ここから生き延びる——どうやって？

ニカを好きになってもらえない。

好きになってもらえないなら、できることは何もない。

「っ……わたくしには利用価値がありますわ。生かしておけば、必ず貴方たちの利益に——」

「いーから、そういうの」

暴竜の尾がニカのすぐ脇を叩いた。ニカの命乞いは、猛烈な衝撃と砂埃にかき消される。

「あなたは悪い人。騙すしかできない弱い人。人に媚を売る、とっても汚い寄生虫」

「っ……！」

「虫は潰した方がいい。あなたが生きてるだけで、世の中がばっちくなる。ぷちぷち」

パメラが再び尾を持ち上げた。見上げるほどに巨大な尾が、ニカを叩き潰そうと動く。

残酷に、なんの感慨もなく。まさしく、一匹の虫を潰すように。

しかし、その尾が振り下ろされる寸前に。

ほんの少しの勇気を振り絞るような、震え切った叫び声が響いた。

「待ってください！」

ムース・オリワンが、ニカを庇うように暴竜の前に立ちはだかった。

「わ、わた、わたしが相手です！　ニカ様には手を出させませんっ！」

「な……何をしてるのですか、ムース!?」

「こ、こ、これがわたしの役目ですから。ニカ様は、わたしがお守りするんです……！」

暴竜に対して両手を広げながら、振り返ってニカに不格好な笑みを見せるムース。その目からはボロボロと大粒の涙が流れ、歯はカチカチと小刻みに鳴っている。

その様子は、パメラを少なからず面白がらせたらしかった。「へぇ」とのんびりした声がして、暴竜の目がムースを見据える。

「あなた、震えてるじゃん。そんなへっぴり腰で、何かできることがあるの？」

「さ、さあ。な、ななな、何ができるんでしょうね……？　わたしなんて、もはや役立たずなことがアイデンティティの、たたたたただのぼっちのスライムですから……ひ、ひへへ」

ムースは唇をひくつかせて半笑いを浮かべる。全身から溶けた体液が迸り、半透明の髪はぶるぶる揺れて今にも崩れそうだ。だけど、震える足は逃げ出すことだけはしない。

「で、でも、でもですね。ニカ様は、わたしの大切なご主人様なんです。しもべ第一号のわたしは、何がなんでもニカ様を守らなければならないんです……！」

「へぇ～、魔族って面白いねぇ」

嘲笑を込めた声でパメラが言い、上体をぐっとムースに近づけた。ムースの喉から、きゅう、と悲鳴にもならない息の漏れる音がする。

「パメラたちの敵に親切にする理由もないけど……知ってる？　あなたが必死に守ろうとしてるそいつは、人間の世界では大罪人なんだよ」

ムースの身体がびくりと震えた。ニカからは、背を向けた彼女の顔は窺えない。

「ニカは平界でたくさんの人を騙して、恨まれて、色んな国から追われていた、世界一の嫌われ者。死んでしまえって呪いを込めて、魔界に追放されたの。あなたたち魔族のことも、どうせ操り人形としか思ってない」

パメラの言葉は事実だった。ニカは大罪人で、魔王城を我が物にすることばかり考えていた。ムースを懐柔したのだって、都合のいい駒が欲しかったからでしかない。

ニカに守られるような価値などない。ほかでもないニカ自身が、それを知っている。

「だから、尻尾を巻いて逃げたらどう？　自分の命は大事にした方がいいよ。そいつは、生きてるだけで害悪の屑なんだから」

「うるさいっ！」

それは、ニカが身を竦ませるほどの大きな声だった。

凄まじい恐怖がムースの全身を浸し、ガタガタと歯を鳴らしている。それでもムースは、その歯をギリッと食いしばり、目の前の暴竜を睨み付けた。

「本当の姿とか知りません。ニカ様は、ぼっちではぐれ者のわたしを受け入れてくれました。髪に触れて、かわいいって褒めてくれました！　ニカ様の役に立てて嬉しかった。わたしに居場所をくれたことがすっごくすっごくうれしかった！　たとえわたしを騙すための嘘だったとしても、わたしがもらったこの気持ちは絶対に本物です！」

「…………」

「罪人とか、く、屑とか、それが本当だとしてもどうでもいい！　目の前で誰かが傷ついていたら助けるのは当たり前です。大切な人を守るのはもっともっと当たり前です！　たとえ何もできないとしても、見捨てるなんて絶対にしない。ニカ様はわたしの居場所です！　何があっても、わたしはニカ様の傍から動きませんから！」

それは決して、ニカが『魅了』によって吐かせた言葉ではない。ムースが自らの心に宿した、死の恐怖を前にしても揺るがないほどにまっすぐな気持ちだった。

ごるる、と暴竜が喉を鳴らした。暴力を宿した瞳に嘲笑が滲む。

「くだらない。悪い人に絆されて無駄死になんて、とってもかわいそう。ま、どっちみち魔族なんて生かしておく理由もないけど」

「っ……！」

「それがお好みなら、いいよ。二人仲良く、地面の染みにしてあげる」

「お待ちください」

もう、十分だ。

ニカは、自分を庇うムースの隣に立った。

「ムース。貴方は本当に純粋で、心優しくて、とってもかわいい方ですね」

ニカはくすりと微笑んで、ムースの頬に手を添え、溢れる涙を指で拭ってあげた。

自分を信頼し、命までかけて守ろうとしてくれた。

そんなムースの気持ちに、ニカは言葉で応えた。

「貴方のその、人を疑わない馬鹿で単純なところが、扱いやすくて都合が良かったですわ」

「ニカ、様……？」

「ですが、ここは貴方の出る幕ではありません――もう用済みです」

涙で潤んだ円らな瞳を、薄桃色をした魔性の輝きで突き刺す。

自分を好きな相手にしか通じない『魅了』は、死の恐怖に晒され、ニカの正体を暴かれてなお、ムースの心を絡め取った。

　ムースの顔から感情が失せ、ニカを守るために広げていた腕がだらんと落ちる。

「そこに倒れている駄犬を連れて、失せなさい。二度とわたくしの前に顔を見せないように」

　ニカが言うと、ムースは呆気なく背を向けた。ラギアスを抱きかかえ、一目散に走り出す。

　ムースがニカを振り返ることは、ただの一度もなかった。

　去り行く魔族を物珍し気に見送った暴竜が、ニカを見る。

「どうしたの。死ぬ前に、一つくらい良いことがしたくなった？」

「別に、そんな大層なことではありません。騙されたまま死のうとする小娘が、あまりに憐れに見えただけですわ」

　ニカの心は冷めていた。巨大な竜の前にただひとり立ち、絶体絶命の状況になっても、先ほどまであった死への怖気はもう感じない。

　ニカは豊かな胸に手を添え、凛と声を張り上げた。

「わたくしは〝傾国の悪女〟ニカ・サタニック・バルフェスタ！　優雅で絢爛で、並ぶ者のない美の化身！　平界中に恐怖と色香をまき散らした、最凶最悪の大罪人にございます！」

「……」

「数多の人を虜にしましたわ。あらゆる富を貪り、酒池肉林を堪能しましたわ！　好き勝手に生きました。心の赴くままに、思う存分！　誰よりも豪華に生きました！」

声も高らかに並べ連ねる、ニカを賛美する美辞麗句。

それは世界に自らの誇りを表明するようにも、自分を強引に納得させるようにも聞こえた。

それからニカは、全身に漲らせていた力を、ふっと解く。

「ですから……ええ。もう結構にございます」

まるでダンスに誘うかのような仕草で、しなやかな両手を暴竜に向けて広げた。

「生きるのはもう十分です。どうぞ、ひと思いにやってくださいまし」

あらゆる抵抗を諦める。その顔に浮かぶのは、穏やかな微笑み。

不思議なことに――これ以上生きたいとは、もう思わなかった。

「……あなたの死は、魔族を根絶やしにする大きな火になる。よかったね。あなたは最後に、皆の役に立てるよ」

ぐるると喉を鳴らし、暴竜が長い尾を持ち上げた。今度こそニカの命に終止符を打つために。

打つ手はない。だから、あがくのもやめた。ニカは静かに目を閉じる。

――理想の死に方を、考えたことはあった。

誰もいない穏やかな草原で、澄んだ空気を胸いっぱいに吸い込んで死にたい。あるいは柔らかなベッドで、自分を心から愛してくれる人に見守られて、眠るように死にたい。そんな人並みの最期を夢見たことがある。

だが、まあ。今の状況は、そんな絵空事よりはよほど自分らしい。

悪人の死がみじめなのは、当然のことだ。
最初に『魅了』をかけたあの日から、ニカはいつか裁きが下されることを理解していた。

十二歳で店に売られたニカを待っていたのは、どう控えめに表現しても地獄の日々だった。ニカは美しい女の子だった。貧乏な家に生まれたニカは、その『美しい』を金に換えることを強要された。

毒々しい香水と受け入れがたい男の体臭が混じった店の匂いに、何度も嘔吐した。自分の髪を無遠慮に摑まれ、気色の悪い声で「綺麗だ」と囁かれると、全身にナメクジが這いまわるような悪寒がした。客に無理やり呑まされる酒はとてつもなくマズくて喉を焼いて、口にするたびに涙が溢れた。その様子がとても面白いらしく、客はこぞってニカの喉に酒を流し込んだ。

毎朝の髪を櫛で梳かしてくれる時間はなくなり、母はニカに、もっとお金を稼ぐよう叱るようになった。身も心もくたくたで、何度も粗相をする。そのたびに店の主人はニカの髪を鷲摑みにし、腹や尻など、客に見えない箇所を容赦なく殴りつけた。暴力を振るわれながら、金を借りている分際で図々しい奴だと罵倒される。母が、ただ生きるためだけに膨大な借金を作っていたことを、その時はじめて知った。

貞操を売ることだけはどうしても嫌で、店主の前に跪き、泣きじゃくりながら「それだけはやめてください」と懇願した。当てつけのように大勢の客をあてがわれても、越えてはならない一線を守るために文句は言えなかった。

身体をまさぐられ、下品な視線に晒されるたびに、心が削られていくような気がした。

それが一年も続くと、身も心も、清らかな部分なんてほんの少しもなくなっていた。

鏡の前に立つたびに、訳もない悲しみに涙が溢れた。頭を叩きつけ、鏡の破片で顔をぐちゃぐちゃに刻みたい衝動が押し寄せた。

死ぬことばかりを考えた。天使のようと言われた綺麗な顔が、憎くて憎くてたまらなかった。

けれど貧しい自分に払えるものは、身体しかなくて。他に選択肢なんてなくて。ニカは客に媚びた笑顔を振りまきながら、その口中で血が滲むほど唇を噛みしめ、日々を耐え続けた。

自分を殺して媚を売る。いつか地獄は終わると信じて。母親の優しい笑顔が戻ると信じて。

ニカが縋っていたそれは、現実逃避の淡い夢想でしかなかった。

ある日、ニカが家に帰ると、知らない男が彼女を待っていた。

男はニカにいやらしい笑みを浮かべると、凍り付くニカを家の中へと引きずり込んだ。

ベッドに押し倒され、男が覆いかぶさってくる。信じられないほど強い力で両腕を摑まれる。悲鳴を上げようとしたら、思い切り頬を殴られた。「騒ぐな、殺すぞ」と底冷えする声。

それで金縛りにあったように動けなくなる。

家には母親もいた。部屋の隅で、ニカに振るわれる暴力を冷めた目で見つめていた。

ニカは恐怖に震える目で母親を見た。助けて、どうして、意味が分からない、そんな混乱と同時に、残酷な事実を確信してもいた。

自分は、ほかでもない母親に、これだけは守りたいと願った貞操まで金に換えられたのだ。

余すところなく汚され、壊れることだけは必死に耐えていた心が、とうとう砕ける音がした。

男の乱暴な腕が伸び、引きちぎるようにしてニカの服を剝ぎ取った。太い指が、ニカのなめらかな腹を撫でる。粘つくようないやらしい目がニカを見る。人間ではなく、皿の上のご馳走を見るような目だった。

その時の感情を、ニカは今でも鮮明に覚えている。

汚物を口にねじ込まれたような、ねっとりとした不快な吐き気。

すっかり変わり果ててしまった、かつて大好きだった母親に対する失望。喪失感。

理不尽に対する、どうしようもない怒り。

涙で滲む目に、燃えるような感情が沸き立つ。

がちり、と。何か、世界を構成する歯車のようなものが嚙み合う音がした。

自分を睥睨する下卑た目に、ふいに『いける』と直感する。

鳥は翼の使い方を迷わない。〝奇跡持ち〟は、自らに舞い降りた異能の使い方を魂で知る。

舌なめずりする男の目。怖くて、汚くて、ニカを物のようにしか見ていない。「彼女が欲しい」という欲望に塗り潰された目。それこそが、ニカにとっての翼だった。

ニカは、魔性に輝く薄桃色の瞳で、男の目を覗(のぞ)き込み、言った。

「わたしを、見て」


――それから起こった出来事は、思い出したくもない。

ニカは犯罪者として追われる身になった。

〝奇跡持ち〟は本来、教会による検査によってその素質を見出(みいだ)され、その身柄と能力を登録される。未登録かつ奇跡を個人で使用することは平界のどの国でも重罪にあたった。

幌(ほろ)を身に纏(まと)って浮浪者に扮(ふん)し、行商人の馬車に隠れて街を抜けだしながら、ニカは決意した。

幸せになってやる。

どれだけ媚(こび)を売ろうが、愛想笑いを振りまこうが構わない。

わたしの美貌で、全部全部全部ぜんぶ食い尽くし、踏み躙(にじ)ってやる。

誰よりも裕福で、誰よりも贅沢(ぜいたく)な、幸せな生活を手に入れてやる。

そうする以外に、自分に生きる道はないから。

それが、いずれ〝傾国の悪女〟と恐れられる大罪人(たいざいにん)が生まれた瞬間だった。

ニカは、平界のあらゆる場所で、あらゆる人の心を奪った。

美しく、煌(きら)びやかであるために、身も心も、名前も、豪奢(ごうしゃ)に着飾った。

媚を売り、色気をちらつかせて人の心に付け入り、贅沢の限りを尽くした。昔自分を買ったような下品な男は、特に念入りに踏み躙ってやったりもした。

ニカは、まさしく悪女と呼ばれる通りに、わがままに自分勝手に生きた。

それは確かに、無数の人に破滅をもたらした悪行だ。

しかしニカにとってそれは、穢（けが）された自分の美と尊厳に輝きを取り戻させる、痛快な復讐（ふくしゅう）劇の人生でもあったのだ。


「さよなら、悪い人」

そして、今。人生の終わりをもたらす一撃が、唸（うな）りをあげてニカに迫る。

呆（あき）れるほど巨大な暴竜の尾。潰（つぶ）されれば、きっと痛みすら感じる暇もない。一瞬で身体（からだ）はひしゃげて粉々になり、真っ赤な地面の染みになるだろう。

人を誑（たぶら）かし続けた美貌には、ふさわしい罰だ。

怖くはない。覚悟はとうに決めていた。みじめに泣くなんて、絶対してやるものかと思う。

何もかも納得している。自分は、自分の人生を生き抜いた。ほんの少しの後悔もない。

——ただ、考えるだけだ。

もしも彼女が、美しくもないただの娘だったなら。

ニカは店に売られることはなく、母親と二人、貧しくも手を取り合って暮らせたのだろうか。

もしも彼女が、『魅了』の奇跡を違う形で気付けていたら。

ニカの力は、人から奪うだけではなく、助けるために使えたのだろうか。

それは羽毛のように軽く、一枚の紙よりも薄くて脆い、幼稚な夢想だ。

けれど、どんなに豪華絢爛な生活も、綺麗なドレスも宝石も、胸に湧き上がる『もしも』を消すことはなかった。

もしも、彼女の家にもっとお金があったなら。

もしも、父親が生きていたなら。

もしも、店に売られかけた彼女を助ける、英雄のような人がいたのなら。

ニカの美しさは、もっと違った愛され方をしたのだろうか。

自分に向けられる「綺麗だ」という言葉に、胸が熱くなるような気持ちを抱けたのだろうか。

恋を、騙すための道具としなくても良かったのだろうか。

苦しい時に「助けて」と言うことを許されたのだろうか。

「悪女なんて、別に、なりたくてなった訳じゃないのですけれど」

思わずそう呟いてしまうくらいには、胸がじくんと痛むけれど。

だけど、まあ。考えたってしょうがないか。

自分は、悪女として生きる他なくて。

最後までその呼び名にふさわしく生きて、ふさわしく死ぬのだから。

だからニカは両手を広げ、目を閉じて。

たったひとりで、自分を罰する死の鉄鎚を受け入れる。


彼女は大罪人だ。

世界中の人間から嫌われる、最低最悪の悪女だ。

殺されて当然のことばかりをしてきた。


――けれど、それらは全て。

あくまでも、人間側の事情でしかない。

◇

なぜ、彼女はあんなにも怒ったのだろう。

張られた頬がじくんと痛むたびに、同じことを繰り返し考えた。

自分が彼女を傷つけてしまったというのは、分かる。だけど、あのとき自分が放った言葉は、
彼女の心のどこを刺してしまったのだろう。

引きこもりの言葉なんて、ニカにとって何の意味も価値もないはずなのに。

住む世界が違う。それがはじめて彼女を見た時から変わらない、ニカに対しての認識だった。人間と魔族という種族の違いもそう。自信に満ち溢れた美しい顔もそう。これまでに見せられた、大胆で天真爛漫な行動の数々もそう。あらゆる点でニカは自分とはかけ離れた、光り輝くような眩しい人だった。

最初の謁見の会で、宝箱の中から全裸で飛び出してきたニカの姿は、今も忘れられない。

訳が分からなかった。圧倒された。正直に言って、興奮もした。

同時に、衝撃を受けた。どれだけ自分に自信があれば、あんなに明るく大胆に振る舞えるのだろうと、そう思わずにはいられなかった。

彼女のように生きられたら、それはどれほど楽しいだろう。楽だろう。

出会った時からずっと、ニカへの憧れを持っていた。彼女は、自分自身に絶望して孤独にベッドに引きこもっていた自分が持ちえない、人生の喜び全てを持っているかのようだった。

光のように眩しい人だった。見上げるしかできない、憧憬の対象のはずだった。

——自分がどれほど恵まれているか、考えようともしませんの……？

その顔に、恐ろしいほどに暗い影が差した。

頬を張られたあの瞬間に感じたのは、ただただひたすらな困惑だった。

どうして？　なぜ自分は怒られた？　彼女は眩しい人じゃなかったのか。いつも笑顔で自信に満ち溢れた、明るい女の子じゃなかったのか。

意味が分からず、考えた。そして気付いた。愕然とした。

自分は、ニカのことを何一つとして知らないのだ。賓客としてもてなし、親しくなろうとしていたにもかかわらず。

魔塵総領に命令されるままに部屋から連れ出され、仲良くなれと言われてニカを迎えた。

クーリに設定されたデートにただ従い、ニカに手を引かれるがままに時間を過ごした。

好きな食べ物は何、とか、平界ではどんな暮らしをしてた、とか、聞きたければいつでも聞けた。彼女にほんの少しの興味さえあれば、聞かずにはいられないはずなのに。

演技をしていると気付いていたのに、作り笑いの裏にある本当の顔を知ろうともしなかった。

自分は、彼女をろくに知りもしないまま、彼女の人生を決めつけ、勝手な幸せを思い描いた。

これが侮辱でなくてなんだと言う。嫌われて当然の、最低な行いだ。

心の底から自分自身に失望した。同時に納得もした。

結局自分は、彼女を知ることから逃げたのだ。怖気づいて、諦めるという行為を自分で選んだのだ。全てから目を背けて引きこもってきた、これまでの人生とまったく同じように。

何もかも自分の選択。その因果関係を、ニカに思い知らされた。

悔しかった。情けなかった。腹立たしかった。

消えてしまいたい。それ以上に、どこにも居場所のない自分が嫌で嫌でしょうがない。

自分が嫌いな自分が、許せない。

そうだ。自分はずっと、引きこもりの自分が嫌いだったのだ。
本当は必要とされたかった。自分の力を誰かに求められたかった。
誰かと笑い合い、手を取り合える。そんな明るい人生が欲しかったのだ。
——だったら、どうする？
それはまるで、雛が内側から卵の殻を破るように、必死で、切実な、渇望。
引きこもっているのはほかならない自分の選択だと、ニカは言った。
それならば。もし、まだ間に合うのならば。許されるのならば。
今からでも、別の選択をしたい。
嫌いな引きこもりの自分をぶん殴って、布団から引きずり出して、前に進みたい。
自分が本当に生きたかった人生を、生きれるようになりたい。
不安はある。恐怖もある。けれどそれ以上に、その暗い感情どもを壊したい。
変わりたい。本当になりたかった自分に。恥ずかしくもない自分になりたい。
胸を張って誇れるような、魔王になりたい。
ニカに、ちゃんと謝りたい。
ニカを知りたい。ニカの気持ちを分かりたい！
だから——————だから、僕は——————！

◇

「一天崩御（アトラスフォール）」

衝撃が降り注ぎ、大地を震わせる。

ニカを狙った暴竜の尾が、彼女に触れる寸前に、いきなり地面に押し潰（つぶ）された。

「っおっも……!?」

暴竜の尾は、まるで見えない山に押し潰されたかのように動かせない。

呆気（あっけ）に取られ、その光景を見つめるニカ。

その背後に、ずどぉん！　と何かが墜落した。

「よかった、間に合ったんだな」

「……ナサニエル、様……?」

驚きに上擦（うわず）った声を上げ、振り返る。

着地の衝撃で、もうもうとした土煙がニカの視界を埋めていた。煙の中に、紫の魔力光がぱちぱちと瞬いている。

土煙は次第に晴れ、中に立っている彼の姿が露（あら）わになる。

よほど急いで駆け付けたのか、ボサボサの黒髪。緊張で脂汗を滲（にじ）ませた顔。ぜぇぜぇと激しい呼吸に合わせて上下する肩。上から下にゆっくりと露わになっていき――

その先に、本来あるべきものがないことに気が付く。

何も身に着けていないのである。

ニカの目の前に降り立ったナサニエル・ノアは、なぜか全裸だった。

「きゃあああああああああああああああああああ!?」

「大変だ、血が出てるじゃないか！　大丈夫か、頭を打ったのか!?」

「その言葉そっくりそのままお返ししますけど!?　その格好、頭がぶっ壊れでもしまして!?」

顔をぼっと赤くしながら、全力で後ずさるニカ。

顔が赤いのはナサニエルもだった。全身を羞恥心で(しゅうち)ぷるぷる震わせ、頭の角からはもくもくと白煙が噴き上がっている。そんな状態でも恥部はまったく隠さずに、両手を広げて言う。

「君を理解するために、まずは君がやったことを真似(まね)しようとしてるんだ。君がそうだったんだし、初対面の相手には裸を見せるのが人間の社会におけるマナーなんだろう!?」

「んなマナーがあってたまるもんですか!?」

「何事もやってみなきゃ分からない。君を理解するために、できることは何でもやろうって決めたんだ——その上で聞きたいんだけど、これって何の意味があるんだ!?　マナーじゃなければどうして裸になったんだ!?　やっぱり君の趣味なのか!?」

「やだちょっと待ってにじり寄らないで見せびらかさないで！　わたくしにも心の準備ってものが必要ですのよ————!?」

ニカはナサニエルのあられもない姿にタジタジだ。先ほどまでの死を受け入れる覚悟は、混乱と羞恥心に押し流されて、どこかへ消えてしまっていた。

　意味が分からない。自分は今、夢でも見ているのだろうか。

「そもそも貴方（あなた）、どうしてここに？」

「凶暴な魔物が城に侵入して、それにニカが襲われていると報（しら）せを受けたんだ。怖い目に遭わせてしまってすまない。でも、手遅れにならなくて良かった」

「そうではなくて！　どうして助けに来たのですか！　わたくしは……貴方に、ひどいことを言ったのに……」

　ニカはナサニエルを侮辱した。恵まれた環境でのうのうと生きる弱虫だと罵倒（ばとう）した。

　ナサニエルもそれを忘れた訳ではなかった。ニカを見る目には気まずさが滲（にじ）んでいる。

　彼は何度もニカを見つめては逸（そ）らしを繰り返し。それから意を決して深く息を吸い込み。

「ごめん！」

　全裸のまま、深々と頭を下げた。

「あの時君が言ったことは、何もかも全部正しい。僕は甘えていた。何をしても変わらないって、目を背けていた。情けない自分自身からも、君からもだ」

「……」

「僕は君を知ることから逃げていた。幸せだ、普通の人生だと勝手に決めつけて、君を傷つけてしまった。ほんとうにごめん。全て僕が、情けない無能の引きこもりなせいだ」

ナサニエルの顔には、緊張やら興奮やらでじっとりと汗が浮かんでいた。頭の角から立ち上る煙は留まるところを知らない。

きっと頭の中は緊張と興奮でぐちゃぐちゃで、マグマのように熱くなっていたことだろう。

ナサニエルはその熱い感情を、爆発する寸前で堪(こら)えていた。

まだ何者かも分かれていない彼女に、言うべきことを言うために。

「僕は弱虫の卑怯者だ。君が嫌いになるのも納得のひどい奴(やつ)だ——でも……っでも！　誰よりも僕自身が、そんな自分が大嫌いなんだ！」

「……」

「本当は引きこもっていたくなんかない。僕の力を役立てたい。本当はずっと、誰かに必要とされたかったんだ！　あの時君に頰(ほお)を張られて、目が覚めたよ。これ以上目を背け続けるのはうんざりだって思ったんだ。だ、だから……！」

そこでナサニエルは、ぐっと言葉を飲んだ。

言葉を何度も喉につっかえさせながら、それでも意を決して、言う。

「やり直させて欲しいんだ」

「やり直す……？」

「ぐ、具体的に言うとだな。えっと、その……っ」

緊張に視線を彷徨わせながらも、退くことだけはしないで。

文字通りの身一つの姿で。

ありったけの勇気を振り絞り、魔王は人間へ手を差し出し、叫んだ。

「僕と、友達になってくれ！」

「……は？」

友達？　これだけもったいぶって、裸になるまでして願うことが、ただの友達？

戸惑うニカに対し、ナサニエルはむき出しの全身をブルブルと震わせて言う。

「僕はずっと、君に無理をさせていた。君が気を遣って笑いかけてくれるから、その苦労に甘えていた……だけど、やっぱり楽しくもあったんだ。地下都市で君と一緒に過ごした時間は、もしも引きこもりじゃなかったらと思い描いていた、夢みたいな時間だったから」

「……」

「だから、やり直させて欲しいんだ。今度はちゃんと、君と向き合いたい。仲良くなりたい。作り笑いじゃない、心からの笑顔を浮かべた君と、あんな時間を過ごしたい！」

「……」

「僕と友達になって欲しい。もう一度、君を知るチャンスが欲しい」

最後の方は緊張でしどろもどろでこそあったが、ナサニエルは言うべきことを言い切った。

頭を下げ、震える手をニカへと伸ばす。

その手を見つめるニカは……静かに、首を横に振った。

「わたくしに、その手を握る資格はありません」

確かにナサニエルは、ニカを知ろうとしなかったかもしれない。

しかしニカは、ナサニエルに対して全てを偽っていた。

自分は、この城を支配しようと目論んでいた悪女なのだ。

出会った時から魔王を操ろうと奸計を仕掛け、それを躱されることに苛立っていた。色仕掛けに顔を赤くする様を嘲笑い、頭の中では彼の尊厳を踏み躙ることしか考えていなかった。

ニカはナサニエルを、最初から道具としてしか見ていない。

最低なのはニカの方だ。

「わたくしは、貴方の気持ちに応えられるような、綺麗な人間ではありません。本当は、こうして顔を合わせることすらふさわしくないのです」

「いや、それは違うよ」

否定は即答だった。

ニカは、自分でもいつの間にか俯かせていた顔を持ち上げる。

魔王の顔は、まったくの素面だった。

「資格やふさわしいかどうかを問うのなら、それは全て僕の方だ。君にそんなものは必要ない」

友達になってくれという願いすら、緊張に声を震わせ、赤面しながらだったのに。

ニカの悩みを否定する時だけは、まるで考える必要すらないと言わんばかりに。

「前に言った通りだ。門をくぐったその瞬間から、魔王城は君の居場所だ」

「────」

「ここにいていいんだ。君が望むのならば、いつまでも」

胸の中で、ぱちりと音が鳴る。

それは、どんな煌びやかな宝物でも塞げなかった、心の穴が埋められた音だった。

乾ききり、癒やされることを諦めていた胸に、温かな感情が洪水のように押し寄せる。

ニカの薄桃色の瞳から、ぽろりと雫がこぼれ落ちた。

「わっ、わぁ!?　どうした。僕、また何か心ない言葉を言ってしまったか!?　それともやっぱり頭の傷が痛むのか!?」

「いえ、違います。っふ、ふくく……違うのですわ……あはっ、はは、あっははは」

ニカは噴き出すように笑って、涙を拭う。

指に触れた、信じられないほど温かい雫には、いったいどんな感情が宿っているのだろう。

もはや自分でも分からない。

ずっとずっと、人を踏み躙って生きてきた。そうする以外に生きる道はなかったから。

美しくなければいけなかった。人を誘惑し媚を売り続けることが、悪女の宿命だったから。

それがどうだ。この城は、既にニカの居場所らしい。

何をしなくとも、いていいのだと。美しくあろうとなかろうと、関係ないのだと。金も、身体も、支払う必要がないのだと。

ああ、まったく。頭がどうにかなりそうだ。

ニカの常識が何一つ通じない。世界とは、もっと汚くて息苦しいものではなかったのか？

もう何も分からない。こみ上げてきたこの笑いが、悪女の奸計ではないという、ただ一つを除いて、何も。

「ああ。本当に、なんて奇特なお方なのでしょう」

涙を拭い、朗らかに笑いながら、ニカはナサニエルの手を取った。指を絡ませ、握り込む。

「みっともない裸を晒して、どもりながらも必死に叫んで……そんな熱い覚悟を断れるほど、わたくしは薄情にはなれませんわ」

「っニカ……」

「貴方が良いと言うのなら。友達から始めたいと言うのなら。ぜひとも、その魅惑の提案に甘えさせてくださいまし」

目の前のナサニエルが、目を見開き、息を呑んだ。

自分でも分かる。彼の顔を見れば一目瞭然だ。

ニカは、今日この時より美しい笑顔を浮かべたことがなかった。

心が洗われたような気持ちだ。生まれ変わったような心地だ。

新たな人生がここから始まるかのようだった。

――そんな眩しい夢から、二人を叩き起こすかのように。

空気が唸り、凄まじい衝撃が大地を揺るがす。

「何を、終わった雰囲気出してるの？」

暴竜ストルヴィオ。ナサニエルの術から抜け出した怪物が、苛立ちを込めた唸りを上げた。

「あなたたちの居場所は、パメラの胃袋の中だけだよ。ぐうぐう」

怪しく輝く竜の瞳に見据えられ、ニカがぎゅっと身を硬くする。

そんなニカを庇うように、ナサニエルが前に出た。

「大丈夫だ、ニカ。もう心配いらないよ」

ナサニエルは振り返ってニカに微笑んだ。まるで恐れのない表情に、ニカが言葉を失う。

目の前の暴竜は、まさしく暴力の化身だ。刺々しい鱗の生えた尾。鋭い爪を持つ六本の腕。大口から覗く鋭い乱杭歯。肉体を構成する全てが命を蹂躙するためにあるかのようだ。

そんな怪物を前にしても、ナサニエルは落ち着き払っていた。底知れないものを感じて、ニカの肌がひりつく。

「すまなかった」

「……え？」

突然、ナサニエルが謝った。今度こそ脈絡がなくて、ニカは呆気に取られてしまう。

「出会って以来、君には情けないところばかり見せてしまっていた。ことあるごとに気絶して、君をうんざりさせてしまっただろう」

「え、ええ。一周回って、面白くも感じていましたけど」

「はは、面白いか。本当に……我ながら、みっともない角だよ」

言いながら、ナサニエルが自分の頭部に手を伸ばした。

二本生えた角のうちの、大きな一本。捻れながら上を向き、煙突のように目立つ角。興奮するたびに散々白煙を噴き上げ続けたそれを掴み――

ボキンッ！　と、勢いよくへし折った。

「ナサニエル様!?」

「すまない、ニカ。しばらく預かっていてくれないか」

ナサニエルは涼しい顔のまま、へし折った角をニカに放った。

目を丸くしたニカは、おっかなびっくり角を受け取り、気付いた。

これだけ巨大な角を折っていながら、ナサニエルの頭からは血の一滴も流れず、痛みすら感じていないようだった。

受け取った角の断面は、力任せに折ったとは思えない綺麗なものだった。見ればその断面は、複雑な紋様でびっしりと埋め尽くされている。

断面に描かれていたのは、魔法陣だった。

「これ、角じゃない……？」

「魔具を使って、無理やりにでも気絶する他ないんだ。感情が昂ぶると、どうしても力が抑えられなくなるから」

――ぱきん、と。世界の壊れる音がした。

ニカは、ナサニエルに起きた変化の一部始終を目撃していた。それでも彼女の頭は、その光景を正しく理解することが叶わない。

空間が、ひび割れていた。

ナサニエルの周辺の虚空に、黒い亀裂が走っていた。その亀裂からは七色の超常的な光が漏れ、異質で強烈な輝きでナサニエルの周囲を照らしている。

まるで世界というガラスを叩き割ったかのような、異常な虹色の亀裂。

ナサニエルの頭から広がる亀裂は、角のようにも見えた。

「……なに、それ」

体格で遥かに上回るはずの暴竜が、戦慄の声を漏らした。

守られているはずのニカですら、超常的な畏怖を感じる。

違う。いま彼が露わにしたものは、強いとか弱いとかの次元じゃない。

「七崩、屹立」

世界を壊す、冒瀆の力だ。

「下手(へた)に動くなよ――手加減は、この状態の僕がいちばん苦手なことなんだ」

「ツガ、オオオオオオォォォォォ！」

暴竜が吠(ほ)えた。巨体をバネのように弾き、巨大な顎(あご)をナサニエルに向けて突き出した。

パメラは本能で理解していた。即行即殺、奴(やつ)が何かをする前に噛(か)み潰(つぶ)す！　それ以外に勝てる道はない！

暴竜と称される強靱(きょうじん)な巨体から繰り出される、最高速度、最高威力の攻撃。

魔王にとっては、それすらも遅すぎる。

「四亜曳裂(ウラヌスフオビオ)」

頭部に走った角のような亀裂。その一つから漏れていた青色の光が、ひときわ強く輝く。

ビシィ！　と甲高い音が響き、ナサニエルの目の前の空間が裂けた。

超常的な青色の光をたたえた裂け目に暴竜の顎が突っ込み、消える。

裂け目はナサニエルたちの目の前と同時に、暴竜の尾の近くにも開いていた。そのもう一つの裂け目から、消えたばかりの暴竜の顎が飛び出す。

魔王を砕き潰すために開かれた大口が、自分の尾をガキンと噛んだ。

「ハァ!?」

「亜空の裂け目だ。力任せのお前にはうってつけの首輪だろう」

暴竜が頭を突っ込んでいた裂け目が閉じ、首を絞め上げた。暴竜の身動きが封じられる。

ナサニエルの能力は止まらなかった。腕を軽く振るうと、そこから青色に輝く円盤形の光が何枚も飛び出し、暴竜に降り注いだ。

青い光の円盤に実体はないらしく、なんの抵抗もなく暴竜の身体を貫く。蛇のような長い身体に次々と滑り込んだ青い光の円盤に向けて、ナサニエルが指を軽く動かす。

光の円盤に挟まれた胴体が、取り外された。

まるで長いロールケーキに包丁を入れて小分けにするように、胴体の一部だけが分離し、空中に浮かび上がる。しかし物理的に切り離された訳ではないらしく、丸太のような形をしたそれは、暴竜の身動ぎに合わせてギシギシと蠢いている。

「な、何これ何これ!?　何が起きてるの!?」

「空間を割って、お前ごと繋ぎ直してるだけだよ。これで驚いていたら、この先もたないぞ」

ナサニエルがそう言い、光の輪に挟まれた暴竜の長い胴体を細切れに分離させていく。

ものの数秒で、暴竜は肉体が繋がったままバラバラにされ、空中に縫い付けられた。

「つう、動けない。こんなの嘘。パメラの力で、ビクともしないなんて……！」

「やっぱり四亜は扱いやすいな。完全屹立の状態でも、どうにか加減が効く」

ひとりごちると、ナサニエルはおもむろに手を差し出し、ニカの手を握り込んだ。

糸くずのように丸められた暴竜を呆然と眺めていたニカは、不意にやってきた手のぬくもりにびくりと身を震わせる。

「ひゃっ――」

「少しだけ繋がせてもらうよ」

「べ、別に構いませんが……貴方、さっきまでと性格が全然違いませんこと？」

「ごめん、今は話ができない。集中を切らすと、何が起こるか分からないから」

言葉の通り、ナサニエルは瞬きを忘れたかのように暴竜を睨み付けている。

その凄絶な表情で、脳に許される全ての思考力を、頭上の七色に輝く亀裂を制御することに割いているのが分かった。恐らく、自分がすっ裸でいることも忘れているに違いない。

だったらなおさら、手なんて繋いでいる場合じゃないのでは？　そうニカは思ったのだが。

「大切なことなんだ。目の前の魔物をどうにかするのと同じくらい、君をひとりにしたくない」

「ッな、な……!?」

「証明して、君を安心させたいんだ。この城にいる限り、僕が君を絶対に守るって」

正面を向き、能力の維持に集中しているナサニエルは、後ろのニカが火が出るほど顔を赤くしていることには気付かない。

ナサニエルの頭上の裂け目が、さらに強い青色に輝く。

地面に巨大な裂け目が開いた。手を繋いだ二人と、身動きを封じられた暴竜が、裂け目の中に落ちる。

風が身体を包む。突然押し寄せた浮遊感に、ニカがぎゅっと目を瞑る。不意に訪れる、世界が広がるような開放感。

ニカは目を開き、何度目か分からない驚愕に、今度こそ言葉を失う。

ニカたちは空の中にいた。遥か下に迷い茨の森と、豆粒のように小さい魔王城が見える。

落下の感覚はもうしない。いつの間にかニカの全身を淡い紫の光が包んでいて、重力を忘れたかのように空中に浮遊させている。

上空に移動してきたのは暴竜もだった。胴体をバラバラにされて空間に縫い付けられた状態で、驚愕の声を上げる。

「空間転移なんて激ムズ魔法を、一人で、あんな一瞬で、あんな規模で……!? ありえない。今起きてるぜんぶあり得ない！　普通じゃないよ。あなたの力、おかしい！」

「そうだな、おかしいよな。今の魔界には不要な強さだよ」

ナサニエルが上空に向けた指から、赤い光が迸る。それは上空を覆い尽くしていた暗雲に飛び込むと、凄まじい衝撃波を引き起こし、空を引き裂く。

透き通るような青空が広がった。ニカが魔王城に来て以来一度も姿を見せなかった太陽がさんさんと輝く。

指先一本で、天候すら変えてしまった。目の前で起きる異次元の能力に、ニカはもう開いた口を塞ぐこともできない。

「僕は誰も傷つけたくない。でもそれは、できることをやろうとしないこととは違う。それをニカに教えられた」

守るべき人の手を、確かに繋いで。

魔王は、恐れていた自らの力に向き合い、守るために行使する。

「僕はこの世界ではじめて、唯一の、人間を守る魔王だ。そう自信を持って名乗れるように、僕は全力で人間を守る。なるべくがんばって、仲良くなってもみせる」

ナサニエルは晴れ渡った景色をぐるりと一望し、方向を定めた。

ぴっと指を突き出す。空中に縫い付けられた暴竜が、空間を滑るように彼の指先に移動する。

ナサニエルの指先に、煌々と輝く、重力を司る紫の光が充塡される。

それはさながら、地平の果てに向けて、暴竜という矢を番えるよう。

「本で読んだことがある。暴竜は本来、世界の最北にある極霊雪原に棲む生き物なのだと」

「ッちょ、ちょっと待って！　ストップ！　タンマ！　パメラは違うの！　本物の竜じゃなくて、実はにんげ――」

「おもてなしの邪魔だ。悪いが、故郷にお帰り頂こう」

ナサニエルの指から紫の光が迸る。

音も悲鳴も置き去りにして、暴竜は吹き飛んだ。

見上げるほどだった巨体が、一瞬で豆粒以下になり、空に打たれた小さな黒点になり、完全にかき消える。

果たして上空には、世界を割る七色の角を持つ魔王と、その手を握る人間だけが残された。

「……やっぱぁ」

ニカは開いた口を塞げなかった。驚きすぎて、もうまともな言葉も出てこない。

ナサニエルが指を動かすと、青い光の輪がニカたちの足下に生まれた。空間を繋げる光の輪をくぐると、地下都市のスタジアムへと戻ってくる。

ニカは何度も目を瞬かせた。起きた出来事があまりにも異常すぎて、現実味がやってこない。

「……夢でも見た心地ですわ」

「ニカ」

繋いだままの手を、軽く引かれる。

ナサニエル・ノアがニカを見つめていた。

頭部の亀裂は消え、黒曜石のような頭の角も元のこぢんまりした大きさに戻っている。

ナサニエルは、先ほどの凛々しい表情とは打って変わった不安げな顔でニカを見る。

「さっきは勢い任せだったけれど……本当に大丈夫か？」

「何がですの？」

「本当に、嫌じゃないか？　僕と……と、友達になることについて」

しどろもどろな口調で、視線をあっちこっちに彷徨わせて、ナサニエルが言う。

「色々と格好のいいことばかり言ったけど、僕は引きこもりだ。頼まれても、面白い話とかできないと思う。人前に出るのは緊張するし、怖いし……なるべくなら布団から出たくない……

というか今日ので一生分の勇気を使ったし、今すぐ帰って永遠に寝たい……」

「なんで今、自分で自分の株を下げてますの？」

「と、友達に嘘はつきたくないからだ。僕は君に、この城や魔族のみんなを好きになって欲しい。だから、僕は友達になりたいけれど、それ以上に君の意見を尊重したい」

勇気を振り絞って友達になりたいと言っておきながら、ならなくてもいいと言う。

せっかく張れた見栄を捨てて、弱気な自分を晒す。あまりに優柔不断なコミュ障の仕草。

けれどその態度は、その実、頭からつま先まで、ニカを慮ってのことで。

ニカはすっかり毒気を抜かれてしまい、肩を落として笑った。

「少なくとも、公然と恥部を晒すド変態とのお付き合いは、謹んでお断りしたいですわね」

「えっ……は⁉　いや違、僕の趣味じゃないぞ！　この格好はあくまで君の真似をしただけで……でもこれは人間のマナーでもなんでもなくて？　じゃあこの格好は、ええと……⁉」

「あははっ、からかっただけですわ。本当に、ばかみたいにマジメな人」

ニカはあっけらかんと笑い、繋いだ手を軽く持ち上げた。

指先を一本一本、さらに強く絡ませる。自分の意志で、より強く繋がりあう。

「わたくし、実はけっこう身が堅くてよ。嫌いな方と、こうして触れ合ったりいたしません」

「それって……！」

「改めて。ふつつかな人間ではありますが、これから仲良くいたしましょうね、魔王様」

魔王が、ぱぁっと顔を明るくする。

一人の引きこもりが、不安を跳ねのけて最初の一歩を踏み出した。

そんな彼の勇気を讃えるように。美女は可憐に微笑んで、手と心とを絡ませ合うのだった。


強く交われるほどには、お互いを知らない。けれど、その手を取り合うことはできる。

それはまさしく、今の魔界が渇望していた、人間と魔族の心の交流にほかならない。

繋いだ手は、種族や歴史という高い障壁を乗り越えるための、意義のある第一歩であり。

種族を超えた絆は生まれ得ると証明する、眩しく華々しい進展であり。

幸せな未来の訪れを予見するような、輝かしい光景であり。

そして、疑いようもなく――


（こんな上玉、みすみす逃がしてたまるかって話ですわ）

悪女が企てる、新たな奸計の一手にほかならなかった。

## 奸計その終

# 気持ちよく生きてこそ人生ですわ

迷い茨の森。

ナイフのように鋭い棘と非常に強い繁殖力を持つ茨に覆われたそこは、生半可な動植物を寄せ付けない。魔界全域のどんよりとした曇り空も相まり、いつも鬱蒼とした静寂に満ちている。先日、いったい何の天変地異かほんの数時間だけ雲一つない快晴になったらしいが……そんな噂を鼻で笑うかのように、いつも通りの薄暗い空だった。

そんな迷い茨の森に一本だけ引かれた畦道に、何十台もの馬車が列をなしていた。

大量の武器を積んだ馬車に、鎧で全身を固めた、千人近い数の兵士たち。彼らは統率の取れた足音を鳴らしながら、迷い茨の森の奥へと進んでいく。

馬車の側面に刻まれているのは、人間の住む平界の国、武力大国リュミエスの紋章だ。

「ええい、つまらん。この気が滅入るような景色はいつまで続くのだ」

隊列の先頭近くを走る、ひときわ豪奢な馬車の中で、国王ヘリアンテス三世は舌打ちした。頬杖を突き、外のどんよりとした景色を忌々しげに睨み付ける。

「森に入って、かれこれ三時間は移動を続けているぞ。迎えもよこさんとは、礼儀知らずの魔族どもめ……防護魔術はきちんと働いているのだろうな。魔素中毒で死ぬなどゴメンだぞ」

「国いちばんの術士により、王様自身とこの馬車、二重に術をかけています。魔素中毒なんて万が一にもあり得ませんよ。そこまで不安ならば、遠征を我々に任せても良かったのでは？」

「たわけ！　この記念すべき日に、私が出ずにどうするというのだ！」

彼らの行軍の理由は、魔界のトップである魔塵総領からの招待を受けたからだ。

ニカ・サタニック・バルフェスタが歓迎を受けている様子を見て、人間と魔族の友好の時代を始めよう。そんなメッセージを受け取り、一行は魔王城に向けて進んでいる。

しかし、長い列を作って行軍する兵士たちは、決して視察のために用意されたものではない。

「くくく……待ち遠しくてしょうがないわい。なにせ、忌まわしき魔族を根絶やしにする戦争。その火蓋が今日、切って落とされるのだからなぁ！」

ヘリアンテス三世は、ハナから魔族に戦争をふっかける腹づもりだった。

「我々が目撃するのは、変わり果てたニカの無惨な死体。それに激怒した我々は、信頼を裏切った魔族へ裁きの鉄鎚を下す！　我が兵団の精鋭一二〇〇名、さらに国中からかき集めた戦闘系の〝奇跡持ち〟二六名。これらが私の号令一つで、魔族どもを消し炭にするのだ！」

「しかし、肝心のニカの状況が分からないのが気がかりですね。先遣に送り込んだ〝奇跡持ち〟からの連絡もありませんし……魔王城で何かあったのでしょうか」

「フン、おおかたヘマをして魔族に見つかり、殺されたのだろうよ。しょせん汚れ仕事専門の傭兵だ。命を惜しむまでもない」

「ですが、万が一ニカが生きていたらとしたら、我々の計画は破綻してしまいます」

「奴が生きているなどそれこそあり得ん！　忘れるな、魔族は残忍な人間の宿敵。ニカは魔族どもに凄惨な生き地獄を味わわされ、それから殺されたのだ！　それ以外にはあり得ない！」

殴りつけるような勢いで、ヘリアンテス三世は怒声を上げた。

勢いよく立ち上がり、頭部を馬車の天井にズゴンッとぶつけながら、強く拳を握り込む。

「これは聖戦だ。我々の手で、大地を穢す腫瘍を世界から消滅させるのだ！　そして私は、聖戦の始まりを告げた英雄として、未来永劫歴史に名を残すのだ……ふふ、クフフフフ……！」

ヘリアンテス三世には、武力大国リュミエスの王としての誇りと、俗物的な野心があった。

栄光が、名誉が欲しい。そのためならば、争いの火を付けることをどうして躊躇うだろう。

「全ての兵士に伝えよ。ニカの死を確認次第、全力で魔族どもを叩け！　ありったけの力で大地を穢す害虫どもを焼き払い、私の初陣を華々しい勝利で飾るのだ！　わっはははは！」

既に勝利を手に入れた心地で、馬車の座席にどっかり凭れて高笑いをした時だった。

長く行軍を続けていた馬車が、止まった。

「――王、前をご覧ください！」

「とうとう姿を見せたか。我が怨敵、薄汚い魔族ども！」

ヘリアンテス三世は、偉大な使命に突き動かされて馬車を飛び出した。

権力に酔いしれた脳で考える。自分は、これから目にする光景を幾度となく語ることとなるだろう。彼の言葉は後世に語り継がれ、武勇を賛美する壮大な絵画となり、歴史となるのだ。

そんな陶酔と共に顔を上げた国王は――

『魔王城へ、ようこそ――――!!』

見たことがないほどの、盛大な歓迎に出迎えられた。

「……は?」

半開きの口から、恍けた声が漏れる。

一言で表せば、魔王城の様相はまるでお祭り騒ぎだった。

古めかしくも立派な城壁には色鮮やかな魔術光がちりばめられ、まばゆくライトアップされている。開け放たれた窓からは色とりどりの横断幕が垂らされ、まるで城全体がドレスアップしているような華やかさだった。

正門の飾り付けも豪華絢爛だ。レッドカーペットが敷かれた道には、草花を編んで作られた華やかなガーデンアーチや、しきつめられて雲のようになった大量のバルーンが飾られている。

門から少し離れた先に見える庭にはテーブルが並べられ、真っ白なテーブルクロスの上に豪勢な食事がたっぷりと用意されていた。その量は、千人以上いる兵士全員がお腹いっぱいになっても余るほど大量で、焼けた肉の香ばしい匂いや、砂糖の甘い芳香がこちらまで漂ってくる。

そんな煌びやかな城のあちこちに、魔族たちの満面の笑みがある。

「おおおぉぉぉぉ、本当に来た！　人間だ――――！」

「あの人たち、みぃんなニカちゃんのお友達なのー？　それとも家族ー？」

「兵士もいるな？　すげえ数いるなぁ!?　よっしゃあ、腕試しもしようぜ！　正々堂々、安全に、スポーツマンシップに則った模擬戦だァ！」

「……ねえ、メイド服を着てる人が一人もいないけど。これって人間の普段着じゃなかったの？」

「ええ……あんたまだクーリ隊長の妄想を信じてたの……？」

外見も様々な魔族たちが、笑顔で手を振っている。一部の魔族はなぜかメイド服を着て、レッドカーペットに並んで瀟洒な一礼をしている。

空には呆れるほど大量の花びらが舞っていた。見上げれば、翼を持つ魔族たちが花を詰めた籠を持ちながら旋回し、人間の頭上に花びらを撒いている。

「いっだだだだ！　オイ、こっちは怪我人だぞ。少しは労って飛びやがれ！」

「ラギアス、暴れないで仕事して。花びらを地面に落としたら、ニカさんに踏んで貰えないよ？」

「おいコラ、なんで踏まれるのがご褒美みたいになってんだ!?」

花籠に紛れて上空に吊された狼の魔族は、どうやら風の魔法を使えるようだ。花の香りがする風が人間たちの頬を撫で、綺麗な花びらの渦を作っている。

予想していたものと違いすぎる、夢にも見ていなかった盛大な歓迎。

その光景はヘリアンテス三世に、身も凍るような怖気をもたらした。

「ば、馬鹿な。そんな、あり得ない……！」

「国王様、これはどういうことでしょう。まさか魔族は、本当に人間に友好的なのでは……？」

「馬鹿者、誰が千年戦い続けた相手を笑顔で迎え入れられるというのだ!?　奴らは正気ではないのだ。そんな状況を生み出せる人間が、たったひとりだけいるだろう！」

「ふふっ、顔を青くしてどうしたのです？　そんなにわたくしの歓迎がお気に召したのかしら」

まるで答え合わせのようなタイミングで響く、鈴の鳴るように軽やかな笑い声。

彼女は、レッドカーペットの中央を優雅な足取りで歩いていた。

彼女が何者かを知っていても、その美しさに目が離せなくなる。

見る者に興奮と恐怖をもたらす美女は、スカートを摘み上げて優雅な一礼をしてみせた。

「遠方からの長旅、ご苦労様でした。皆さまの来訪を今か今かとお待ちしておりましたわ」

「に、ニカ・サタニック・バルフェスタ……!?」

「はい！　魔族との架け橋として単身送り込まれた生贄にして、品性も知性も未熟な猿人間どもの代表、みんなのニカにございます！」

ぱっと手を振り上げた元気いっぱいのポーズで、ニカは応えた。

その眩しい笑顔は、ヘリアンテス三世にとっては悪夢以外の何でもない。

王は恐怖に震える指で、彼女の背後に広がる馬鹿騒ぎを指す。

「貴様、まさか……！」

「ええ。ご察しの通りですわ——後ろに控える魔族みぃんな、わたくしの下僕にございます」

ニカは両手を広げて背後の魔族たちを示し、得意げに微笑んだ。

「これはずばり証明ですわ。わたくしの天から授かりし、この極上の美が！　人も魔族も超えて唯一絶対の輝きを放つ、世界一の至宝だというね！　ふふふふっ」

満点のテスト用紙を親に見せびらかすような無邪気な顔で、豊かな胸をるんっと張るニカ。

それから彼女は、凍り付いたように動かない国王を見て、スッと目を細めてみせた。

「ところで、王様？　先ほどから口をぱくぱくとさせて、どうしたのです？」

「っ……!?」

「まるで……ええ。死人でも見たかのようではありませんか」

心が凍り付くような、途方もない怖気が王の背筋に走る。

「わたくし、悲しいですわ。せっかく心を入れ替えて、皆様に喜んでもらおうと、がんばって魔族どもを支配しましたのに……まさか、ほかでもない人間から殺されかけるなんて」

「は、ははは。殺されかける？　なな何のことだろうなぁ？　私はそんなもの知らないぞ」

「うふふ、ごまかしても無駄ですわ。貴方の仕向けた刺客が、ぜ——んぶ喋ってしまいましたからね。死にたくないとぴぃぴぃ泣きながら」

美しい笑顔をほんの少しも崩さずにニカが言った。

ヘリアンテス三世の顔から血の気が引く。その土気色の頬を、ニカが指先でちょいと抓む。

「知ってます？　魔族の力って、人間の何倍も強いのですよ。こうして頬を軽くつねるだけで――ぷちんっ、とちぎってしまうくらいに」

「っひ……!?」

「生きたまま身体を毟られていく彼女の悲鳴は、とっても素敵でした。王様にも聞いて欲しかったですわ……別に、そっくりまるごと経験させてあげても良いのですけれどね」

言葉はまったく冗談には聞こえなかった。ニカが引っ張っていた頬をぱちんと放すと、たまらず国王は尻餅をつき、地面を這うようにして後ずさる。

「や、やめろ。来るな。それ以上近づくな……！」

「生贄も同然に敵地に送り込まれた挙げ句、功績をあげようが関係なく『死んだ方がマシ』だなんて。本当に残念。わたくし心底がっかりいたしましたわ」

ニカはずっと笑顔だった。欠点が見つからないほど美しいのに、今この瞬間にも首を掻き切られるのではと思うほどの怒気が渦巻いている。恐ろしいのに、目を逸らすことを許さない。

ヘリアンテス三世は、これほど恐ろしい笑顔を見たことがなかった。

「そんなことなら……いっそ、魔界の女王にでもなった方がマシではありませんこと？」

「っき、貴様！　人間に反旗を翻すというのか!?」

「反旗？　いいえ。これはただのお引っ越しですわ。わたくしの美を蔑ろにする猿どもの住処なんて、もはや玩具にする価値も見出せませんもの」

そう言うとニカはぐっと上体を屈め、ヘリアンテス三世の顔を見つめた。まな板の上の魚を見るような、冷淡な目。国王の心が鷲摑みにされる。

「ところで。本日は魔界でもっとも偉い、魔塵総領という方がお越しになるのですってね」

「っ……！　っ……!?」

「停戦以来実に五〇年ぶりの、人間と魔族の公的な会談。貴方は魔界の歴史書に、人間の代表として名を残すことになるでしょう。もちろん、人間がだ〜〜〜いっ嫌いになってしまったわたくしが、それを輝かしい思い出なんかにさせるはずもなく」

艶やかな唇が、にたぁっと歪む。

その瞬間、ニカのドレスがひとりでに動きだした。スカートの下から、半透明をしたゼリー状の触手がどぅるん！　と飛び出し、ヘリアンテス三世の足に絡みつく。

「ひぃぃぃい!?　す、スライムだと!?　貴様、魔物まで使役して……!?」

「服だけ溶かして宙吊りに飾ってあげようかしら。それとも、お尻から入れたスライムを口から出させようかしら。それとも全身を溶かさせ、ゆっくりゆっくりなぶり殺しにしようかしら。どう料理すれば、いちばん醜い声で鳴いてくれまして？」

「た、助けて。許してくれ……もうお前には手を出さないから……！」

「魔族の皆さまにもぜひ聞いて欲しいですわぁ。王様がスライムに犯される、家畜以下のなっさけなぁいブヒブヒ声を、ね」

無数の触手をゆらゆらと宙に蠢かし。絶世の美貌に、たっぷりの悪意と魔性を絡ませて。

傾国の悪女は、これ以上ないほど嗜虐的な美貌で、王の眼を覗き込む。

その時に王が感じた恐怖と羞恥心は、死すらも超えるほど凄まじいものだった。


「さあ──歴史に残る無様を晒す覚悟はよろしいですわよね、クソ豚♡」


「ッて、撤退！　撤退だぁ────!!」

ヘリアンテス三世は脱兎のごとく逃げ出した。

馬車に乗り込みもせずに、来たばかりの畦道を何度もすっ転びながら逆走する。

王がそうなってしまえば、あとは数珠つなぎだ。

「逃げろ！　魔族は皆〝傾国の悪女〟の下僕だ。摑まれば死ぬよりひどい目に遭わされるぞ！」

「何てことだ。最悪の犯罪者が、最悪の軍隊を持ちまった！」

「ひぃぃ、悪女に犯される！　嫌だ、人の尊厳は捨てたくない！　助けてくれ────!!」

パニックがパニックを呼ぶ大混乱。

兵士たちはもみ合いながら回れ右し、王の後を追うようにして逃げ去っていく。

こうして、歴史に残るはずの人間と魔族の会合は、人間側のとんぼ返りによって立ち消えとなったのだった。

◇

「さようなら。二度とそのツラ見せるんじゃありませんわよ」

花びらの舞い散るレッドカーペットの上で、ニカは逃げ去っていく人間一行を見送った。

もちろん、先ほどの言葉はほとんどニカのでたらめだ。人間と魔族の衝突を防ぐためには、何としても今回の会合をご破算にする必要があったのだ。

「あれだけ怖がらせれば、邪魔をする気も起こらないことでしょう……ご協力ありがとうございました。もうよろしいですわよ」

ニカがそう合図をすると、スカートの中から伸びていた半透明の触手がニカから離れた。

黄緑色をしたスライムは、ニカの目の前で形を変えて、メイド服の少女になった。その顔はぎゅっとしかめられていて、円(つぶ)らな瞳は今にも泣き出しそうに揺れている。

「ぐすっ、ひぐっ……ニカ様ぁ」

「よい演技でしたわよ、ムース。貴方(あなた)の協力のお陰で、わたくしの楽園を脅かす敵を排除することができましたわ」

「うぐ、ぐしゅ……うぇぇぇぇぇ！　も、もっだいだいおごどばでじゅぅぅ……！」

しゃくり上げていたムースは、ニカに褒められた瞬間、感極まったように泣き出してしまった。ニカが慌てて彼女の頭を抱き寄せる。

「もう。この子ったら、いつまで泣いてるのかしら。いい加減に機嫌を直してくださいな」

「ぐしゅ、えぐっ。だ、だって、だってわたじ、あの時ニカ様を守れなぐっで……最後までおそばにいるってやぐぞぐじだのに、にがざまをひどりぼっぢにぃぃ……！」

「暴竜の一件は全て水に流すと言ったじゃありませんか。わたくしの方こそ、あの時は『二度と顔を見せるな』なんてつらいことを言ってごめんなさい」

暴竜に襲われたあの日、ムースを逃がすためにかけた『魅了』は既に解除している。しかしそれ以来、ムースは一週間近くずっとこんな調子だった。

ニカはムースの涙を指で掬い、力いっぱいにぎゅううっと抱きしめてあげる。

「貴方が許してくれるなら、あの時の命令を撤回させてください。わたくし、もう貴方のマッサージなしには生きていけませんもの」

「ひぐ、えぐっ、わだじ、ニカざまの傍にいだいです。わだしをぼっぢにじないでぐださいニカざまぁぁ……！」

「もちろんですわ！　これからは何があっても離れませんわ。ムースはこれから先もずうっと、かわいいわたくしのメイド。とっても優秀な、わたくしのいちばんのしもべでしてよ！」

「うゔうゔう〜〜！　もう一生おそばを離れまぜん、ニガざまだいずぎぃ〜〜〜〜！」

わんわん声を上げて泣きじゃくり、ニカに抱き着くムース。感情が昂ぶりすぎて、彼女の全身はあちこち溶けてべたべただ。ニカのドレスもびしゃびしゃになってしまうが、不快感はまるでない。身体が溶けてしまうくらい自分を求めてくれることに、嬉しさで胸が熱くなる。ニカはかわいいスライム娘をさらに強く抱きしめ、半透明な髪をよしよしと撫でてあげる。

「さあ、機嫌を直しなさいムース。わたくしたちには、やることが盛りだくさんなのですから」

そう、人間を追い出しただけで万事解決とはいかない。

ニカが振り返れば、そこには城中から集まった魔族たちが、ぽかんとした顔で固まっていた。

「あれぇ？　人間たち、帰っちゃったぞ」

「私たちのおもてなしが気に入らなかったのかな」

「そんなぁ。みんなで一週間もかけて準備したのに」

「ニカさん、人間はどうして帰っちゃったのー？」

せっかくの歓迎をフイにされた彼らの視線が、自然とニカに集まる。

ニカは魔王城をぐるりと見渡し、胸の前で両手をぽむと合わせた。

「残念ながら、王様は持病が悪化したので帰るそうです」

——数秒の沈黙。

それから、魔族たちがいっせいに、ほっと胸をなで下ろした。

「なんだぁ、俺たちのもてなし方が悪かったのかとひやひやしたぜ」

「病気ならしょうがないね〜、王様は治るといいね〜」

「王様は、皆さまの歓迎をとても喜んでおられましたわ。せっかくの歓迎に応えられず申し訳ないって、涙まで流しておりましたわよ」

「それであんなに大声を上げてたんだねぇ。気にしてないって伝えられたらいいのに！」

「そうそう。飾り付けとか、パーティーみたいで楽しかったしな！」

魔族たちはニカの言葉をすんなり信じた。空気が一気に和気あいあいとしたものに変わる。

「ところで、皆で沢山用意したご馳走はどうしようか。食べる人がいなくなっちゃったね」

「わたしたちで食べちゃうのはダメなの？」

「馬鹿。ありゃ人間に食べてもらうためのご飯だぞ。おれたちが手を付けていいもんじゃないだろ。何かお祭りでもない限り……」

「は～あ～、それにしても残念ですわぁ。わたくし、今日という場を、自分の歓迎会のように思っていましたのに～。一度も祝われていなくて寂しい気持ちが、今日こそなくなると思ってたのにな～～～～本音を言えばマジがっかりですわ～～～～」

「なっ……オイオイオイ聞いたかよオイ！　ニカさんががっかりしてるじゃねえか！」

「確かにわたしたち、ニカさんの歓迎とか全然やってない！」

「よっしゃあ、今すぐニカさんの歓迎パーティーだ！　皆で食って飲んで馬鹿騒ぎだ！」

「「「うおぉぉ、宴だ――――――!!」」」

誰が言ったかも分からない大声に、単にご馳走が食べたいだけの魔族たちが次々に声を重ね、すぐに城全体が宴会ムードになった。ニカは両手を合わせて喜びを表現する。

「まあ嬉しい！　それでは気を取り直して、皆で思いっきり楽しみましょう。ラギアス、全力で風を吹かして花吹雪を飛ばしなさい。一片でも地面に落としたら張り倒しますわよ」

「オイ、なんか俺だけ扱いが雑じゃねえか!?」

「うふふ、特別待遇とお呼びなさいな。もちろん、働いた分のご褒美はちゃんとあげますからね。どこを踏まれて鳴きたいか、ちゃあんと考えておきなさいよ」

「だからなんで踏まれるのがご褒美みたいになってんだ！　舐めてんじゃねえぞ人間コラぁ！」

「あれれ～、おかしいですわねぇ？　わたくしへのお返事はなんて言うのでしたっけ――？」

「ッ――ワァン!!」

有翼種に担がれて宙に吊り下げられたラギアスの、雄々しい鳴き声が響き渡る。そんな光景はもはや日常の一コマになっていた。ガルルと唸りながらも大きな尻尾をブンブン振ってしまうラギアスに、皆は微笑ましいものを見る目を向けている。

ニカが一つ声を上げるだけで、魔族全員が向く方向を変える。

特に何も考えず、楽しい方へ、盛り上がる方へと進む。

それが扇動されたものだなんて、誰も夢にも思わない。

慌ただしく賑やかな魔族たちを笑顔で眺めて、ニカは心の底から思った。

（ああ～～！　馬鹿を煽るの、超た～～～のし～～～～！）

ニカ・サタニック・バルフェスタは、今日も変わらず悪女である。

同族である人間に殺されかけたにも拘わらず、ニカはほんの少しもめげてはいなかった。

考えることはいつも同じ。自らの美で人の心を誑かし、弄ぶこと。自分の美にふさわしい、豪奢で煌びやかな毎日を過ごすこと。己の欲望を好き勝手に満たすことだ。

そんな〝傾国の悪女〟の目は、『迷い茨の魔王城』というご馳走の山に狙いを定めていた。

（どいつもこいつも平和ボケの単脳ばかり。チヤホヤと賓客扱いし、わたくしの一声に右往左往。こんなに楽しいことはありません！）

ラギアスなど一部の魔族を除いて、ニカは『魅了』をかけてすらいない。能力すら必要がないほどに、魔族が操りやすいのだ。

罪人として追われることもない。誰もニカを疑わない。

まさにニカが追い求めていた、理想の生活がここにある。

（この城が欲しい。支配したい！　すべての魔族を掌で転がし、わたくしの楽園にするのです！　人間と魔族の争いなんてどうでもいい理由で、邪魔をさせてたまるものですか！）

この城でニカは、夢を叶えるのだ。

優雅で、裕福で、誰よりも幸せ。そんな支配者の生活を手に入れる。

そのために、ニカにはまだ、果たせていない課題が幾つか残っていた。

ニカは歓迎パーティーの準備に盛り上がる魔族たちから視線を外した。

彼女が向かうのは、レッドカーペットのいちばん奥、城の入り口に設けられた特設の玉座。

ニカはスキップのような軽い足取りで玉座に近付き、そこに座る城主の顔を覗き込んだ。

「ご機嫌はいかがですか、ナサニエル様？」

「もうだめだおしまいだ死んだ死んだもうやだごめんなさい許して何でもします命だけはご勘弁くださいユルシテお慈悲をくださいがんばりますから助けて無理無理無理無理無理無理……」

「……よくない薬でもキメまして？」

「お見苦しいところをお見せしてしまい申し訳ありません、ニカ様。ナサニエル様は、人間と魔族の会合が破談になったショックで壊れておいでです」

魔王城の主、ナサニエル・ノアは、玉座に座ったまま死にかけていた。

傍に控えていた副官クーリが、もはや日常茶飯事とばかりに淡々と言う。

「魔塵総領は、今日という日を楽しみにされていましたからね。人間の王のとんぼ返りはとても残念に思われることでしょう。腹いせに首をもがれても文句は言えないかと」

「失敗した失敗した……もうダメだ。責任を取らされる、魔塵総領に殺される……」

「ああん、もう。そんなにしょげないでくださいまし、ナサニエル様っ」

ニカはナサニエルの腕に自分の手をそっと這わせた。ナサニエルが譫言を唱えるのをやめて、びくっと身を震わせる。

涙で潤んだ魔王の目をまっすぐ見つめ、ニカは豊かな胸を得意げに張り、力強く断言する。

「確かに国王は去ってしまいましたが、魔族と人間との関係が終わった訳ではありません。

貴方のお城には、まだこのわたくしがいるではありませんか」

「に、ニカ……」

「わたくしがここにいることが、人間と魔族が仲良くできる証明にほかなりません。もし魔塵総領とやらがナサニエル様を罰しようというのなら、わたくしが全力で貴方を守りますわ！」

そうだ、誰にも手を出させるものか。

魔王ナサニエル・ノア。コミュ障の引きこもりで、常識外の力を持つ最強の魔族。

彼を手中に収められれば、世界中の誰もニカに逆らえなくなる。

どんな金銀財宝よりも、今はとにかく、ナサニエルが欲しい。

一人の男に対して、これほど気持ちが昂ぶった経験をニカは知らなかった。

（ごめんあそばせ、魔王様。わたくし、生き方を変えるつもりはさらさらありませんの）

ニカは悪女だ。人の誇りと尊厳を踏み躙り、弄んで生きる。それが彼女の人生だ。

欲しいと思ったものは全て頂く。あらゆる人の心を奪い取る。

そうして彼女は、世界一豪華絢爛で美しい、幸せな毎日を作るのだ。

「ひっ」

不意にナサニエルが短い悲鳴をこぼした。

大きな影がぬっと差し込まれて、ニカたちを覆い隠す。

「なんか、人間が皆帰っていくのが見えたんだけど、どういうこと？」

「ま、魔塵総領様……！」

喉を引きつらせた甲高い声で、ナサニエルがその名を呼んだ。

「か、彼らはその……王様が急病らしく……」

「え、ほんと？　あーそれは帰るのも仕方ないね。大事がないといいけれど……というか、もしかして私、良くない時期に呼んじゃったのかな」

「いいえ、魔塵総領様の責ではありませんわ。人間の王には、得てして不摂生という病が付き纏うものですの」

言いながら、ニカは魔人総領へと振り返った。ひと目見た魔塵総領が、おぉと声を漏らす。

「本当に、角も尻尾もない綺麗な身体だ。君が噂のニカだね」

「お初にお目にかかります、魔塵総領様。人間世界を代表して、賓客という名誉を賜りました。ニカ・サタニック・バルフェスタと申します」

ニカは魔界のトップに対し、ドレスのスカートを抓んで恭しく一礼した。

「貴方様が友好を望まなければ、わたくしは生涯、魔族の皆さまの心優しさを知ることは叶わなかったでしょう。種族を超えた交流の機会を築かれた魔塵総領様の寛大なお心に、改めて深く感謝を申し上げます」

「うんうん、美しい女性とは聞いていたけれど、話に聞いていた以上に上品な人のようだね」

流麗なニカの言葉に、魔塵総領は機嫌が良さそうに言う。

それから彼は、ニカに聞いた。

「それで？　実際のところ、どうだい。苦労なく過ごせているかい。僕ら魔族は、君を歓迎できているかな？　ニカ・サタニック・バルフェスタ」

ナサニエルが、きゅうと喉を鳴らして青ざめる。

ニカは一度、似合わない玉座に収まる、追い詰められた鼠（ねずみ）のように怯（おび）える魔族を見た。

誰よりも強くて、そのくせ誰より臆病な引きこもり。

ちょっと抱き着いただけで火がついたように顔を赤くさせて。そのくせニカの奸計（かんけい）を演技と見抜き、ばかみたいな生真面目（きまじめ）さで『魅了』に抗（あらが）う忌々（いまいま）しさもある。

「ここにいていい」と全てを許し、奪って支配してきたニカの生き方を否定した。

情けなくて、いけ好かなくて、一筋縄ではいかない。

絶対、絶対、ぜったい自分のものにしたい、涎（よだれ）が出るほど魅力的なお宝。

手段を選ぶつもりはない。欲望を叶えるためなら、ニカはどこまでも残酷になれる。

どんな手を使っても彼が欲しいと思う。

この城を、ニカにとっての楽園に仕立て上げようと目論（もくろ）む。

――――だけど。

どんな楽園にするのかは、立ち止まって、もう少し考えてみてもいいかもしれない。

だって、せっかく『いていい』と言われたのだから。

誰にも追われず、何もする必要がないなんて、生まれてはじめてのことだから。

言葉に甘えて、ちょっとくらいは、平和を満喫してみるのも悪くない。

「……ふふっ」

そんな、人生でいちばんのんきな決意に唇を綻(ほころ)ばせて。

ニカはおもむろにナサニエルに近付き、彼を抱きしめた。

彼の細い胸に手を回して。腕も柔らかなおっぱいもありったけ押しつけて。

艶やかな桃色の髪でふわりと彼の鼻をくすぐって。

唇を、ちゅっと彼の頰(ほお)に触れさせた。

「――はへっ」

ぼぅん！　と鳴り響いた間の抜けた破裂音は、さながら新たな門出を象徴する祝砲のよう。

角からもうもうと煙を噴き、白目を剝(む)いて気絶した魔王を、さらにぎゅうっと抱き寄せる。

魔族と人間の関係とか、歴史とか、色々悩むことは多々あるだろうが。

今は悪女らしく、欲望の赴くままに、自由気ままに楽しませてもらうとしよう。

そんなのんびりとした悪意を胸に秘めて。

ニカは魔界の頂点に見せつけるように、魔王の顔に、柔らかな頰を擦(こす)り付けた。

「ご覧の通り――わたくしはすっかり、この城の虜(とりこ)にございます」

# あとがき

「ラブコメ書きましょうよ」。編集さんから言われたその言葉が全ての始まりでした。

いやいやちょっと待ってくださいよと。僕を誰だと思ってます？　人を選びまくる作風でデビューし、実際買う人も選びまくってまったく売れなかった（マジで売れなかったらしい。かなしい）人間ですよ。そりゃ「次はもっと売れる本を書こう」って意見には同意しましたけどね。恥ずかしながらラブコメや学園ものラノベなんてほとんど読んだことないんです。根っからのアクションラノベ畑の人間な訳ですよ僕は。餅は餅屋って言葉をご存じ？

だからね、あたくし声を大にして言ってやりましたよ。できらぁ！　ってね。

そんな軽はずみな発言から生まれたのがこちらの作品になります。お久しぶりです澱介です。できらぁ！　って言ってから僕の身に降り掛かった紆余曲折は、前作発売から二年経ってることからお察しください。もう二年も経ったの!?　時間の流れ怖っ！

読んで貰えば分かるとおり、この作品はラブコメのような何かです。「できらぁ」ができてねーじゃねえか！　ラブの認知が歪んじゃってるんですわ。澱介の購読する漫画は少年ジャンプと快楽天です。それっぽいですね。いかにもち○ち○で話を考えてそうな読書遍歴だ。作中一回も使わなかった伏せ字をあとがきで使うな。でもとっても楽しい話になったと思います。

いやこんな雑談はどうでもいいんです。表紙に戻って！　表紙に戻って世界的名画を見て！

本作のイラストをご担当頂いたのはひょころー先生にございます！

推し絵師〜〜〜〜〜〜〜〜〜〜〜〜〜〜〜〜〜〜〜〜〜〜!!
　昔っからずぅぅぅぅぅっと好きだった絵師様！　先生に自著のイラストを描いて貰うのが誇張抜きでデビュー前からの夢だった！　カラー絵見てよ、ヤバいでしょ。キャラのかわいさカッコよさも抜群で躍動感も迫力もキマりまくり天元突破で神すぎ〜最高〜〜！　え？　ひょころー先生をご存じない？　ふむ、君は一八歳以上かい？　ならあそこに行くといい。そうさ、FではじまってAで終わってANZが挟まる五文字のあそこさ。広がってるぜ、楽園（エデン）がよ……。

　本作を作るに当たっては、担当編集の渡部（わたべ）様にもとっても助けて頂きました。幾度とない打ち合わせの果てでとても楽しく良い本が作れてほっとしています。やっと僕の本に素直に「面白い」って言ってくれたね……今まで奥歯に何か挟まった顔でしか「面白い」って言わなかったもんね……前作がアレだから一〇：〇で僕が悪いんだけどね……。

　そんな見る目の確かな編集さんも太鼓判の本作、なんとありがたいことに二巻が出ます！　このあとがきを書いてる頃には既にバリバリ原稿を進めている真っ最中です。楽しさも肌色成分もさらにパワーアップしたものを届けるつもりなのでお楽しみに！　魔界に降り立った悪女はまったく暴れ足りていません。欲求不満を拗（こじ）らせたいやらしい魔の手からナサニエルはいつまで逃れられるのか。がんばれ、負けるなナサニエル！　お前も一巻でだいぶ成長しただろ。ラブコメ主人公みたいなカッコイイ男になれるよなぁ？　おっぱいなんかに負けねぇよなぁ!?

　次回『ナサニエル、おっぱいに負ける』　デュエルスタンバイ！

# キャラデザ紹介

ニカ　　　　　ナサニエル

ラギアス
ムース
クーリ

パメラ

暴竜ストルヴィオ

ヘリアンテス３世

# ガガガ文庫2月刊

## 十分魔導士ハヤブサ

著／喜多川 信
イラスト／霜月えいと

戦闘民族として育った魔導士ハヤブサの夢は、普通の学生として生活すること。念願叶い異国の学校に入学したハヤブサだが、同時に魔王復活を目論む悪党と戦うことに！　休み時間の十分で、世界の危機は救えるか!?

ISBN978-4-09-453229-6（ガき3-6）　定価836円（税込）

## スクール=パラベラム3 若き天才たちは如何にして楽園を捨て、平凡な青春を謳歌するようになったか

著／水田 陽
イラスト／黒井ススム

ちょっと待ってくれよ。恨みっこなしってのは嘘だったのか？　学園のパワーバランスを崩した俺たちに差し向けられるのは、学園の問題児——《万能の傭兵》たる俺は誰も殺さずに《普通の学生》を謳歌しきれるのか？

ISBN978-4-09-453218-0（ガみ14-6）　定価836円（税込）

## 砂の海のレイメイ2 大いなるアルビオン

著／中島リュウ
イラスト／PAN:D

砂海の覇者が集う六大会議へと向かうレイメイたちの前に現れた、超巨大生物・白鯨。死線で生まれる新たな恋の燻りに、白鯨をめぐる陰謀が吹き荒び、女と男の大漁祈願は天にも轟く大火となって開戦の狼煙を上げる！

ISBN978-4-09-453231-9（ガな12-2）　定価891円（税込）

## ファム・ファタールを召し上がれ

著／澱介エイド
イラスト／ひょころー

人間と魔族の友好のため、魔界に招待された人間ニカ。彼女は惚れた相手を操る『魅了』の異能で世界中を混沌に貶める最凶の“悪女”だった！　彼女に惚れたら即破滅！　エロで魔界を支配する王座争奪ラブコメディ開幕！

ISBN978-4-09-453232-6（ガお11-3）　定価858円（税込）

ノベライズ

## 勝利の女神：NIKKE　青春バースト！ニケ学園

著／持崎湯葉
イラスト／Nagu　原作／SHIFT UP

「ニケ学園へようこそ、指揮官」世界的競技・エンカウンターのプロを育成する学校で、大量盗難事件が発生!?　カウンターズを中心に、ニケたちが犯人捜しに挑む！　銃撃、爆発、何でもありの学園コメディー!!

ISBN978-4-09-453223-4（ガも4-7）　定価814円（税込）

GAGAGA

ガガガ文庫

ファム・ファタールを召し上がれ

澱介エイド

発行 2025年2月23日 初版第1刷発行

発行人 鳥光 裕

編集人 星野博規

編集 渡部 純

発行所 株式会社小学館
〒101-8001 東京都千代田区一ツ橋2-3-1
[編集]03-3230-9343 [販売]03-5281-3556

カバー印刷 株式会社美松堂

印刷・製本 TOPPANクロレ株式会社


Printed in Japan ISBN978-4-09-453232-6